Isla maldita

John Grisham es autor de numerosos libros que han ocupado el primer puesto en las listas de best sellers de Estados Unidos de manera consecutiva y que han sido traducidos a casi cincuenta idiomas. Sus obras más recientes incluyen *Los chicos de Biloxi*, *El intercambio* e *Isla maldita*. Grisham ha ganado dos veces el Premio Harper Lee de ficción legal y ha sido galardonado con el Premio al Logro Creativo de Ficción de la Biblioteca del Congreso de Estados Unidos. Cuando no está escribiendo, Grisham trabaja en la junta directiva de Innocence Project y Centurion Ministries, dos organizaciones dedicadas a lograr la exoneración de personas condenadas injustamente. Muchas de sus novelas exploran problemas profundamente arraigados en el sistema de justicia estadounidense. John vive en una granja en Virginia.

Para más información, visita la página web del autor:
www.jgrisham.com

También puedes seguir al autor en Facebook, X e Instagram:
 John Grisham
 @JohnGrisham
 @JohnGrisham

JOHN GRISHAM

Isla maldita

Traducción de
Mª. del Puerto Barruetabeña Díez

DEBOLS!LLO

Papel certificado por el Forest Stewardship Council®

Título original: *Camino Ghost*

Primera edición en Debolsillo: noviembre de 2025

© 2024, Belfry Holdings, Inc.
© 2024, 2025, Penguin Random House Grupo Editorial, S. A. U.
Travessera de Gràcia, 47-49. 08021 Barcelona
© 2024, M.ª del Puerto Barruetabeña Diez, por la traducción
Diseño de la cubierta: Adaptación de la cubierta original de John Fontana /
Penguin Random House Grupo Editorial
Imagen de la cubierta: © Krivosheev Vitaly / Shutterstock

Printed in Spain – Impreso en España

ISBN: 978-84-663-7956-4
Depósito legal: B-17.304-2025

Compuesto en Comptex&Ass., S. L.
Impreso en Black Print CPI Ibérica
Sant Andreu de la Barca (Barcelona)

P 3 7 9 5 6 4

1

La travesía

Ninguno de los más o menos cincuenta invitados llevaba zapatos. La invitación lo prohibía específicamente. Al fin y al cabo era una boda en la playa, y Mercer Mann, la novia, quería que todos notaran la arena entre los dedos de los pies. El código de vestimenta era «chic playero», lo que podía significar una cosa en Palm Beach, otra en Malibú y algo completamente diferente en los Hamptons, aunque lo que quería decir en Camino Island era: «cualquier cosa vale». Como fuera, pero todos descalzos.

La novia llevaba un vestido de lino blanco de escote bajo y con la espalda al aire, que lucía maravillosamente tonificada y bronceada porque ya llevaba dos semanas en la isla. Estaba impresionante. Thomas, el novio, estaba igual de guapo y moreno. Llevaba un flamante traje de sirsaca azul empolvado y una camisa de vestir blanca almidonada, sin corbata. Y, por supuesto, iba descalzo.

Él estaba feliz solo con sentirse incluido. Mercer y él llevaban saliendo tres años, vivían juntos desde hacía dos, y tres meses antes, cuando se cansó de esperar a que le hiciera la proposición, ella se lanzó y le preguntó:

—¿Qué vas a hacer el sábado 6 de junio a las siete de la tarde?

—Pues no lo sé. Tendría que mirarlo.

—Dime que nada.

—¿Qué?

—Dime que no tienes nada que hacer.

—Vale, no tengo nada que hacer ese día. ¿Por qué?

—Porque ese día nos vamos a casar en la playa.

Como él no era lo que se dice una persona que se fijara mucho en los detalles, no sabía gran cosa sobre la planificación de una boda. Pero por muy detallista que él hubiera sido, tampoco habría importado lo más mínimo. La vida con Mercer era maravillosa en muchos sentidos, y uno de los mejores era la ausencia de responsabilidad a la hora de tomar decisiones. No existía ni la más mínima presión.

Una guitarrista tocaba canciones de amor mientras los invitados bebían champán. La chica era una de las alumnas del curso de escritura creativa de Mercer en la facultad de Ole Miss y se había ofrecido a tocar en la boda. Un camarero con un sombrero de paja les rellenó las copas. También era alumno de Mercer, aunque ella todavía no le había dicho que su prosa era demasiado rebuscada. Si fuera una persona brutalmente sincera, le habría asegurado que se iba a ganar mejor la vida detrás de la barra de una boda que intentando escribir novelas, pero aún estaba en proceso de conseguir el puesto de profesora titular y también de desarrollar la capacidad de desanimar a los alumnos que no tenían aptitudes.

Mercer daba clases porque necesitaba un sueldo. Había publicado una recopilación de cuentos y dos novelas. Y quería que hubiera una tercera. La última, *Tessa*, había sido un superventas y su éxito hizo que Viking Press le hiciera un contrato para dos libros. Su editora de Viking seguía a la espera de que se le ocurriera una idea para su siguiente libro. Lo mismo que le pasaba a Mercer. Tenía algo de dinero en el banco, pero no lo suficiente para retirarse ni para comprar la libertad que necesitaba para dedicarse a escribir a jornada completa sin tener que preocuparse por nada.

Unos cuantos de los invitados que había allí sí que disfrutaban de esa libertad. Myra y Leigh, las grandes damas de la mafia literaria de la isla, llevaban décadas juntas y vivían de los *royalties* de sus libros. En sus mejores tiempos escribieron un centenar de novelas románticas de alto contenido erótico ocultas tras una docena de pseudónimos. Bob Cobb era un exdelincuente que había pasado una temporada en una prisión federal por fraude bancario. Escribía novelas de misterio, con cierta abundancia de violencia carcelaria, que tenían éxito. Cuando bebía, algo que hacía prácticamente todo el tiempo, aseguraba que no había tenido ni un solo trabajo de verdad en los últimos veinte años. ¡Pero si era escritor! De todas formas, la más rica del grupo era Amy Slater, una joven madre de tres hijos que había dado la campanada con una saga de vampiros.

Amy y su marido, Dan, habían invertido una buena parte de ese dinero en construirse una casa espléndida en la playa, a menos de un kilómetro de la casita de Mercer. Cuando se enteraron de la noticia de la boda, insistieron en que celebraran la ceremonia y el banquete en su casa.

Como todas las novias, Mercer se había imaginado recorriendo el pasillo del brazo de su padre, todo muy bonito. Pero él, y también el pasillo, pronto quedaron excluidos de la ceremonia. El señor Mann era un alma complicada que nunca había pasado mucho tiempo con su mujer ni con sus hijas. Cuando se quejó de que la boda no encajaba en su apretada agenda, Mercer le dijo que no importaba. Seguro que todos se lo pasarían mejor sin él.

Su hermana, Connie, sí que estaba allí montando un buen

drama familiar, como siempre. Sus dos insoportables hijas adolescentes se habían sentado en la última fila y miraban sus teléfonos. Su marido bebía champán sin parar. Por suerte también había asistido gente con la que le apetecía más estar ese día, como su agente literaria, Etta Shuttleworth, con su marido, y su editora de Viking, que sin duda querría aprovechar para preguntarle por su nueva novela, que ya llevaba un año de retraso. Pero Mercer estaba decidida a no hablar de trabajo en su boda y por eso ya le había pedido a Etta que acudiera al rescate si su editora se ponía exigente, aunque fuera un poquito. También habían querido ir a estar con ella tres de sus compañeras de hermandad en Sewanee, dos con sus maridos. La tercera acababa de salir de un divorcio complicado del que Mercer había oído hablar mucho más de lo que le gustaría. Las tres tenían debilidad por Thomas y Mercer las vigilaba como un halcón. El hecho de que él fuera cinco años menor que su futura esposa lo hacía incluso más atractivo. Solo dos colegas de Ole Miss habían sobrevivido al último recorte de la lista de invitados y aprovecharon su visita a la isla para pasar allí una semana. Mercer se llevaba bien con ellas, pero tampoco demasiado. Solo las había invitado por compromiso. Era su tercera universidad en seis años y ya había aprendido bastante sobre cómo funcionaba la política en las facultades. Ella era la única profesora en la historia del Departamento de Literatura de Ole Miss que había llegado a la lista de libros más vendidos con una novela propia y de vez en cuando percibía los celos de los demás. Había invitado a una antigua compañera de Chapel Hill, pero no puedo asistir, y a dos amigas del instituto y una del colegio, que sí estaban allí.

Thomas tenía una familia más convencional. Sus padres, hermanos y sobrinos pequeños llenaban una fila entera. Detrás de ellos había un grupo bullicioso de amigos de la universidad, de su época en Grinnell.

El oficiante era Bruce Cable, propietario de Bay Books y amante de la novia en el pasado, que empezó pidiéndoles a todos que se acercaran a la parte de delante, donde habían colocado un arco de mimbre blanco, y se sentaran. Estaba cubierto de claveles y rosas rojas y blancas y flanqueado por un enrejado. Más allá había treinta metros de arena blanca y después nada más que el Atlántico con la marea alta, unas vistas espectaculares de muchos kilómetros a la redonda sin ninguna interrupción hasta llegar a la zona donde el planeta se curva. El norte de África estaba a casi seis mil quinientos kilómetros en línea recta.

La guitarrista siguió tocando hasta que Mercer y Thomas aparecieron en la pasarela. Bajaron los escalones de la mano y sonriendo durante todo el camino hasta el arco, donde se encontraron con el oficiante.

No era la primera boda de Bruce Cable. Por alguna razón que no estaba muy clara, Florida permitía que prácticamente cualquiera adquiriera en un organismo oficial un permiso, bastante barato, para convertirse en oficiante y presidir una ceremonia de boda civil. Bruce no lo sabía, ni le importaba, hasta que una antigua novia quiso casarse en Camino Island e insistió en que Bruce hiciera los honores.

Esa fue la primera. La de Mercer era la segunda. Se preguntó cuántos oficiantes se habrían acostado con todas las novias. Sí, en una ocasión, hacía pocos años, se había acostado con Mercer mientras ella lo espiaba, pero eso ya era historia. Noelle, su mujer, lo sabía, y a Thomas le habían informado, pero a ninguno le importaba. Todo el asunto se había llevado de una forma muy civilizada.

Consciente de que Bruce tenía tendencia a irse por las ramas, Mercer había escrito con mucho esmero sus votos. Sorprendentemente incluso le había consultado a Thomas y él había podido añadir sus propias palabras. Un antiguo alumno de la Universidad de Carolina del Norte se levantó y leyó un poema, un batiburrillo ininteligible con verso libre que se suponía que debía contribuir al ambiente romántico, pero que solo consiguió que los asistentes desconectaran y se distrajeran mirando las olas que venían a morir a la playa. Bruce logró reconducir las cosas haciendo una breve biografía de la novia y del novio que arrancó unas cuantas carcajadas. La guitarrista también sabía cantar y deleitó a los invitados con una impresionante versión de *This Will Be (An Everlasting Love)*. Connie leyó una escena de *Tessa*, que estaba inspirada libremente en su abuela. En la historia, Tessa caminaba por el mismo trozo de playa cada mañana, buscando los huevos que ponían las tortugas por la noche. Ella protegía la arena y las dunas como si le pertenecieran; varios invitados la recordaban perfectamente. Era un fragmento muy conmovedor que hablaba de una persona que había significado mucho para la novia.

Después Bruce pasó a los votos que, en su experta opinión, eran un poco largos, un problema recurrente en la prosa de Mercer que estaba decidido a corregirle. Le encantaba lo que escribía y la apoyaba, aunque también era un crítico implacable. Pero, bueno, no era la boda del librero.

Intercambiaron los anillos, se besaron y saludaron a los invitados ya como marido y mujer. La gente se levantó y aplaudió.

Toda la ceremonia duró veintidós minutos.

La parte fotográfica llevó más rato, pero después todos recorrieron la pasarela detrás de Mercer y Thomas para pasar sobre las dunas y dirigirse a la piscina, donde les esperaba más champán. Su primer baile fue al son de *My Girl*. A continuación, el DJ siguió con más canciones de la Motown y el baile se animó. Solo hicieron falta diez minutos para que el primer borracho, el marido de Connie, cayera a la piscina.

El catering más popular de la isla era el del chef Claude, que hacía auténtica cocina cajún del sur de Luisiana. Su equipo y él no paraban de trabajar en el patio mientras Noelle supervisaba la disposición de las mesas y las flores. Ella era prácticamente francesa y a la hora de adornar una mesa no tenía igual. Amy les pidió a ella y a Bruce que se ocuparan de las flores, la vajilla, la organización de asientos, la cristalería y la cubertería, además del vino, que estuvieron encantados de seleccionar y pedir directamente a su proveedor personal. Habían decidido poner dos mesas largas en la terraza, bajo una carpa.

El sol empezó a ponerse y el chef Claude le susurró a Amy que la cena estaba lista. Los invitados se dirigieron a sus asientos asignados. Era un grupo bastante escandaloso y se oían muchas risas y elogios de los recién casados. Cuando empezaron a servir la primera botella de Chablis, Bruce pidió silencio para poder soltarles un discurso sobre el vino, como siempre. Entonces llegaron a las mesas enormes bandejas con ostras crudas. Durante el segundo entrante, gambas con salsa *rémoulade*, empezaron los brindis y las cosas se descarrilaron un poco. El hermano de Thomas hizo lo que pudo, pero no se le daba muy bien lo de los discursos. Una de las compañeras de fraternidad de Mercer representó el papel de dama de honor llorona, algo casi obligatorio, y estuvo hablando demasiado rato. Bruce consiguió cortarla con un brindis que le quedó espléndido. Y aprovechó para introducir el siguiente vino, un estupendo Sancerre. Los problemas empezaron cuando el cuñado de Mercer, todavía mojado tras su baño involuntario en la piscina y borracho desde media tarde, se levantó, se tambaleó e intentó contar una historia divertida sobre uno de los antiguos novios de Mercer. No era el momento. Su intento fallido de discurso lo atajó Connie, por suerte, cuando exclamó en voz bien alta:

—¡Ya basta, Carl!

Su marido no paraba de reírse cuando se dejó caer en su silla y necesitó unos segundos para darse cuenta de que a nadie más le había parecido divertido. Para disipar la tensión, un compañero de fraternidad de Grinnell de Thomas se puso en pie de un salto y leyó un poema de contenido picante sobre el novio. Mientras leía, sirvieron el plato principal: platija a la brasa. El poema se iba volviendo más guarro y más ocurrente con cada verso, y cuando terminó todos estaban partiéndose de la risa.

A Amy le preocupaba el ruido. Las casas de la playa estaban construidas muy cerca unas de otras y el sonido se transmitía muy fácilmente, por eso había invitado a los vecinos de ambos lados, que le presentó a Mercer una semana antes. En ese momento se reían y bebían tanto como los demás.

Llegó el turno de Myra, que contó una historia sobre el día en que Leigh y ella conocieron a Mercer, cinco años antes, cuando ella volvió a la isla a pasar el verano.

—Su belleza era evidente, su encanto contagioso y su educación impecable. Pero nosotras nos preguntamos: ¿sabrá escribir de verdad? Y en el fondo esperábamos que no. Pero con su última novela, una obra maestra en mi opinión, le demostró al mundo que sí que sabía cómo contar una historia preciosa. Pero ¿cómo puede ser que haya gente con tanta suerte?

—Basta, Myra —reprendió Leigh en voz baja.

Hasta entonces la mayoría de los brindis y discursos parecía que tenían algo de preparación previa. Pero después de eso todo lo que se dijo salió fruto de la improvisación y avivado por el vino.

La cena fue larga y deliciosa y cuando terminó, los invitados más mayores empezaron a despedirse. Los más jóvenes volvieron a la pista de baile y el DJ aceptó peticiones y bajó un poco el volumen.

Más o menos a medianoche, Bruce encontró a Mercer y a Thomas en el borde de la piscina, con los pies metidos en el agua. Se sentó con ellos y les dijo de nuevo lo bonita que había sido la boda.

—¿Cuándo os vais a Escocia? —preguntó.

—Mañana a las dos —respondió Mercer—. Vamos de Jacksonville a Washington y después vuelo directo a Londres.

En su luna de miel iban a pasar dos semanas en las Highlands escocesas.

—¿Podrías venir a la librería por la mañana? Te prometo tener café preparado. Nos hará falta.

Thomas asintió y Mercer contestó:

—Claro. ¿Pasa algo?

Bruce se había puesto de repente muy serio. Entonces, con una sonrisa de suficiencia, miró a Mercer y dijo:

—Tengo la historia, Mercer, y te diría que es la mejor que he oído en mi vida.

2

Bruce abría las puertas de Bay Books, desde dentro, a las nueve de la mañana todos los domingos y les daba la bienvenida a los habituales. Aunque el perfil demográfico no estaba definido, él siempre había calculado que más o menos la mitad de los residentes permanentes de Camino Island eran jubilados que provenían de sitios con climas más fríos. La otra mitad era gente de áreas más cercanas, del norte de Florida o del sur de Georgia. Y llegaban turistas de todas partes, pero sobre todo del sur y del este.

Fuera como fuese, había mucha gente «del norte» que echaba de menos sus periódicos favoritos. Por eso, años antes, había empezado a traer las ediciones dominicales de *The*

New York Times, *The Washington Post*, *The Enquirer*, *The Chicago Tribune*, *The Baltimore Sun*, *The Pittsburgh Post-Gazette* y *The Boston Globe*. Además, solo los domingos, también se podían encontrar en la librería las galletas de mantequilla caseras de un restaurante que había a la vuelta de la esquina. Por eso, ya a las nueve y media la cafetería de la segunda planta y la zona de lectura de abajo estaban llenas de yanquis leyendo los periódicos de sus lugares de origen. Se había convertido en una especie de ritual y muchos de los que estaban allí no se perdían por nada del mundo su visita de cada domingo a la librería. Aunque las mujeres eran mucho más que bienvenidas (Bruce hacía mucho que había aprendido que ellas eran las que compraban más libros), el público que llenaba la librería el domingo era exclusivamente masculino y las conversaciones sobre política o deportes a veces se iban un poco de las manos. Estaba permitido fumar en la terraza exterior y una espesa nube de humo de puro salía de allí y se alejaba flotando por Main Street.

Mercer y Thomas llegaron tarde esa mañana, ya legalmente casados, sorprendentemente espabilados y vestidos para el viaje. Bruce los invitó a pasar a su despacho, que estaba en la planta de abajo y era también la sala de las primeras ediciones, donde tenía en exposición algunos de sus libros más raros y mejores. Sirvió café y hablaron de la noche anterior. Pero los recién casados estaban más centrados en su inmediato viaje y en la larga aventura que tenían por delante.

Mercer sonrió y dijo:

—Ayer me dijiste que tenías la mejor historia de todos los tiempos.

—Es verdad. Seré breve. Es una historia real, pero también se puede convertir en ficción. Habrás oído hablar de Dark Isle, que está aquí cerca, un poco más al norte.

—Puede ser. No estoy segura.

—Es una isla desierta, ¿no? —aportó Thomas.

—Probablemente, pero existen ciertas dudas. Es una de las dos islas barrera más pequeñas de todas las que hay entre Florida y Georgia y nunca se ha construido nada allí. Tiene casi cinco kilómetros de largo y uno y medio de ancho y unas playas vírgenes.

—Oh, sí —dijo Mercer asintiendo—, ya me acuerdo. Tessa me habló de ella hace años. ¿No se supone que está encantada o algo así?

—Algo así, más bien. Hace siglos, alrededor de 1750, se convirtió en un refugio para esclavos huidos de Georgia, que entonces estaba gobernada por los ingleses y permitía la esclavitud. Florida se hallaba bajo el dominio español y, aunque la esclavitud no iba en contra de la ley, a los esclavos fugitivos se les ofrecía protección. De hecho, hubo un enfrentamiento durante muchos años entre los dos países sobre el tema de qué hacer con los esclavos que escapaban a Florida. Georgia quería que los devolvieran y los españoles querían protegerlos solo para irritar a los británicos y sus colonias americanas.

«Más o menos en 1760, un barco lleno de esclavos que venía de África Occidental estaba a punto de atracar en Savannah cuando una virulenta tormenta que venía del norte, lo que en la actualidad llamamos «nor'easter» o sistema de noreste, lo hizo cambiar de rumbo, lo empujó hacia el sur y lo dejó maltrecho. Era un barco de Virginia que se llamaba Venus y que llevaba cuatrocientos esclavos a bordo, hacinados como sardinas en lata. Bueno, salió de África con cuatrocientos, pero no todos llegaron. Muchos murieron durante la travesía. Las condiciones a bordo eran inimaginables, y eso es decir poco. Al final, el Venus se hundió en el mar a más o menos una milla náutica de Cumberland Island. Como los esclavos estaban encadenados y engrilletados, se ahogaron. Unos cuantos se aferraron a los restos del naufragio, la corriente los arrastró a tierra y llegaron a «la isla oscura» o Dark Isle, como todo el mundo la conocería después, aunque en 1760 no tenía nombre. Allí los acogieron los esclavos fugitivos de Georgia y juntos construyeron una pequeña comunidad. Doscientos años después todos habían muerto o se habían ido a vivir a otra parte y la isla estaba desierta.

Bruce le dio un sorbo al café y esperó su respuesta.

—No está mal —dijo Mercer—, pero yo no escribo novela histórica.

—¿Y dónde está el gancho? —preguntó Thomas—. ¿Hay algún argumento ahí?

Bruce sonrió y les mostró un libro fino y sin nada de especial, del tamaño de una edición en rústica. Se titulaba *La oscura historia de Dark Isle*, de Lovely Jackson.

Ninguno de los dos extendió la mano para coger el libro, pero eso no desanimó a Bruce.

—Este es un libro autopublicado que habrá vendido unos treinta ejemplares —explicó Bruce—. Lo ha escrito la última heredera de Dark Isle que queda con vida, o al menos eso es lo que ella afirma. Lovely Jackson vive aquí en Camino Island, cerca de las antiguas fábricas de conservas, en un barrio que se llama The Docks.

—Lo conozco —afirmó Mercer.

—Ella afirma que nació en Dark Isle en 1940 y que vivió allí con su madre hasta los quince años.

—¿Y de qué la conoces? —quiso saber Mercer.

—Vino por primera vez hace unos años con una bolsa llena de ejemplares como este. Quería hacer una firma a lo grande. Ya me habrás oído quejarme varias veces de que los autores autopublicados son capaces de volver loco a cualquier librero. Son muy agresivos y muy exigentes. Intento evitarlos por todos los medios, pero Lovely me cayó bien y su historia me pareció fascinante. Estaba bastante cautivado con ella. Hicimos la firma; confié en nuestros amigos, porque la mayoría harían cualquier cosa por una copa de vino gratis, y tuvimos una fiesta muy agradable. Lovely estaba muy agradecida.

—Sigo esperando ese argumento —insistió Thomas, un poco cortante.

—Pues ahí va. Como Florida es como es, los empresarios inmobiliarios han peinado cada centímetro cuadrado del estado en busca de playas que no estuvieran explotadas. Encontraron Dark Isle hace años, pero había un gran problema. La isla era demasiado pequeña para justificar el coste de un puente. Los promotores no podrían construir suficientes apartamentos, hoteles, parques acuáticos y tiendas de camisetas para que mereciera la pena. Así que Dark Isle quedó descartada. Pero el huracán Leo lo cambió todo. El ojo pasó justo por encima de la isla, arrasó la parte norte y empujó toneladas de arena hasta que formaron un enorme arrecife que, tras su paso, casi unía el extremo sur de la isla con un punto muy cercano a Dick's Harbor, en el continente. Entonces los ingenieros dijeron que sería mucho más barato construir un puente. Y los promotores se han lanzado a por ella como buitres, confiando en la intervención de sus amigos de Tallahassee.

—Así que el argumento gira alrededor de Lovely Jackson —concluyó Thomas.

—Así es. Ella afirma que es la única propietaria de esa isla.

—Y si no vive allí, ¿por qué no se la vende a los promotores y ya está? —preguntó Mercer.

Bruce dejó el libro en una pila y bebió más café.

—Porque es un terreno sagrado —anunció Bruce y sonrió—. Sus antepasados están enterrados allí. Una de sus bisabuelas, una mujer que se llamaba Nalla, iba en el Venus. Lovely no quiere vender y punto.

—¿Y cuál es la postura de los promotores? —preguntó Thomas.

—Tienen abogados y son bastante duros. Dicen que no hay ningún registro que certifique que Lovely naciera en la isla. No olvidéis que es la única testigo que sigue con vida. Los demás parientes fallecieron hace décadas.

—¿Y los tipos malos tienen grandes planes? —preguntó Mercer.

—¿Lo dices en broma? Urbanizaciones enteras de chalets, resorts y campos de golf. Incluso corre el rumor de que tienen un acuerdo con los seminolas para poner un casino. El más cercano está a dos horas. Van a edificar toda la isla en tres años.

—¿Y Lovely no se puede permitir unos abogados?

—Claro que no. Tiene más de ochenta años y el único ingreso con el que cuenta es el cheque mensual de la pensión de la Seguridad Social.

—¿Ochenta y tantos? —preguntó Mercer—. ¿Lo sabes con seguridad?

—No. No hay certificado de nacimiento ni registro en ninguna parte. Si lees su libro, algo que te sugiero que hagas inmediatamente, te darás cuenta de lo aislada que ha estado esa gente durante siglos.

—Ya he metido en la maleta lo que voy a leer en el viaje —dijo Mercer.

—Vale, es cosa tuya, no mía. Pero déjame que te haga un pequeño avance. Una razón por la que estaban aislados era porque Nalla era una curandera-bruja africana, una especie de sacerdotisa vudú. Y en una escena que recordarás durante mucho tiempo, cuenta cómo maldijo la isla para protegerla de los intrusos.

Thomas sacudió la cabeza y dijo:

—Ahora empiezo a ver ese argumento.

—¿Y te gusta?

—Sí.

—Empezaré a leerlo en el avión —aseguró Mercer.

—Envíame un mensaje desde Escocia cuando lo acabes —pidió Bruce.

3

En cuanto el avión cogió altura, en algún punto por encima de Carolina de Sur, Mercer sacó el libro de la bolsa de tela y estudió la portada. La ilustración no estaba mal; mostraba un camino estrecho de tierra, flanqueado por gruesos robles cubiertos de un musgo barba de viejo que caía desde sus ramas casi hasta rozar el suelo. Los árboles se volvían más oscuros y se iban difuminando al acercarse al título: *La oscura historia de Dark Isle*. En la parte de abajo estaba el nombre de la autora: Lovely Jackson. Dentro había una anteportada y después la página de créditos. La editorial era un negocio pequeño de Orlando. No había dedicatoria ni foto de la autora ni textos publicitarios en la cubierta trasera. Ni tampoco se había hecho una corrección.

Mercer esperaba un estilo de escritura sencillo: palabras fáciles de no más de tres sílabas, frases cortas y directas con solo unas pocas comas y nada de florituras literarias. Pero la autora era tan fácil de leer y la historia tan cautivadora que Mercer dejó de lado casi al instante su opinión profesional y editorial, tal vez un poco estirada, y se sumergió en sus páginas. Cuando terminó la lectura del primer capítulo, cosa que hizo de un tirón, se dio cuenta de que esa escritura era mucho más eficaz y fascinante que la de los textos de sus alumnos que tenía que corregir a diario. De hecho, su estilo y la historia eran mucho más interesantes que la mayoría de las primeras novelas, publicitadas con mucho bombo, que había leído durante el último año.

Se dio cuenta de que Thomas la estaba observando.

—¿Qué?

—Lo estás devorando —comentó—. ¿Qué tal es?

—Bastante bueno.

—¿Cuándo puedo leerlo yo?

—¿Cuando lo termine?

—¿Y si hacemos lectura en equipo y alternamos capítulos? ¿Tú uno y yo el siguiente?

—Yo nunca he leído un libro así y no tengo intención de empezar ahora.

—No te costaría, porque yo leo el doble de rápido que tú.

—¿Estás intentando provocarme? —preguntó ella.

—Siempre. Llevamos casados como veinte horas, así que seguro que ya es un buen momento para tener nuestra primera pelea.

—No pienso morder el anzuelo, cariño. Vuelve a enterrar la nariz en tu libro y déjame en paz.

—Vale, pero date prisa.

Ella lo miró, sonrió y sacudió la cabeza.

—Nos olvidamos de consumar nuestro matrimonio anoche —dijo Mercer.

Thomas miró alrededor para ver si había algún otro pasajero que pudiera oírlos.

—Llevamos tres años consumándolo.

—No, Romeo, un matrimonio no es oficial, al menos en el sentido bíblico, hasta que se dicen los votos, te declaran marido y mujer y después se consuma el acto sexual.

—¿Entonces todavía eres virgen en el sentido bíblico?

—No pienso seguir por ese camino.

—Estaba cansado y un poco borracho, perdón. Te compensaré en Escocia.

—Si es que puedo esperar tanto.

—Me gusta tu forma de pensar.

4

Nalla tenía diecinueve años cuando su breve y feliz vida cambió para siempre. Su marido, Mosi, y ella, tenían un hijo, un niño de tres años. Pertenecían a la tribu luba y vivían en un poblado en la parte sur del Reino del Congo.

Todos estaban durmiendo y esa noche reinaba el silencio cuando unas voces aterradas atravesaron la oscuridad. Una de las cabañas estaba en llamas y la gente no paraba de gritar. Nalla se despertó primero y sacudió a Mosi. Su hijo estaba dormido sobre una alfombra entre los dos. Salieron corriendo para ayudar con el fuego, como todos los demás, pero era mucho peor que un incendio. Era una invasión. El fuego lo había provocado deliberadamente un grupo de otra tribu con intenciones asesinas; antes ellos se ocupaban solo de vivir su vida, pero con el tiempo se habían convertido en cazadores de esclavos. Atacaron desde la jungla con palos y látigos y empezaron a maltratar a los habitantes de su poblado. Como eran asaltantes con experiencia, sabían que sus víctimas estarían demasiado aturdidas y desorganizadas para responder al ataque. Las golpearon, las sometieron y las encadenaron, pero tuvieron la precaución de matar al menor número posible; eran demasiado valiosos para matarlos. Dejaron allí a los mayores para cuidar de unos niños que, en cuestión de minutos, se habían quedado huérfanos. Las mujeres chillaban y aullaban por sus hijos, que no encontraban por ninguna parte. Se los habían llevado a la jungla y los liberarían al día siguiente. Los niños no tenían mucho valor como esclavos.

Nalla gritó el nombre de Mosi, pero no recibió respuesta. En medio de la oscuridad separaron a los hombres de las mujeres. Ella empezó a chillar llamando a su pequeño y, como no paraba de hacerlo, uno de los atacantes le dio un golpe con un palo. Cayó al suelo y notó sangre en la mandíbula. A la luz del fuego solo veía hombres armados con largos machetes y cuchillos que empujaban y arreaban a los habitantes del poblado, sus amigos y vecinos; les gritaban órdenes en tono desagradable y amenazaban con matar a cualquiera que se le ocurriera desobedecer. El fuego se expandió y se volvió ensordecedor. A Nalla volvieron a tirarla al suelo y después le ordenaron que se levantara y caminara hacia la jungla. Había una docena de mujeres encadenadas juntas, casi todas ellas madres jóvenes que lloraban y chillaban el nombre de sus hijos. Les ordenaron que guardaran silencio, pero como no paraban de sollozar, un hombre las azotó con un látigo.

Cuando estaban ya lejos del poblado y en lo más profundo de la jungla, se pararon en un claro donde los esperaba un carro tirado por bueyes. Estaba lleno de cadenas, grilletes y esposas. Las mujeres solo llevaban un taparrabos en la cintura, el atuendo habitual, pero se lo quitaron para dejarlas desnudas. Los asaltantes les colocaron grilletes de hierro en el cuello y se los ajustaron bien. Cada uno de ellos estaba encadenado a otro que tenía solo a unos centímetros. Cuando volvieron a caminar, lo hicieron formando una fila india de mujeres encadenadas; de esa, si una intentaba huir, toda la fila tropezaría y se caería.

Pero las mujeres estaban demasiado aterrorizadas para huir. La jungla era densa y estaba muy oscura. El carro abría la marcha, conducido por uno de los asaltantes, adolescente, que llevaba una antorcha en una mano y las riendas en la otra. Había otros dos hombres armados escoltando a las mujeres, uno al principio de la fila y el otro al final, ambos con látigos.

Cuando ellas se cansaron de llorar, solo siguieron avanzando con pesadez; el único sonido que se oía de modo ocasional era el tintineo de las cadenas.

Todas eran conscientes de otros movimientos en la jungla. Seguramente se estarían llevando a otros habitantes de su poblado, a sus maridos, padres o hermanos. Cuando oyeron voces masculinas, todas las mujeres empezaron a gritar los nombres de sus seres queridos. Sus captores soltaron maldiciones y utilizaron los látigos. Después las voces de los hombres se fueron desvaneciendo en la distancia.

El carro se paró en un riachuelo que una de las mujeres conocía bien, porque iba allí a bañarse y a lavar la ropa. Sus captores dijeron que iban a dormir ahí y les ordenaron a las mujeres que se reunieran alrededor del carro. Todavía seguían encadenadas juntas y, después de una hora, el hierro les estaba haciendo rozaduras en la piel. Ataron una cadena más gruesa a una de las ruedas del carro y rodearon con ella los cuellos de dos de las mujeres. Así aseguraron a las prisioneras para pasar la noche.

El chico adolescente hizo una fogata y preparó una olla de arroz rojo. Después echó hojas de yuca y ocra, y cuando el guiso estuvo listo, los otros hombres y él cenaron, comiendo todos con la misma cuchara de madera. Las mujeres estaban demasiado cansadas y asustadas para sentir hambre, pero miraron cómo cenaban los hombres porque tampoco había otra cosa que hacer. Se acurrucaron unas junto a otras. Las cadenas hacían ruido con cada mínimo movimiento. Hablaban entre ellas en susurros y se preguntaban por sus hijos y sus maridos, preocupadas.

¿Volverían a casa alguna vez?

Les habían llegado rumores de que había cazadores de esclavos en la parte norte del país, pero todavía estaban demasiado lejos para preocuparse. El jefe de su poblado se había reunido con los líderes de otras tribus y ellos le advirtieron, por eso ordenó que los hombres dejaran a mano las armas por las noches y que tomaran precauciones cuando salieran a cazar o a pescar.

Cuando se apagó el fuego, la noche se volvió aún más oscura. Los hombres podían oír todos sus susurros, así que se guardaron sus pensamientos. El adolescente se durmió junto al fuego. Los dos hombres desaparecieron. Una de las mujeres susurró que deberían intentar escapar, pero parecía imposible. Solo con respirar las cadenas que las unían ya hacían ruido.

De repente los dos hombres volvieron y cogieron a la prisionera más joven, Sanu, una chica de catorce años cuya madre habían dejado en el poblado. Le quitaron el grillete del cuello y las cadenas. Ella intentó liberarse y protestó y ellos la golpearon y la insultaron. Desaparecieron de su vista con ella, pero durante un largo y terrible rato las mujeres oyeron cómo los hombres hacían turnos para violarla. Cuando la chica volvió, estaba sollozando y temblaba tanto que casi parecía que tenía convulsiones. Los hombres la encadenaron de nuevo y amenazaron a las demás mujeres con el mismo trato si hablaban o intentaban escapar. Se acercaron aún más entre ellas, aterradas. Nalla se quedó cerca de la niña y le susurró palabras reconfortantes, pero no había forma de que parara de temblar.

Los hombres, satisfechos y exhaustos, no tardaron en dormirse, pero para las prisioneras era imposible conciliar el sueño. Físicamente estaban demasiado incómodas y emocionalmente estaban destrozadas y querían volver a casa con sus maridos y sus hijos.

Cuando amaneció, se pusieron a caminar de nuevo para alejarse aún más del poblado. La jungla se volvió menos espesa, el sol estaba en lo más alto del cielo y hacía mucho calor.

A media mañana llegaron a un valle que la mayoría no había visto nunca antes. El carro se detuvo, llevaron a las mujeres hasta un árbol y les dijeron que se sentaran. El adolescente hizo una fogata y cocinó otra olla de arroz rojo y ocra. Los hombres comieron primero, todos con la misma cuchara de madera. Las sobras se las dieron a las mujeres, que le dijeron a Sanu que comiera primero, pero ella no quiso, dijo que no tenía hambre. La escasa cantidad de comida se repartió con mucho cuidado entre las demás y todas pudieron tomar unos cuantos bocados. Estaban famélicas y necesitaban agua.

La triste fila india siguió adelante; lo único que oían era el eje del carro y el constante ruido de las cadenas que unían sus cuellos. Los hombres se turnaban para subir a la parte de atrás del carro y dormir un rato. También examinaban a las mujeres, como si estuvieran eligiendo a una para esa noche. Pararon más o menos una hora junto a un arroyo y a la sombra de una ceiba para beber y descansar. La comida consistió en una manzana pequeña y un trozo de pan duro. Después de comer y recoger suficiente agua para beber, les permitieron a las mujeres meterse en el arroyo para bañarse.

Cuando anocheció el segundo día, eligieron a otra mujer que se llamaba Shara. Cuando los hombres le quitaron el grillete, ella intentó liberarse y luchar con ellos. Le dieron una paliza con un bastón y después la ataron a un árbol y la azotaron con un látigo hasta que se quedó inconsciente. Volvieron los insultos y amenazaron con castigar igual a las que se resistieran. Todas estaban aterrorizadas, llorando y abrazándose.

Uno de los hombres se acercó y señaló a Nalla. Ella supo que no tenía sentido resistirse. Shara lo había hecho y estaba prácticamente muerta. Se llevaron a Nalla entre los árboles y la violaron.

Aunque estaban exhaustas, hambrientas, deshidratadas,

asustadas y doloridas, las mujeres tampoco lograron dormir esa segunda noche. Y la pobre Shara no ayudó mucho. Todavía atada al árbol, se pasó gran parte de la noche soltando gemidos lastimeros que en algún momento de la madrugada cesaron.

5

Al amanecer los hombres se pusieron a discutir. Shara había muerto durante la noche y se culpaban entre ellos. Cuando retomaron su camino, obligaron a las mujeres a pasar junto al árbol; todas lloraron al despedirse de su amiga. Los grilletes del cuello no les permitían girar la cabeza, pero Nalla lo consiguió más o menos. Shara seguía abrazada al árbol, con las manos atadas con cuerdas y el cuerpo desnudo cubierto de sangre seca.

Caminaron durante días por caminos de tierra soportando el calor y se fueron debilitando cada vez más. Sabían que iban hacia el oeste y que el océano estaba cada vez más cerca, aunque nunca lo habían visto. Era parte del folclore, la leyenda de África. Su poblado quedaba ya tan lejos que supieron que no iban a regresar. Durante dos siglos los congoleños y otros africanos del sur habían sido atacados, encadenados, raptados y vendidos como esclavos a los colonos del Nuevo Mundo. Las mujeres sabían lo que les esperaba. La única esperanza que le quedaba a Nalla era volver a ver a Mosi.

Los días se confundían unos con otros y el tiempo no significaba nada. Sobrevivir era lo único en lo que pensaban cuando lograban contener sus emociones. El sol feroz e implacable solo empeoraba las cosas. El hambre y la deshidratación las consumían una hora tras otra. Por la noche, cuando llegaban vientos del norte, las mujeres se acurrucaban muy juntas para mantener el calor, mientras sus captores dormían junto a la pequeña fogata.

Cuando se quedaron sin comida, los hombres se pelearon y le ordenaron al adolescente que diera la vuelta con el carro para tomar un camino que se dirigía al sur. Al anochecer olieron el humo de fogatas y el aroma de la comida y encontraron un pequeño poblado al lado de la espesura. Unas vallas hechas de tablas y alambre rodeaban el terreno de una granja, formando una especie de corral que estaba lleno de prisioneros como ellas. Había docenas y los hombres estaban separados de las mujeres y los niños. Una cárcel de esclavos. Varios de los guardias tenían rifles y se quedaron mirando a las mujeres. Una puerta se abrió y entraron. Allí les quitaron los grilletes y las cadenas. Una mujer africana con el pelo canoso y un vestido que parecía un saco les curó las ampollas y las rozaduras con grasa animal que llevaba en un cuenco. Les dio alubias y un pan sabroso y todas comieron hasta hartarse. Su marido y ella eran los propietarios de la granja y les cobraban una pequeña cantidad de dinero a los esclavistas que pasaban por allí. Les dijo que probablemente las venderían a otro grupo que se las llevaría de allí. La mujer sentía la difícil situación en la que se encontraban, pero no podía hacer gran cosa por ellas.

Había varios niños. Nalla y las otras madres de su poblado los miraban con lástima y añoranza. Echaban de menos a sus propios hijos perdidos, pero ¿no era mejor que se hubieran quedado atrás, en casa? Seguro que los ancianos los cuidarían bien. Los pobres niños de la cárcel estaban débiles y hambrientos. Muchos tenían llagas y picaduras de insectos. No jugaban, ni sonreían, ni iban por ahí dando brincos como los niños normales.

La cárcel estaba dividida por una alta valla de alambre. Los hombres y las mujeres se acercaban a ella para examinarse, buscando alguna cara conocida. Mosi no estaba allí, pero Nalla reconoció a otro hombre de su poblado y habló con él. Le dijo que el segundo día los dividieron en tres grupos y a Mosi se lo llevaron con unos cuantos. A su vez, él le preguntó a ella si había visto a su mujer o a sus hijas, pero Nalla no pudo ayudarlo.

Llovió mucho esa noche, hubo unos relámpagos aterradores y fuertes vientos. No había donde refugiarse en esa cárcel. Se metieron todos entre las ruinas de un cobertizo y durmieron rodeados de barro. Por la mañana la mujer del pelo canoso les trajo pan y arroz rojo y, mientras distribuía la comida, se fijó en que un niño tenía un sarpullido. Temiendo que pudiera ser sarampión, lo metió en otro cobertizo. Dijo que tres niños habían muerto de sarampión un mes antes.

Después de una semana en la cárcel, dividieron a las mujeres y les dijeron que se prepararan para marcharse. Un grupo diferente de guardias rodearon a veinte mujeres y tres niños y volvieron a traer los grilletes y las cadenas. A Nalla y sus amigas las habían vendido por primera vez.

Sus captores aparecieron con un nuevo artefacto para encadenarlas, un método diferente de tortura. Lo llamaban «tabla de equilibrio» y no era más que una plancha de madera basta de casi dos metros con unas argollas de metal en ambos extremos, una para cada prisionera. Las argollas se ponían alrededor del cuello, por lo que las dos mujeres no solo estaban unidas la una a la otra de una forma irrompible, sino que además tenían que soportar el peso de la pesada tabla de madera. También llevaban una cadena que les rodeaba la cintura e iba sujeta a un grillete que le rodeaba el cuello a un niño, que caminaba entre las mujeres y bajo la tabla. Para empeorar aún más las cosas, los guardias colocaban los suministros y el agua sobre la tabla, lo que aumentaba considerablemente el peso que tenían que aguantar las mujeres.

Tras unos minutos caminando con eso, Nalla casi echaba de menos el grillete del cuello. Pero la verdad era que daba igual. Una tortura era tan mala como la otra.

Pasaban los días y el sol cada vez calentaba más. Las mujeres se fueron debilitando y empezaron a desmayarse por golpes de calor y agotamiento. Como estaban unidas por la tabla, si una mujer se desmayaba, las dos caían. Los guardias reaccionaban dándoles agua y, si eso no servía para reanimar a la mujer, sacaban el látigo.

Se hizo cierta justicia cuando uno de los guardias, el más sádico de los tres, pisó una mamba verde bastante grande y cayó al suelo chillando. La serpiente se escabulló y las prisioneras salieron corriendo llevadas por el pánico. Las reunieron de nuevo junto a un árbol, donde descansaron a la sombra y vieron, con una mezcla de satisfacción y horror, cómo el guardia sufría convulsiones, vomitaba y gruñía hasta que murió. Hasta nunca.

Un día llegaron a la cima de una colina y desde allí vieron el mar a lo lejos. El agua azul les resultó reconfortante porque significaba que su duro viaje llegaba a su fin. También les causaba desolación porque sabían que el mar las llevaría lejos de allí para siempre.

Dos horas después llegaron a un pueblo y vieron unas barquitas ancladas en la bahía. Las ruedas del carro chirriaron hasta que se detuvo ante un campamento que llamaban «el fuerte». Llevaron a las mujeres bajo la sombra de un árbol una vez más y les dijeron que esperaran. A través de la valla que rodeaba el perímetro veían a los que estaban dentro, las mujeres y los niños más cerca y los hombres en otro recinto más grande más allá. Buscaron de nuevo caras que reconocieran, pero en vano.

El jefe apareció por fin; era africano, pero llevaba ropa occidental y botas militares. Les gritó a las mujeres, les ordenó que se levantaran e inmediatamente se puso a examinarlas una por una. Les manoseaba los pechos, les palpaba la zona púbica, les pellizcaba el culo e intentaba que pareciera que todo eso lo aburría. Se tomó su tiempo y, cuando terminó, le dijo a los dos guardias que le habían traído un buen lote. Veinte mujeres jóvenes y todas más o menos sanas, que seguramente serían buenas reproductoras, y tres niños famélicos que no valían gran cosa. El jefe y los guardias empezaron a hablar de dinero y la conversación se fue animando: hubo mucha discusión y mucho movimiento de cabeza. Era obvio que los hombres se conocían y habían negociado con anterioridad. Cuando por fin llegaron a un acuerdo, el jefe sacó una bolsa llena de monedas y pagó por las esclavas.

Acababan de vender a Nalla y sus compañeras una vez más.

Las hicieron cruzar la puerta y entrar en el patio con suelo de tierra donde les quitaron las tablas, las cadenas y los grilletes y les permitieron moverse libremente por el recinto. Encontraron a otras mujeres de su tribu y se contaron sus historias, todas espeluznantes. Algunas de las mujeres tenían heridas abiertas en la espalda donde habían recibido latigazos. Casi todas eran madres jóvenes que lloraban aún por sus hijos perdidos.

Al otro lado del fuerte había un recinto más grande donde varias docenas de hombres merodeaban, intentando ver a las mujeres. Nalla y las otras se aproximaron todo lo posible, pero no vieron a ningún conocido.

Repartieron pan y agua y las mujeres se refugiaron en la sombra que había detrás de un cobertizo. Un barco había salido tres días antes con casi doscientos esclavos a bordo, pero el fuerte se estaba llenando rápidamente de nuevo. El tráfico de esclavos se hallaba en su apogeo. Nadie sabía con seguridad cuándo llegaría el siguiente barco para llevárselos. Lo único que tenían claro era que no iban a volver a casa. Todas las mujeres habían perdido un marido, un hijo o ambos. Nalla contó que la habían violado y algunas otras mujeres lo admitieron también, a regañadientes. Y además estaban demacradas, desnutridas y desnudas.

El terror empezaba cada noche, después de que anocheciera, cuando aparecían los soldados. Por unas pocas monedas, el jefe les dejaba entrar en el fuerte para violar a aquellas mujeres, que constituían una presa fácil.

Las condiciones en el fuerte eran deplorables. La mayoría de las prisioneras no tenían dónde refugiarse y dormían en el suelo. Había unos cuantos cobertizos en los que metían a las que tenían disentería o escorbuto. Una pequeña tormenta convirtió el suelo en una pista de barro. Les daban comida solo de vez en cuando y consistía en hogazas de pan, duro y rancio, y la fruta que encontraba por ahí el jefe. El único intento de mantener cierta salubridad era un agujero grande lleno de excrementos que había en una esquina. Usarlo era peligroso. Las paredes estaban resbaladizas por la suciedad y todos los días se caía alguien dentro. El fuerte era un nido de ratas y mosquitos grandes como avispas. Por la noche nadie protegía a las mujeres. Había tantas posibilidades de que las violaran los guardias como los soldados, que siempre andaban por allí.

Y así tuvieron que esperar un día tras otro. El fuerte se iba llenando y más gente significaba menos comida. En medio de la desesperación, las mujeres no apartaban la vista del puerto, deseando que llegara un barco que se las llevara de allí.

6

Una mañana, más o menos dos semanas después de su llegada, aunque no tenían ni idea de qué día de la semana era, Nalla se despertó sobre el suelo de tierra y se levantó. Vio que dos mujeres señalaban hacia el puerto. Por fin había llegado un barco. Pasaron las horas, pero no ocurrió nada. Al final apareció algo que no habían visto nunca: el primer hombre blanco con el que se cruzaban en sus vidas. El jefe y él se reunieron en el porche de una cabaña y se pusieron a negociar.

Después de que se fuera el hombre blanco, el cambio en el ambiente del fuerte fue evidente. Los guardias abrieron un cobertizo y sacaron pilas de cadenas y grilletes de hierro para cuellos y tobillos. Les ordenaron a las mujeres que se levantaran y se pusieran en fila y empezaron a encadenarlas. Cuando una se resistió, la azotaron con el látigo y obligaron a las otras a presenciarlo. Nalla era la primera de un grupo de unas treinta que sacaron del fuerte mientras todos, hombres y mujeres, miraban. Pronto llegaría también su turno.

Las llevaron por un camino hacia el puerto. Los habitantes del pueblo dejaron de lado sus actividades y las miraron con lástima. En el muelle, Nalla y las demás cruzaron un estrecho embarcadero hasta una barca, donde unos hombres blancos muy bruscos les hablaron en una lengua extranjera.

Era inglés y los hombres eran americanos.

Empujaron a las mujeres para que subieran a cubierta y después bajaran por una escalerilla endeble hasta una bodega sofocante que tenía las portillas selladas. Era una barca de carga y podía llevar cincuenta esclavos cada vez, así que tardaron dos horas para llenarla. Mientras, Nalla y las otras mujeres tuvieron que esperar en la oscuridad de la bodega, respirando un aire nauseabundo y asfixiante. Había ratos que les costaba respirar. Boqueaban, inhalaban con dificultad y chillaban de miedo. Uno de los guardias abrió una portilla para que entrara un poco de aire. Por fin dejaron el muelle y la barca comenzó a balancearse suavemente. El aire corrió por la bodega. Como no tenían experiencia en el mar, el balanceo hizo que se marearan.

Media hora después les ordenaron que salieran de la bodega y de la barca. Subieron a una pasarela de madera y ascendieron trabajosamente por la empinada pendiente hasta el Venus.

Lo que vieron allí las espantó. Teniendo en cuenta que eran seres humanos endurecidos por la crueldad y el maltrato, lo que se encontraron allí les resultó todavía más alarmante que lo que habían visto. Docenas de hombres africanos esperaban en grupos pequeños, en cuclillas o sentados, a que les dijeran qué hacer. Observaron cómo subían a bordo las mujeres. Rodeando todo el perímetro de la cubierta había hombres blancos con armas que vigilaban con cara de pocos amigos a los prisioneros. Atado a un mástil en medio de la cubierta había un hombre africano al que estaban azotando. A su lado, en otro mástil, había un hombre blanco, también desnudo y cubierto de sangre. El bestia que tenía el látigo no paraba de reírse y gritar en su idioma. Un latigazo al africano y otro al marinero. No tenía ninguna prisa.

7

Mercer ya había estado en el Dulles International antes. Era un aeropuerto importante, un sitio de paso que recibía a gente de todos los rincones del mundo. En los paneles de llegadas y salidas de la terminal principal había cientos de vuelos que salían o llegaban de diferentes partes del mundo. Mercer disfrutaba mirándolos y soñando con todos los lugares que quería ver. El mundo estaba al alcance de su mano y compañías como Icelandair, All Nippon Airways, Royal Air Maroc o Lufthansa podían llevarla a cualquier parte.

Tenían que esperar tres horas para embarcar en su vuelo a Londres. Thomas había ido a buscar café y a estirar las piernas. Mercer dejó el libro sobre Dark Isle. Ya había leído la mitad y necesitaba un descanso. En el fondo de su mente encontró un recuerdo lejano de su época del colegio; estaba segura de que una profesora con buenas intenciones la había obligado a leer algo sobre los esclavos en América. Sabía lo básico, pero nunca le había interesado demasiado la historia. Había leído *La cabaña del tío Tom* y *Huckleberry Finn* y tenía una idea general sobre lo horrible que había sido todo aquello, pero nunca se había parado a reflexionar sobre ello. Siempre se había decantado más bien por la literatura inglesa y francesa contemporánea.

Vio acercarse a un grupo de africanos. Las mujeres llevaban túnicas de colores vivos y pañuelos en la cabeza y los hombres trajes oscuros a la moda, camisas blancas y corbatas coloridas. Se los veía contentos y hablaban muy alto en un inglés con mucho acento. Otros pasajeros se los quedaban mirando y les dejaban sitio para pasar. Llevaron sus maletas rodando hasta el mostrador de Nigerian Air y se pusieron en la cola.

Mercer recordó la emotiva historia de Nalla y lo inhumano que fue su primer y único viaje al otro lado del Atlántico desde África Occidental. Les sonrió a los nigerianos y se preguntó cómo habían podido soportar sus antepasados que se cometiera tal crueldad con ellos. No le cabía en la cabeza.

Thomas volvió y le dio un café en una taza de cartón.

—Casi no has hablado conmigo desde que salimos.

—¿Y qué?

—Somos recién casados y se supone que deberíamos estar totalmente embelesados el uno con el otro.

—¿Y tú estás embelesado conmigo?

—Claro. No puedo pensar en otra cosa que no sea en consumar el matrimonio.

—Perdona que haya sacado el tema. Yo también estoy cautivada contigo. ¿Te sientes mejor?

—Supongo que sí. Aunque en realidad no. ¿Qué tal el libro?

—Es impresionante. La gente que vivió en Dark Isle eran esclavos de África Occidental. ¿Has estado alguna vez allí?

—No. Solo en Ciudad del Cabo y Nairobi.

—Yo tampoco. La verdad es que es una historia fascinante.

—¿Has encontrado ya un argumento?

—Tal vez. La historia habla del momento en que una de las antepasadas de la autora se convierte en esclava, una madre joven que se llama Nalla. La raptaron unos traficantes de esclavos. Perdió a su hijo, su marido, su familia; todo.

—¿Cuándo?

—Más o menos en 1760.

—¿Y cómo acabó en Dark Isle?

—No lo sé. No he llegado a esa parte todavía.

—¿Me vas a ignorar durante todo el viaje hasta el otro lado del Atlántico?

—Seguramente hasta que acabe el libro.

—No sé si estoy hecho para la vida de casado.

—Demasiado tarde. Ya estás atado a mí para siempre. Así que entretente leyendo tu libro.

8

Lovely de repente le dio un giro curioso a su narración. Cuando Nalla llegó por fin al barco, la autora decidió introducir un inciso para darle al lector un poco de contexto histórico sobre el tráfico de esclavos. La investigación que había hecho para documentarse era admirable. Escribió:

El Venus era uno de los tres barcos de transporte de esclavos que poseía el dueño de una plantación de Virginia que se llamaba Melton Fancher. A mediados del siglo XVIII era el mayor terrateniente del estado y poseía varias plantaciones de tabaco y cientos de esclavos. La mayor parte del tráfico de esclavos lo controlaban inicialmente los portugueses, los holandeses y los británicos, pero el señor Fancher quiso entrar en el negocio. Necesitaba más trabajadores para sus plantaciones y le resultaba más barato traerlos en sus propios barcos que comprarlos. Cargaba las embarcaciones de tabaco y whisky y las enviaba a África para vender la mercancía y que regresaran llenas de esclavos.

Sus barcos de transporte de esclavos se construyeron en los astilleros de Norfolk, donde empleaba a cientos de personas. Los financiaban y los aseguraban bancos y empresas de Nueva York, Boston y Filadelfia. Como los esclavos se consideraban bienes muebles, como el ganado, también se podían asegurar.

El tráfico de esclavos era un negocio enorme. Todo el mundo ganaba dinero con ellos. Excepto los esclavos, claro.

Como eran tan valiosos, las empresas que comerciaban con ellos guardaban minuciosos registros. Desde 1737 a 1771 los tres barcos del señor Fancher hicieron doscientos veintiocho viajes al otro lado de Atlántico y aportaron unos ciento diez mil esclavos raptados en África a los mercados americanos, principalmente los de Norfolk, Charleston y Savannah. A Fancher se lo consideraba el mayor traficante de esclavos de América y se hizo muy rico.

Las condiciones a bordo de sus barcos eran horribles, como ocurría con todos los barcos que se dedicaban a eso. Lo que la pobre Nalla tuvo que soportar, y que se describe a continuación, era habitual. En aquellos días terribles, el procedimiento cuando un barco lleno de esclavos se acercaba a puerto era que otras embarcaciones, barcos más pequeños, barcas de pescadores y trabajadores de tierra despejaran el muelle. El hedor resultaba insoportable, nauseabundo, y se percibía a kilómetros de distancia. Se decía que llegaba el olor incluso antes de que se pudiera ver la punta de sus velas.

9

Durante tres días, Nalla esperó con los demás en el Venus, que se iba llenando poco a poco con más africanos encadenados y engrilletados, todos desnudos y confusos. Muchos de los hombres se mostraban beligerantes y rebeldes, pero las más leves protestas o quejas provocaban brutales azotainas con los látigos a la vista de todos. Los latigazos se daban en la cubierta principal, ante una multitud de testigos. La violencia y el nivel de truculencia surtían efecto y disuadían de cualquier idea de resistirse. Los marineros iban armados hasta los dientes, eran agresivos y actuaban como si la mejor forma de mantener la disciplina fuera golpear a cualquier africano que no cumpliera las órdenes inmediatamente.

Los hombres llevaban permanentemente grilletes en los tobillos. Los obligaban a caminar, sentarse y hacerlo todo en parejas. Los habían desterrado a la cubierta inferior, una sauna sofocante sin ventanas ni ventilación, luz o lugar para orinar o defecar. Estaban tan amontonados que tenían que dormir codo a codo. En la bodega hacía tanto calor como en un horno y costaba respirar. Estaban empapados en sudor que se deslizaba por su piel, formaba charcos y se colaba por las grietas que había entre las tablas del suelo. El hedor del sudor, la orina y las heces invadía el aire y era como una espesa niebla que resultaba prácticamente visible. Cada día, durante unas horas, subían a los hombres a la cubierta donde podían llenar los pulmones de aire fresco y comer un engrudo en un cuenco de porcelana sucio. Se aliviaban en un rincón donde los marineros habían instalado una especie de conducto, que era como una tubería para que los desechos cayeran al mar. Todavía seguían anclados y no dejaban de llegar más y más prisioneros.

Las mujeres y los niños estaban alojados en diferentes espacios bajo la cubierta principal y a ellos no los tenían engrilletados. Como eran menos que los hombres, sus condiciones eran un poco mejores, aunque vivían siempre con el miedo de sufrir violaciones. Les permitían pasar más tiempo en la cubierta y miraban constantemente a los hombres, esperando encontrar entre ellos a algún esposo o hermano perdido. Ocurría alguna vez, pero las mujeres sabían que lo mejor era no decir nada. No fue el caso de Nalla. No había ni rastro de Mosi.

Los marineros eran un grupo de hombres duros, marginados, criminales, exconvictos, morosos y borrachos, hombres que no podían encontrar un trabajo digno en sus lugares de origen. Todo el mundo sabía que trabajar en un barco que trasportaba esclavos era el peor trabajo disponible y los hombres lo aceptaban solo si no tenían ninguna otra cosa. No eran marinos de verdad, con formación ni conocimientos sobre el mar, solo un grupo de hombres desesperados que muchas veces disfrutaban comportándose como matones. Muchos eran muy sádicos. La disciplina venía de arriba y la aplicaban con firmeza el capitán y su tripulación. Eran duros con los marineros para que ellos lo fueran con los esclavos. Todo el mundo temía que se produjera una rebelión y el ambiente siempre estaba tenso.

Después de una semana de espera, el Venus por fin se hizo a la mar el 12 de abril de 1760. Su destino era Savannah y llevaba cuatrocientos treinta y cinco africanos a bordo. Trescientos diez eran hombres, y el resto, mujeres y niños. Había cuarenta y cinco marineros, diez tripulantes y un capitán, Joshua Lankford, un veterano que había hecho muchos viajes como ese.

Pero el barco nunca llegó a atracar en Savannah.

Alrededor del veinte por ciento de los africanos murieron durante el viaje. Tres miembros de la tripulación fallecieron de viruela y dos de malaria. La enfermedad asomaba por todas partes en el barco. La disentería estaba muy extendida y prácticamente todos los esclavos y la mayoría de los marineros sufrían de algún tipo de problema intestinal. La comida era escasa y espantosa y por eso campaban a sus anchas el escorbuto y otras afecciones. Hubo brotes de sarampión y viruela que provocaron que los aislaran en las bodegas más profundas y nauseabundas del barco. Dados los niveles de desesperación y depresión, el suicidio se les pasaba por la cabeza a menudo. Dos hombres, encadenados por los tobillos, lograron encaramarse a la borda del barco y se tiraron al mar. Eso les dio una idea a los demás y por eso doblaron el número de centinelas para evitar más saltos. Aun así, una semana después otros dos africanos lograron escapar de los disparos y se ahogaron. Una chica de trece años recibió una fuerte paliza por parte de dos marineros cuando se resistió ante un intento de violación. Cuando se dieron cuenta de que la habían matado, la tiraron por la borda para evitar que los castigaran. No se informó del incidente al capitán.

En los barcos de Fancher el contacto sexual con las esclavas estaba estrictamente prohibido, pero como muchas otras normas, todo el mundo la ignoraba y no se castigaba a los marineros por ello. Las esclavas aprendieron que no merecía la pena resistirse.

A Nalla la atormentaba un rufián desagradable al que apodaban Monk, un exdelincuente fornido, con barba negra y cicatrices en el cuello. Cada noche ella se tumbaba en el suelo en la oscuridad, con una amiga a cada lado, rezando para que no vinieran los hombres blancos, pero muchas veces lo hacían y Monk se convirtió enseguida en uno de los habituales. A la luz de una vela se llevaba a Nalla por un laberinto de pasillos oscuros hasta una habitación pequeña, estrecha, fría y húmeda donde guardaban el agua potable. Echaba el cerrojo para tener más privacidad y hacía lo que quería con ella. Nalla no se resistía. A veces había otros hombres esperando. Llevaban a esa habitación a muchas de las mujeres.

Para demostrar sus buenas intenciones, el señor Fancher exigía que hubiera un médico en todos sus barcos de transporte de esclavos. En el Venus el médico trataba solo a los marineros, porque prefería no tocar a los africanos. No se lo pensaba dos veces a la hora de determinar que un esclavo enfermo estaba «al borde de la muerte» y hacía que lo tiraran por la borda. Solo el capitán podía invalidar su diagnóstico y Lankford no acostumbraba a contradecir al médico. A los marineros les recetaba pastillas y ungüentos, pero nunca tenía nada para los africanos.

Cuando se anunció que había tierra a la vista, hubo cierto revuelo en el barco. Al verla, la tripulación se puso a trabajar. Los marineros de menor rango fregaron la cubierta en un esfuerzo inútil por mejorar un poco el aspecto del barco. Subieron a las mujeres a cubierta y les dieron cubos de agua salada y jabón desinfectante para que se lavaran. Después les entregaron una prenda barata hecha con tela de saco para que se la pusieran en la cintura y se cubrieran la parte inferior del cuerpo. Todavía tenían los pechos al aire, algo que no resultaba extraño entre los africanos, pero que llamaba la atención en tierra. A los hombres no les dieron agua ni jabón, pero les ordenaron que se taparan los genitales con un trozo de tela.

A última hora de la tarde el capitán Lankford apareció en cubierta, algo que no solía hacer. Examinó a sus hombres, un grupo variopinto cuya terrible apariencia solo había empeorado con el viaje, pero de alguna forma logró mostrarse impresionado. Estuvo un rato mirando por el catalejo, como si quisiera verificar que Savannah era el sitio adonde se dirigían. Dijo que desde allí veía el puerto, que él conocía bien, y que estaba a dos millas. Podían echar el ancla cuando anocheciera y dirigirse a tierra a primera hora de la mañana siguiente.

Pero el Venus no llegaría a acercarse más.

Unas nubes negras aparecieron y empezaron a soplar fuertes vientos que venían del norte. La tormenta fue tan repentina que los marineros no tuvieron tiempo de arriar las velas y echar el ancla. En pocos minutos el barco se vio arrastrado hacia el sur, de vuelta a mar abierto. Las olas alcanzaron un metro y medio, después tres, y rompieron contra el barco, inundando la cubierta. El capitán ordenó refugiarse en las cubiertas inferiores. Las ráfagas cada vez eran más fuertes, más ruidosas y duraban más.

El capitán Lankford había sobrevivido a huracanes en el Caribe, pero nunca había visto una tormenta como esa que venía del norte. Le resultó imposible mantener el rumbo del barco porque el viento lo azotaba por todos lados. Aunque no se veía prácticamente nada, notó que la vela mayor se rasgaba y azotaba el trinquete y la mesana. Unas olas aún más grandes se estrellaron contra el costado del barco y anegaron la cubierta. Estaba entrando una cantidad de agua enorme en el barco. Cuando el mástil de proa se partió en dos, el capitán les ordenó a los hombres que soltaran las amarras de los botes salvavidas y empezaran a bajarlos, pero con el barco dando fuertes sacudidas de un lado a otro era imposible. El agua arrastraría a cualquier desgraciado que intentara cruzar la cubierta. Lankford estaba preocupado por si los africanos lograban liberarse de algún modo y subir desde el fondo del barco, ocupar la cubierta y hacerse con los botes, así que ordenó que bloquearan las escotillas de las bodegas, emparedando a los más de cuatrocientos africanos y condenándolos a una muerte segura si el Venus se hundía. En un breve intervalo de calma, los marineros corrieron como pudieron por la cubierta y sellaron las bodegas.

Entonces los vientos y las olas volvieron, más fuertes que antes, y el Venus se sacudió con violencia de un lado a otro y estuvo a punto de volcar en varias ocasiones. El capitán les dijo a sus hombres que saltaran por la borda si querían, pero que se aferraran a algo que flotara. Él tenía intención de hundirse con su barco.

Bajo la cubierta, cuando el barco se inclinó de costado y hacia la proa y pareció a punto de hacerse pedazos, Nalla y las otras mujeres se abrazaron entre ellas y se aferraron a los niños para intentar protegerlos de la furia de la tormenta. Salieron despedidas y se estrellaron contra las paredes y contra las demás. Lloraban, rezaban y chillaban cuando las olas más terribles los zarandeaban. Se habían apagado todas las velas y las bodegas estaban en total oscuridad. Oían los gritos desesperados de los hombres encerrados debajo de donde estaban ellas. Veían que el agua se colaba por las grietas que tenían sobre sus cabezas. Se dieron cuenta de que estaban a punto de morir.

La tormenta arreció cuando se hizo de noche. Muchas mujeres lograron subir los escalones, pero no pudieron abrir la escotilla. Se percataron de que estaban atrapadas allí abajo y que se iban a ahogar. Ya había en la bodega unos treinta centímetros de agua y seguía entrando.

Una ola enorme elevó el barco y después lo dejó caer. Entonces se partió por la mitad y su cargamento se desperdigó por el océano. Ninguno de los africanos sabía nadar. Los hombres estaban condenados, porque se encontraban encadenados entre sí. Las mujeres intentaron sujetar a los niños, pero la tormenta era demasiado virulenta y estaba muy oscuro.

Nalla encontró un trozo de madera llena de astillas de un mástil roto. Ella y varias mujeres más se aferraron desesperadas a ese pedazo de madera mientras las olas las levantaban para después acabar sumergiéndolas en el agua. Ella las animó a aguantar, a ser fuertes. Habían sobrevivido hasta entonces. Ya habían salido del barco y no se iban a ahogar. Tenían que resistir. Se oían voces desesperadas por todas partes, las últimas palabras de los moribundos, las madres sufrientes y los marineros que intentaban salvarse. Sus gritos se perdían en medio del aullido del viento, el romper de las olas y la total oscuridad del océano.

Como si su misión fuera destrozar el barco, la tormenta empezó a amainar en cuanto lo consiguió. Las olas todavía las llevaban de acá para allá, pero ya no eran tan terribles. Los vientos comenzaron a perder fuerza. Pasaron los minutos y Nalla seguía viva. Continuó aferrada a ese trozo de madera y fue consciente de que el mástil le había salvado la vida. Siguió hablándoles a las otras mujeres, aunque a dos no las veía. Había más detrás de ella, también resistiendo con todas sus fuerzas.

11

El océano estaba en calma, quieto e inmóvil como la superficie de un cristal, sin rastro de la furia que había demostrado horas antes. En el horizonte apareció un pequeño círculo de color naranja y empezó a crecer cuando el sol salió un día más.

Nalla y otras cinco mujeres rodeaban a tres niños al pie de una duna. El agua no quedaba lejos y sus olas tranquilas iban a morir a la arena. La playa se extendía a derecha e izquierda hasta donde les alcanzaba la vista.

Tenían frío, así que desearon que el sol ascendiera rápido por el cielo. Estaban desnudas otra vez. Las faldas baratas de tela de saco que les dieron después de que se bañaran se habían perdido en la tormenta. Se morían de hambre porque hacía muchas horas que no comían. Los niños lloriqueaban por la incomodidad, pero las mujeres solo fueron capaces de quedarse mirando al mar, demasiado traumatizadas para pensar siquiera en cuál debía ser su siguiente paso.

En algún lugar a lo lejos, más allá del horizonte, estaba su casa. Nalla pensó en su pequeño y tuvo que contener las lágrimas. El horrible barco que las habían llevado hasta allí ya no existía. ¿Podrían encontrar otro que las devolviera a casa?

El mástil destrozado que les había salvado la vida estaba clavado en la arena allí cerca. Nalla pensó en las otras que se habían aferrado a él, desesperadas, pero al final habían sido arrastradas por las fuertes olas. Sus gritos de angustia todavía resonaban en sus oídos. ¿Estarían todas muertas o alguna habría conseguido alcanzar la orilla?

Había muerte por todas partes; había visto demasiada desde que invadieron su poblado y se preguntó si no estaría muerta ella también, por fin al otro lado y libre de esa pesadilla, a punto de reunirse con Mosi y su hijito.

Las mujeres oyeron voces y se acurrucaron juntas, pero estas sonaban tranquilas. Unos hombres se acercaban; en la playa apareció un grupo de africanos que iba hacia ellas. Eran cuatro hombres, uno llevaba un rifle, y cuatro mujeres del barco. Cuando vieron a Nalla y su grupo, ellas salieron corriendo para saludarlas con abrazos y lágrimas. Había más supervivientes. Tal vez incluso hubiera otras.

Los hombres las miraron y sonrieron. Iban descalzos y sin camisa, pero llevaban los mismos extraños pantalones bombachos que vestían los blancos del barco. Y hablaban en un idioma que las mujeres no entendían. Pero el mensaje estaba claro: «Aquí estaréis a salvo».

Siguieron a los hombres por la playa hasta un leve recodo en donde la costa se curvaba siguiendo la línea de una pequeña bahía. Redujeron el paso cuando vieron dos objetos oscuros en la arena un poco más allá. Figuras. Cuerpos. Dos hombres africanos desnudos, encadenados por los tobillos, que llevaban horas muertos. Los sacaron del agua y los arrastraron por la arena hasta una duna; después volverían para enterrarlos.

El sol ya estaba alto en el cielo y las mujeres, eufóricas por estar a salvo por el momento, empezaron a murmurar entre ellas comentando que necesitaban comida y agua. Nalla se comunicó por señas con el líder del grupo, el hombre que llevaba el arma, y consiguió transmitirle el mensaje de que necesitaban comida.

Cuando salieron de la playa encontraron otras tres mujeres escondidas cerca de una duna. Las abrazaron y lloraron con ellas. Al menos estaban vivas.

La partida de rescate las llevó por un camino que rodeaba las dunas hasta que alcanzaron una zona de vegetación densa. No tardaron en llegar a una jungla con grandes olmos y robles cubiertos de un musgo que colgaba de las ramas más bajas. La vegetación se fue volviendo más espesa hasta que los árboles y el musgo les taparon el cielo y el sol. Las mujeres olieron el humo e instantes después entraron en un campamento, un poblado con hileras de casitas hechas de ramas y barro y cubiertas con tejados de hojas de palma.

Las mujeres, once en total y seis niños, se vieron rodeadas por sus nuevos amigos. Los hombres llevaban pantalones hasta las rodillas. Las mujeres, vestidos de tela que les caían del cuello a los pies. Todos iban descalzos y tenían amplias sonrisas que transmitían amabilidad y lástima. Allí recibieron con los brazos abiertos a sus nuevas hermanas y a los niños que venían de África.

Ellos también habían hecho esa travesía y habían tenido que soportar el viaje en esos barcos. Pero ya eran libres.

2

Panther Cay

El periódico de Camino Island, *The Register*, se imprimía tres veces a la semana y cumplía muy bien su función de dar testimonio de los acontecimientos más relevantes de la vida de la comunidad: funerales, bodas, nacimientos, detenciones y solicitudes urbanísticas. Su dueño, Sid Larramore, había aprendido hacía años que la clave para seguir manteniéndose, aparte de los anuncios, era llenar las páginas de fotos en color de niños jugando al béisbol, al sóftbol, al *tee ball*, al fútbol, al baloncesto y a cualquier otro deporte. Los padres y los abuelos compraban el periódico cuando salían los suyos. También las fotos de pescadores sosteniendo orgullosos un buen ejemplar de mero o de guajú eran bastante populares.

Bruce se leía cada edición de cabo a rabo y Bay Books se gastaba miles de dólares al mes en anuncios. Los autores que pasaban por allí en sus giras siempre podían contar con una breve crónica en la página dos, por supuesto con foto.

Pero nada irritaba más a los habitantes de la isla ni vendía tantos periódicos como los cotilleos de que otro promotor con mucho dinero «del sur» estaba haciéndose con propiedades y planificando construir un millón de apartamentos. «Del sur» siempre significaba de Miami, un lugar famoso no solo por sus traficantes de drogas, sino también por las legiones de banqueros y promotores que buscaban blanquear dinero. Para la mayoría de los habitantes de Florida cualquier proyecto que se originara al sur se miraba con gran suspicacia.

Por una decisión arbitraria que había tomado siglos antes un explorador español, ya más que olvidado, Dark Isle estaba bajo la jurisdicción de Camino Island, igual que otro trozo de tierra virgen que había más cerca de la frontera de Georgia. Cuando Florida se convirtió en un estado, en 1845, el nombre se institucionalizó y Dark Isle se convirtió en su denominación oficial.

Bruce se sentó a su mesa con una pila de correo, el periódico y una taza de café bien cargado delante. Inmediatamente le saltó a la vista el titular: «Tidal Breeze anuncia la construcción de Panther Cay Resort». Y la mitad de la primera página la ocupaba una ilustración muy colorida del proyecto de urbanización que habían ideado para convertir Dark Isle en Panther Cay, un flamante nombre que se habían sacado de la manga unos originales encargados de marketing. Contaba con un casino gigante situado en el centro de la isla, un teatro con cinco mil localidades y al menos el mismo número de tragaperras. Se garantizaba prácticamente la asistencia de grupos y cantantes de fama mundial y también de innumerables jugadores con mucho dinero. Al sur del casino habían proyectado otro campo de golf de dieciocho hoyos para los jugadores que no tuvieran uno en Florida, y por supuesto todas las calles del mismo estaban flanqueadas de casas y apartamentos de lujo. Al norte había un pueblo artificial con tiendas, restaurantes y más pisos. La playa de arena blanca que había en el lado atlántico estaba rodeada de hoteles que ofrecían unas vistas espectaculares del océano. En el lado de la bahía había puertos deportivos con muchos atracaderos para todo tipo de barcos, entre ellos seguramente también yates de lujo.

Había algo para todo el mundo. No faltaban promesas. Las posibilidades eran infinitas. Tidal Breeze hablaba de gastar seiscientos millones de dólares para darle vida a Panther Cay. No se mencionaban los beneficios que pensaban conseguir del proyecto.

No habían incluido en esa ilustración tan impecable el puente que hacía falta para hacer todo eso posible, pero el portavoz de Tidal Breeze había dicho: «Nuestra empresa está dispuesta a pagar el cincuenta por ciento del total del coste del puente y el estado de Florida nos ha asegurado que el gobierno local aprobará la concesión del resto de los fondos en su próxima reunión. Cuando se complete la infraestructura, Panther Cay reembolsará los gastos de la construcción, en un periodo de cinco años, mediante el abono de impuestos específicos».

La noticia que le había llegado a Bruce no era esa. El cotilleo que de verdad corría como la pólvora era que Tidal Breeze ya tenía en el bolsillo a unos cuantos senadores estatales y que conseguiría que le construyeran el puente sin tener que poner ni un centavo. Solo prometían pagar unos cincuenta millones, más o menos la mitad del coste, en treinta años con el dinero ahorrado por las exenciones fiscales. Era un acuerdo complicado y poco claro que todavía se estaba negociando en diferentes barras en la zona de Tallahassee.

Una noticia que ocupaba mucho menos espacio en la página dos hablaba de las reticencias de varios grupos medioambientales. A nadie le sorprendía que el proyecto los horrorizara y que prometieran una fuerte oposición. Uno de los abogados más radicales arremetía contra Tidal Breeze por su larga historia de promesas incumplidas, proyectos fallidos y abusos medioambientales.

No habían tardado en establecerse los frentes de batalla.

Bruce llevaba en la isla ya veinticinco años. Abrió Bay Books en un impulso cuando solo tenía veinticuatro años y era demasiado joven para que nada lo asustara. Había heredado unos cuantos libros raros de su padre, vendió la mayoría por unos doscientos mil dólares y se enamoró del negocio. Compró la única librería de la isla, la renovó, puso la cafetería, le cambió el nombre y abrió las puertas.

Le encantaba Camino Island como estaba y quería que los cambios llegaran despacio, si es que llegaban. Panther Cay era el ataque más audaz hasta el momento contra el estilo de vida relajado y tranquilo del que disfrutaban los que se sentían atraídos por la isla y la ciudad de Santa Rosa. Desde el puerto del núcleo urbano, Panther Cay quedaría solo a veinte minutos en barco. Las luces fuertes y chabacanas del resort estropearían las vistas de la zona oeste.

Bruce tenía confianza en que los supervisores del condado bloquearan el proyecto, pero con tanto dinero en juego, no había nada seguro. Al menos dos de los cinco supervisores estaban siempre soltando proclamas a favor del crecimiento de la zona.

Se rio entre dientes al pensar en el nuevo nombre. Si alguna vez alguien había visto a una pantera en un radio de ciento cincuenta kilómetros a la redonda de Dark Isle, él no tenía noticia de ello. De hecho, solo quedaban unas doscientas en Florida. La especie estaba en grave peligro de extinción y los ejemplares vivían cerca de los Everglades. Y había una playa que se llamaba Panther Key en una isla al sur de Naples, en Florida.

Pero Panther Cay tenía una cierta sonoridad y quedaba bien en el material promocional. Ya tenían página web, pero contenía poca información.

Le vibró el teléfono, lo miró y sonrió.

—Mercer, querida, ahora mismo estaba pensando en ti.

—Seguro que sí. Hola, Bruce. ¿Qué tal está la isla?

—Todavía sigue aquí. ¿Ya me echas de menos, aunque estás de luna de miel?

—Ni un poquito. Nos lo estamos pasando en grande. Ahora mismo vamos en tren, en el Royal Scotsman. Estamos cerca de Dundee y vamos camino de las Highlands.

—Suena genial. Nada que contar aquí, excepto que esa maldita empresa de Miami acaba de anunciar la construcción de un resort de seiscientos millones de dólares en Dark Isle que van a llamar Panther Cay, al menos eso dicen. Aparte de eso, todo está tranquilo. Aunque hubo una pelea de bar el sábado pasado en el Pirate's Saloon.

—He acabado el libro en el avión. Qué historia más increíble. ¿Sería posible que conociera a Lovely Jackson?

—Supongo que puedo arreglarlo. Como ya te he contado, viene dos veces al año y tomamos café. Es un personaje la señora, pero da un poco de miedo.

—¿Y crees que colaborará si me decido a escribir la historia?

—No lo sé. Esa es la cuestión. La única forma de saberlo es preguntárselo.

—Pues tengo otra pregunta más. ¿Cómo puede esa empresa urbanizar Dark Isle si es propiedad de Lovely? Sigue afirmando que es suya, ¿no?

—Sí. Dice que es la última heredera que queda con vida de la propiedad, pero no hay papeles que lo corroboren. Y nunca ha habido una concesión de la corona ni una escritura de propiedad.

—Parece que se abre otro capítulo.

—Así es. Será mejor que te pongas a trabajar cuanto antes. ¿Thomas sigue por ahí?

—Más o menos. Tiene la nariz enterrada en un libro ahora mismo y me está ignorando por completo.

—Pero qué idiota.

—Te llamaré cuando volvamos a casa.

2

Steven Mahon había fracasado dos veces durante su jubilación. Durante la mayor parte de su ilustre carrera él había sido el abogado litigante de la organización sin ánimo de lucro Sierra Club y había llevado a juicio todo tipo de casos de destrucción o polución medioambiental. Los pleitos eran largos y brutales y después de treinta años estaba quemado y decidió jubilarse e irse a vivir a la pequeña granja familiar que tenían en Vermont. Allí solo aguantó un invierno, aislado por la nieve y aburrido, hasta que su mujer lo envió a Boston para encontrar trabajo otra vez. Lo consiguió en una modesta organización sin ánimo de lucro, demandó a unas cuantas empresas químicas y sobrevivió a un ataque al corazón que le dio a los sesenta y tres años. Su mujer era de Oregón, no soportaba la nieve y decidió que los dos necesitaban sol. Se mudaron a Santa Rosa y compraron una preciosa casa victoriana a tres manzanas de Main Street. Ella se apuntó a un club de jardinería mientras él se pasaba el día con los observadores de tortugas protegiendo los nidos de la playa. Cuando el aburrimiento puso en peligro su matrimonio, él fundó el Barrier Island Legal Defense Fund, una organización que sonaba agresiva y que consistía solamente en una secretaria a tiempo parcial y él mismo amontonados en una diminuta oficina que había encima de una tienda de ropa enfrente de Bay Books.

Con setenta años, aseguraba que nunca había estado más feliz. A Bruce le caía bien porque sus ideas políticas eran similares y también porque le compraba muchos libros sin descuento. Lo habían citado en la página tres del periódico de esa mañana porque según ellos había dicho: «El proyecto propuesto para Dark Isle supondrá un desastre medioambiental inédito en esta parte de Florida. Estamos deseando llevar a Tidal Breeze a los tribunales por ello».

Steven nunca había sido una persona que se cortara a la hora de hablar ni que huyera de un reportero, siempre se le ocurrían un par de palabras llamativas y le encantaba proferir amenazas. Su guerra constante contra empresas ricas y despiadadas había conseguido que no le quedara ni el más mínimo atisbo de timidez ni de diplomacia.

Bruce y él se veían para comer al menos una vez al mes. Ver el nombre de Steven allí impreso hizo que a Bruce se decidiera a invitarlo. Se sentaron a su mesa favorita en una terraza junto al mar en el puerto, justo cuando un barco de pesca de gambas pasaba por su lado cargado con las capturas del día. Bruce, como siempre, pidió una botella de Chablis. Steven dijo que él solo tomaría una copa. Estaba delgado y gozaba de buena salud, pero sus médicos y su mujer lo tenían muy vigilado. Los problemas cardiacos eran hereditarios.

—¿Qué tal va el libro? —preguntó Bruce.

El libro eran sus memorias, sus historias de batallas, sus mayores logros, como cuando les ganó a los cazadores furtivos de lobos en Montana, a los que tiraban basura nuclear en Nuevo México, a los mineros del carbón de Kentucky y a una naviera de cruceros de Miami que arrojaba toneladas de desperdicios al océano. La lista era extensa e impresionante y Bruce había oído muchas de esas historias a lo largo de los años. A Steven se le daba bien contar anécdotas y también escribir, pero construir un libro necesitaba disciplina. Y a ese autor en concreto no le gustaban los escritorios ni las pantallas de ordenador.

—Doscientas páginas. Y me quedan otras doscientas por lo menos.

—¿Cuándo me dejarás que lea algo?

—Más adelante, ahora no. —La camarera les sirvió el vino y brindaron.

En lo que respectaba a sus escritores, Bruce era famoso por ser siempre un entrometido. Quería saber en qué trabajaban y siempre los empujaba para que escribieran más. Como se trataba de un grupo claramente indisciplinado por naturaleza, muchas veces le mentían y le decían que progresaban cuando no era así. Pero él siempre estaba dispuesto a ayudar y leer los últimos borradores, lo que, por supuesto, después significaba que ellos tendrían que escuchar sus comentarios y sus críticas. Bruce quería que escribieran mucho y bien, y que los publicaran y así pudieran disfrutar de vivir de la escritura. Si era necesario incluso llamaba a agentes y editores y les daba su opinión, que nadie le había pedido, sobre los manuscritos. Y ellos le hacían caso. Había convertido su librería en el centro del circuito de librerías independientes y vendía muchos libros. Siempre estaba haciendo contactos y les proporcionaba mucho material en forma de cotilleos y también muchas ventas. Conocía a escritores, agentes, correctores, editores, ejecutivos de la industria, reseñistas, críticos literarios y a muchos otros libreros, y siempre se aseguraban de que todos también lo conocieran a él.

Steven y él pidieron ensaladas con marisco y siguieron con el vino. Era junio y el sol calentaba con fuerza. Ya habían llegado los turistas y había mucho movimiento de barcos de pesca y embarcaciones más pequeñas en el puerto.

Y la librería estaba hasta los topes siempre. La temporada de verano era la favorita de Bruce.

—He visto que les dijiste algo a los del periódico sobre lo de Panther Cay —dice Bruce.

Steven le sonrió y se encogió de hombros.

—¿Decirles algo? Me parecía que les había ofrecido mi habitual, experta y reservada opinión legal.

—Sí, sin duda estaba en consonancia con lo que dices habitualmente. Asumo que te vas a implicar.

—Todavía no, pero lo estamos vigilando con atención. Si Tidal Breeze consigue la aprobación, se abrirá la puerta del infierno.

—¿Vais a demandar?

—Oh, sí. Y llevaremos la artillería pesada, o al menos toda la que mi pequeña organización pueda soportar. Pero será caro.

Bruce y Noelle eran generosos con muchas organizaciones sin ánimo de lucro locales y le daban a Steven cinco mil dólares al año. Tenían un presupuesto ajustado, así que tantearon a sus contactos en el mundo medioambiental.

—Estoy seguro de que puedes reunir un buen equipo legal. Los peces gordos no van a perder de vista el asunto.

—Por eso estoy preocupado. Los peces gordos, sobre todo los del sureste, están bastante al límite ahora mismo. Demasiados hierros de marcar en el fuego, demasiadas promociones. El dinero ha estado tan barato los últimos diez años que todo el mundo se expandía. Los parques temáticos, las superautopistas, los chanchullos en paraísos fiscales y las subdivisiones. No hay suficientes amantes de los árboles como yo que sepan cómo ir a juicio y ganar. Va a ser una verdadera guerra.

—¿Ya has hecho los deberes?

—Sí. Me llegó el rumor como hace un año de que los promotores estaban rastreando la zona. Como sabes, el huracán Leo cambió por completo el paisaje. Dark Isle lleva ahí siglos y nadie la quería. Entonces llega el huracán y en cuestión de horas los arrecifes y las corrientes son radicalmente diferentes. De pronto la construcción de un puente era posible y, cómo no, los chicos que construían autopistas de repente no paraban de buscar dónde construir uno nuevo.

—¿Y la reclamación de propiedad de Lovely Jackson?

Steven negó con la cabeza y bebió más vino. La camarera les sirvió agua y les preguntó si necesitaban algo más, pero no.

—Yo no soy especialista en temas inmobiliarios —dijo Steven—, me dedico a otras cosas, pero si tiene intención de enfrentarse a los promotores, estará obligada a ir al juzgado y demostrar que es la propietaria. La verdad es que esa sería la mejor manera de parar a Tidal Breeze. Supongo que el equipo legal de la empresa argumentará largo y tendido sobre que ella no tiene modo de demostrar que la propiedad es suya y, por lo tanto, la isla pertenecería al estado, estaría sujeta a los impuestos correspondientes y sería susceptible de acabar urbanizada.

Bruce tragó una gruesa gamba, la bajó con un poco de Chablis y preguntó:

—¿El término jurídico para eso es «prescripción adquisitiva», o algo parecido?

—Así es. Y esto es algo bastante básico. Se da en primero de Derecho. Si vives en una propiedad que no es tuya durante al menos siete años, podrás reclamar la propiedad por prescripción adquisitiva, también llamada usucapión. Según el libro de Lovely, los esclavos se establecieron en Dark Isle casi trescientos años antes y la mantuvieron en su poder. Para los años cincuenta del siglo XX ya no quedaba ninguno. Ella era la última y se fue de allí cuando tenía quince años, si creemos su historia.

—¿No te la crees?

—No lo sé. Yo no soy de los que creen en el vudú, la magia negra y esas cosas. Pero sea como sea, necesita un abogado, Bruce, y cuanto antes. ¿Puedes ponerte en contacto con ella?

—Lo intentaré. Como te dije, viene a la librería de vez en cuando. Tengo ejemplares de su libro en la parte de delante, en la parte de «Autores locales». Vendemos como tres al año. Pero me da la impresión de que apenas sale de casa.

—¿Cómo está de salud?

—No lo sé, aunque parece que está en muy buena forma, es muy dinámica. Me pondré en contacto con ella.

—Cuanto antes mejor.

—Veré qué puedo hacer.

3

Dos años antes, en los días que siguieron al huracán Leo, un equipo del Departamento de Recursos Naturales de Florida sondó una distancia de más o menos un kilómetro y medio a la redonda de las aguas entre Dark Isle y el continente. Las imágenes de satélite revelaban un cambio importante tanto en el paisaje terrestre como marino a consecuencia del huracán. El extremo norte de la isla había quedado cercenado y apartado unos trescientos metros, acabando aún más aislado que antes. La parte principal de la isla seguía intacta, pero largas franjas de sus playas del lado atlántico habían desaparecido. No se habían podido hacer estimaciones de la cantidad de arena que se había desplazado y el equipo solo estaba en las primeras fases de su proceso de recopilación de información. Los tres científicos tomaron cientos de fotografías y medidas. Utilizando sofisticadas cámaras submarinas, estaban grabando los arrecifes y las corrientes para enviar los datos en tiempo real a su laboratorio en Tallahassee. La previsión del tiempo para ese día era la típica de agosto: cálido, húmedo y con un ochenta por ciento de posibilidades de tormentas eléctricas a última hora de la tarde, que podían ser incluso fuertes.

Su embarcación de trece metros y medio era un laboratorio flotante con el fondo plano que el departamento usaba desde hacía muchos años y que no era lo mejor para navegar. Tampoco tenía que serlo, porque estaba diseñada para la investigación en la playa y en aguas tranquilas. A los científicos no les preocupó la previsión meteorológica porque el muelle del continente estaba muy cerca, a la vista, y podían alcanzarlo con facilidad si aparecía la tormenta.

Su trabajo los llevó a escasa distancia de la costa de la bahía de Dark Isle y, por alguna razón, decidieron echar un vistazo en tierra. La isla era famosa por su historia relacionada con los esclavos y sus tradicionales leyendas que hablaban de intrusos que desaparecían. Pero hacía décadas que estaba desierta. Los locales, sobre todo los pescadores, preferían mantener la distancia. Pero los científicos tenían demasiada formación para creer en historias de fantasmas y se burlaban de cualquier leyenda sobre maldiciones de vudú y animales salvajes. Cuando atracaron el barco en la arena, un fuerte viento llegó desde el mar. Cayeron rayos cerca. Los truenos resonaron en el continente. El cielo rápidamente se puso oscuro y amenazante. Como no había refugio por ninguna parte, los científicos decidieron volver a subir al barco y se dirigieron a la pasarela. Cuando subieron, los vientos empezaron a azotar con fuerza y comenzó a caer una lluvia densa y fuerte. Los elementos alejaron el barco de la isla. Unas olas enormes lo zarandearon. Los hombres no se habían puesto los chalecos salvavidas y en medio del caos no lograban encontrarlos. El agua agitada no hacía más que empujarlos de un lado a otro. El barco no estaba hecho para aguantar esas olas y al final volcó y los tres hombres cayeron al mar.

Uno consiguió mantenerse agarrado al barco dos horas mientras la tormenta continuaba con toda su fuerza y los vientos aullaban. Cuando por fin pasó, un equipo de rescate del condado lo recogió y lo trasladó a un lugar seguro. Buscaron con la sonda durante muchas horas y también al día siguiente, pero no dieron con los otros dos hombres.

Se realizaron las investigaciones pertinentes, pero no se llegó a ninguna conclusión. Lo sucedido había sido consecuencia de una tormenta, un fenómeno natural. Los experimentados científicos estaban haciendo bien su trabajo. Solo habían tenido mala suerte.

En medio de la tragedia y la posterior investigación nadie se fijó en un detalle: que los dos desaparecidos eran blancos y el superviviente negro.

Dark Isle se había cobrado más víctimas.

4

Si los ejecutivos trajeados que dirigían Tidal Breeze en Miami sabían algo de las pintorescas leyendas sobre la isla, no lo demostraban. Después de su repentino interés por la isla y tras las conversaciones preliminares con los políticos y burócratas adecuados, Tidal Breeze empezó una operación clandestina de inspección y monitorización de la propiedad. Contrató una empresa que utilizaba satélites para fotografiar, hacer mapas y revisar todos los metros cuadrados disponibles. Y después pagó a otra para revisar la isla con drones y enviarles las imágenes. Y lo que se temían se convirtió en una realidad. La isla estaba cubierta de una jungla muy densa llena de árboles antiguos y vegetación que no dejaba ver el terreno en realidad. Leo, un huracán de categoría 4 y vientos de más de doscientos treinta kilómetros por hora y una marea de tormenta que se estimó que había llegado a los siete metros y medio, había tumbado más de mil árboles antiguos y convertido sus ramas y raíces en enormes pilas de desechos. Otros miles de árboles aguantaron y todavía ocultaban gran parte del interior de la isla. La vegetación había vuelto a crecer tras el huracán y era tan densa y espesa que no se podía atravesar. No había ningún rastro de carreteras ni caminos, ni tampoco señales de ruinas de edificios antiguos. Un pequeño promontorio cruzaba el centro de la isla. Se estimaba que su altura no superaba los seis metros en algunos puntos, pero la mayor parte de Dark Isle estaba al nivel del mar.

Aunque nunca lo admitirían, por las reacciones inevitables que provocaría, los ejecutivos ya habían decidido que la mejor manera de urbanizar la isla era llenarla de buldóceres y que las máquinas hicieran su trabajo. Un enfoque de tierra quemada que Tidal Breeze conocía bien. Dejarían unos cuantos árboles bonitos, los exhibirían como tesoros y los cuidarían bien para poder presumir del compromiso constante de la empresa con la conservación del medio ambiente y los hábitats naturales.

Incorporaron a una tercera empresa, que se llamaba Harmon, para que enviara un equipo a tierra. El grupo lo componían cuatro tíos duros que antes habían servido en las Fuerzas Especiales del ejército, pero habían sido dados de baja con deshonor. Supuestamente eran expertos en las áreas más complicadas de la seguridad empresarial y ocupaban puestos privados pero de corte semimilitar. Explorar una pequeña isla desierta no tendría que suponer un problema para ellos.

Swaney, el capitán y líder, decidió que atracar allí de noche sería lo más inteligente. No podían arriesgarse a que los viera la policía o alguien del Departamento del Sheriff. Los guardacostas patrullaban por la zona que rodeaba Camino Island y Cumberland Island, en Georgia. También habían visto merodeando por allí al Departamento de Recursos Naturales. Y había docenas de barcos de pesca y embarcaciones de recreo que no hacían más que entrar y salir del puerto de Santa Rosa. Parecía que siempre había alguien por allí cerca.

Acampar o ir de visita a Dark Isle no estaba prohibido. Para los locales la isla era tierra de nadie, en la que nunca se había construido y cuya propiedad nadie había reclamado, por lo menos en lo que a los asuntos prácticos respectaba. Simplemente estaba allí con sus casi cinco kilómetros de jungla rodeada de playas de arena blanca. Cualquiera podía acercarse para darse un baño, un paseo o hacer un pícnic.

Pero no la pisaba nunca nadie. Había demasiadas historias de toda la vida que contaban lo que les pasaba a quienes lo intentaban.

Los miembros del equipo iban sentados y agachados en su lancha semirrígida de nueve metros, avanzando con sigilo por la ensenada a oscuras mientras veían cómo las luces del puerto de Santa Rosa quedaban a lo lejos. Cuando el casco tocó la arena, Swaney elevó el motor y guio la embarcación hasta la playa. Entre los cuatro la sacaron del agua y la aseguraron con estacas y cuerdas. La marea alta estaba prevista para cuatro minutos después de medianoche y para eso quedaban tres horas. Con sus gafas de visión nocturna, encontraron las dos dunas grandes que habían elegido en las imágenes aéreas porque proporcionaban resguardo al campamento. Los cuatro tenían una pequeña videocámara montada encima del casco y se estaban enviando las imágenes en directo a un centro de control en una furgoneta marrón y sin distintivos («la furgoneta de UPS» la llamaban ellos) que estaba en el aparcamiento del hotel Sheraton de Camino Island. También llevaban todos un micrófono unido a unos auriculares que permitía que los dos técnicos que había en la furgoneta hablaran con ellos en tiempo real. Así se podía comunicar todo el mundo.

Montaron el campamento colocando cuatro tiendas individuales de rayón con mosquiteras. Descargaron neveras portátiles con comida y bebida. El plan era pasar dos días enteros explorando la isla y las dos noches en las tiendas. Todavía no estaban cansados, así que se pusieron a explorar. Vestían uniformes completos de tipo militar, solo que sin chaleco antibalas. Iban bien armados con pistolas Glock 19 semiautomáticas y dos de ellos portaban rifles de asalto M4. Todos llevaban un GPS en el cinturón que les permitía a los técnicos del camión rastrear sus movimientos. Estos miraban la pantalla y seguían los cuatro puntos verdes que avanzaban por la playa, mientras hacían todo lo posible por permanecer despiertos. Nadie en el equipo, y mucho menos en la furgoneta, esperaba que fuera a producirse ningún tipo de sobresalto.

Después de una hora recorriendo la playa, en la que no hallaron ningún camino que condujera al interior de la isla, Swaney dijo que sería mejor continuar al amanecer. A las once y media los hombres ya estaban metidos en sus tiendas, acostados y a punto de dormirse. Una hora después, cuando todos roncaban, el primer felino soltó un chillido con todas sus fuerzas y les quitó el sueño. El animal se hallaba en las inmediaciones y su rugido fue como una llamada a la acción aguda y penetrante que rasgó la quietud de la noche y provocó que los cuatro estuvieran a punto de morirse del susto. Instintivamente fueron a coger sus armas para examinar los alrededores a través de las miras. Aguardaron con los corazones martilleándoles en el pecho y el aire que no les llegaba a los pulmones. El segundo aullido sonó aún más cerca, pero eso fue sin duda porque ya lo estaban esperando.

No era un sonido de angustia, sino agresivo, como si fuera una advertencia a los intrusos que no pertenecían a aquel lugar.

—Oye, jefe, ¿qué demonios es eso? —pregunta Vince en voz alta.

—¿Y quieres que yo lo sepa? —responde Swaney en un susurro—. Mejor guardemos silencio.

—Volvamos al barco.

—De aquí no se mueve nadie.

El sonido parecía venir del algún punto al sur, de la playa o cerca. Pasó un minuto y llegó una respuesta desde el norte, otra versión de un aullido agudo que era perfectamente distinguible del primero.

Había por lo menos dos felinos diferentes ahí fuera. Pasaron más minutos y no volvió a oírse nada más.

—Vale, encended las linternas y preparad las Glock —ordenó Swaney—. A la de tres, salimos por sorpresa y echamos un vistazo.

Y eso hicieron; se pusieron en pie de un salto, inundaron la zona con sus haces de luz y no vieron nada.

—Oye, jefe, ¿has oído alguna vez rugir a una pantera? —preguntó Roy.

—No, ¿y tú? —contestó Swaney.

—En la vida real no, pero he visto una en una película.

—¿Y eso te convierte en un experto?

—No he dicho eso, pero ese ruido sonaba como el que oí en la película.

—Es una pantera o un lince —afirmó Marcus con aire de autoridad—. Los dos son animales propios de Florida, pero las panteras se fueron desplazando hacia el sur hace mucho tiempo.

—¿Y sabes diferenciarlos? —quiso saber Swaney.

—Tal vez. Y creo que es una pantera.

—¿Y son animales amistosos? —preguntó Vince.

—¿Te lo ha parecido por el rugido?

—La verdad es que no.

—Pues no, no son nada amistosos. Son muy agresivos cuando se sienten amenazados.

—Yo no estoy amenazando a nadie —apuntó Vince.

—¿Nos estás tomando el pelo otra vez, Marcus? —preguntó Roy—. Siempre estás igual.

—No, esta vez no —aseguró Marcus—. Las panteras son famosas por su agresividad.

—Vale, dejad el tema ya —interrumpió Swaney—. Tenemos comida y suministros, así que vamos a hacer turnos de vigilancia. Yo me ocupo durante las dos primeras horas. Vosotros dormid un poco.

Los otros tres se fueron a sus tiendas y el líder se sentó sobre una nevera con el M4 en la mano. Se fumó un cigarrillo y contempló las lejanas luces de Camino Island. Estaba atento para oír cualquier ruido que indicara que se acercaba algo, aunque sabía que los felinos y esas cosas no harían ningún ruido si caminaban sobre la arena. No había luna y la noche estaba muy oscura. Rodeó sin hacer ruido el campamento, con la pistola en la mano. No le llegaron ronquidos desde las tiendas y supuso que los otros estaban demasiado nerviosos para relajarse y dormir.

Trabajaron en equipo toda la noche, haciendo turnos para vigilar, todos armados y preparados y, aunque no hubo más rugidos ni aullidos, no durmieron mucho. Roy estaba despierto cuando llegó el amanecer y se puso a preparar café en un hornillo y el aroma sacó a los demás de sus tiendas.

Después de desayunar fruta y sándwiches de jamón se vistieron y se prepararon para un largo día de exploración. Todos llevaban la Glock en la cadera. Roy y Vince también se equiparon con machetes para abrirse paso entre la maleza mientras que Swaney y Marcos cargaban con los M4. Swaney se puso en contacto con los muchachos de la furgoneta de UPS y comprobaron que todo funcionara perfectamente. Un dron plateado apareció zumbando a unos treinta metros por encima de sus cabezas para hacerles de explorador de avanzadilla. Su escáner rotatorio de trescientos sesenta grados les daba a los técnicos una visión clara del equipo que se hallaba en tierra y la intimidante tarea que tenía por delante. La comunicación se producía de forma clara e instantánea. Los cuatro que estaban en tierra podían hablar con el mando cuando les apeteciera, pero Swaney quería que hablaran entre ellos lo menos posible.

Utilizando las imágenes infrarrojas de las fotografías de satélite que se habían hecho antes del huracán Leo eligieron un sendero, o al menos algo que esperaban que lo fuera, que salía de la playa, cruzaba las dunas y se metía entre las plantas de arroz de costa y plantas trepadoras. Durante una hora estuvieron cortando vegetación con sus machetes, pero no avanzaron gran cosa. El dron estaba sesenta metros por encima de ellos, pero no podía ver a través del denso dosel de hierbas, olmos y musgo barba de viejo. Los técnicos en la furgoneta de UPS no veían nada más que jungla. El sol estaba alto en el cielo y calentaba mucho; la previsión era de cielos despejados, temperaturas por encima de los veinticinco grados y posibilidad de la típica tormenta de última hora de la tarde. Pasadas dos horas, los hombres estaban acalorados y cansados y Swaney les ordenó retirarse. Habían avanzado unos cincuenta metros entre los densos arbustos, plantas trepadoras, árboles y desechos del huracán. De nuevo cerca del agua, en terreno despejado, el dron volvió a detectarlos y los siguió mientras caminaban por la playa. En otro pequeño claro se toparon con un camino cubierto por árboles caídos y lograron avanzar un poco, aunque cada centímetro exigía esfuerzo. A mediodía estaban agotados y hartos de esa isla. Allí no había nada más que árboles podridos y vegetación salvaje.

Su objetivo era precisamente no encontrar nada. Si había algún resto de historia, alguna señal de una colonia de esclavos perdida, tenían que destruirlos. Tidal Breeze quería que todo estuviera limpio cuando ocuparan la isla. Las objeciones de las sociedades históricas y las demandas de los conservacionistas solo retrasarían la ejecución de la bella Panther Cay.

Los hombres estaban descansando y comiéndose unos bocadillos al pie de un olmo de doscientos años cuando perdieron contacto por completo. Sus micrófonos de repente se desconectaron. Los chicos de la furgoneta de UPS dejaron de responder. Marcus, el técnico con más experiencia, intentó llamar a uno de los teléfonos móviles, pero no tenían cobertura. Probó con el teléfono satélite, pero estaba sin batería. «Qué raro, si es nueva, no se ha usado nunca. No puede estar gastada», fue lo que dijo.

Swaney miró su teléfono móvil. Nada. Después lo intentó con el monitor GPS portátil. Tenía la pantalla negra. Las cámaras de los cascos se habían apagado. Escucharon con atención buscando el sonido del dron, pero no lo oyeron.

Como la tecnología con la que contaban los había dejado tirados, siguieron comiendo en silencio, asimilando la realidad de su situación. Aunque eran soldados experimentados con el mejor de los entrenamientos y además iban armados. Después de cuatro horas peleando para avanzar por esa jungla, estaban convencidos de que no había ningún otro ser humano en esa isla. La única amenaza posible eran esas malditas panteras, que acabarían muertas en el mismo momento en que lograran verlas.

Swaney se levantó, se desperezó, cogió la mochila y su M4 y dijo:

—Volvamos por donde hemos venido para regresar a la playa.

Protegidos del sol gracias a la vegetación, la jungla estaba fresca y oscura. Cuando empezaron a avanzar despacio, buscando el camino que habían abierto, apareció una gruesa nube sobre la isla y eso les robó aún más luz. En pocos minutos, Swaney tuvo que parar y ponerse a buscar pistas en el suelo. Los cuatro examinaron el terreno de alrededor. No tenían ni idea de dónde estaban; se habían perdido.

5

En la furgoneta de UPS, los técnicos repasaron todas sus listas de comprobación para emergencias e intentaron todo lo que se les ocurrió. Después de media hora de tentativas inútiles llamaron a su supervisor de Harmon en Atlanta. Les respondió con preocupación, pero sin entrar en pánico. Sus hombres habían estado en situaciones más peligrosas. Tenían experiencia, estaban armados y sabían cuidarse. Ni se planteó un rescate.

6

La primera serpiente de cascabel estaba descansando en una rama casi un metro por encima del suelo y no mostró ninguna señal de alarma. Los observó cuando se quedaron petrificados y mirándola con la boca abierta. Ella no se enroscó para ponerse en posición de ataque ni se molestó en sacudir la cola.

—Cascabel diamantina oriental —anunció Marcus en voz baja, como si la serpiente pudiera molestarse porque la hubieran identificado—. La más mortal de todas las serpientes de cascabel.

—Cómo no —murmuró Roy entre dientes. No se creía nada de lo que dijera Marcus.

Vince acarició la culata de la pistola.

—Yo me la puedo cargar, jefe.

Swaney levantó una mano.

—No, alejémonos despacio —ordenó.

Para empeorar las cosas, Marcus añadió:

—Pero estas serpientes nunca están solas. Si ves una, es que hay más.

—¡Cállate! —le gritó Roy.

La segunda estaba enroscada y lista para atacar, pero primero emitió la señal obligatoria. Cuando Swaney oyó el sonido inconfundible del cascabel, se paró y dio un paso atrás. En medio de la maleza, a menos de tres metros, había una serpiente de cascabel gorda muy enfadada.

—¡Mátala, Vince! —pidió Swaney.

Vince, que era un tirador legendario, disparó su Glock cuatro veces y partió a la serpiente por la mitad. Todos la vieron darse la vuelta y agitarse, intentando morder con sus impresionantes colmillos cuando se estaba muriendo.

Los disparos resonaron en la jungla. Cuando todo se quedó tranquilo y la serpiente inerte, los cuatro se dieron cuenta de que tenían la respiración acelerada. Se quedaron en silencio un momento.

—Ese ejemplar tenía casi dos metros de largo. No es nada común —apuntó Marcus.

Swaney se apartó un poco y miró alrededor.

—Hemos venido del sureste. Creo que el oeste está por allí. Parece que se ve brillar más el sol en aquella dirección. —Señaló y continuó—: Vamos para allá. Marcad los árboles para que no caminemos en círculos.

—Eso es lo que hemos estado haciendo durante la última hora —rezongó Roy.

—Cierra el pico.

La tercera cascabel mordió a Swaney en la parte superior de la bota derecha, pero no llegó a alcanzarle la piel. Él dio un salto, chilló y perdió el equilibrio. Vince disparó, pero la serpiente logró desaparecer aprovechando un montón de hojas húmedas. Roy, el médico, le examinó la pierna a Swaney y le dijo que había tenido mucha suerte. La capa de vinilo de la bota tenía dos marcas de colmillos profundas.

Se tomaron un descanso prolongado y bebieron un poco,

solo un par de sorbos, porque ya empezaba a quedarles poco. Cada uno de ellos dio su visión de la situación y no hubo consenso en cuanto a qué dirección probar a continuación. No tenían ni idea de si se estaban acercando a la costa o introduciéndose más en la jungla. Se oyó un trueno lejano que no mejoró su humor. Marcus volvió a probar los micros, los transmisores y los teléfonos, pero no hubo suerte. Ni siquiera la brújula que tenía su reloj respondía.

Era una locura pensar que iba a ir alguien a rescatarlos. Los chicos de la furgoneta eran técnicos. Sus jefes en Atlanta no sabrían qué hacer. Habían enviado a su mejor equipo para hacer ese trabajo y de repente los habían perdido por completo. No tenían equipo de apoyo.

Acordaron por fin que si lograban avanzar poco a poco en línea más o menos recta, al final tendrían que encontrar la playa. Dark Isle tenía menos de cinco kilómetros de largo y poco más de uno y medio de ancho. Debían toparse con el mar antes o después.

Se pusieron en marcha, todos examinando cuidadosamente el suelo a cada paso y atentos por si oían alguna cascabel. Iban marcando los árboles a su paso y Swaney intentó mantener la línea recta que pretendían, pero era difícil. No había camino. Para avanzar cada metro tenían que abrirse paso. Pararon a las cinco de la tarde y se sentaron en un semicírculo. Todos le dieron solamente un sorbo a sus botellas, casi vacías. Tampoco les quedaba nada para comer en las mochilas.

—Se va a hacer de noche dentro de un par de horas —comentó Swaney.

—Ya estamos rodeados de oscuridad —contestó Roy. Y era cierto. El grueso dosel de vegetación que los cubría bloqueaba toda la luz.

—Yo propongo que sigamos una hora más y después busquemos una zona despejada para dormir —continuó Swaney.

—No hemos visto una zona despejada desde por la mañana —apuntó Vince. La tensión aumentaba y los hombres habían perdido la confianza en el liderazgo de Swaney.

—¿Quieres encargarte tú del grupo entonces? —replicó Swaney.

Vince no respondió. Tampoco ningún otro se ofreció voluntario. Recogieron el equipo y reanudaron la marcha. Se oyeron más truenos, esta vez más cerca. Cuando la lluvia empezó a caer, la penumbra inundó la jungla. Abrieron a machete un pequeño claro y revisaron cada tronco, agujero y montón de hojas para comprobar que no hubiera serpientes. Roy y Vince tenían en las mochilas unas lonas impermeables y las colgaron entre dos ramas para refugiarse debajo. Pero el dosel vegetal tampoco dejaba pasar la lluvia. Aunque cuando empezó a caer con más fuerza fue goteando por los troncos de los árboles y empapó el suelo.

Swaney miró su reloj a las ocho de la tarde. Su esfera era lo único que emitía una leve luz. La jungla estaba en total oscuridad, tan profunda y tan densa que los hombres ni se veían. Se sentaron en el suelo húmedo, espalda contra espalda, observando el suelo, intentando ver cualquier cosa que pudiera darles problemas. Swaney dijo que él haría la primera guardia. Agotados, los otros tres hombres por fin lograron dormitar. Los truenos y la lluvia se fueron amortiguando cuando la tormenta se alejó.

La jungla estaba extrañamente silenciosa. El único sonido que se oía era el roce de las ramas de los árboles encima de sus cabezas. Swaney hizo todo lo posible por permanecer despierto y acababa de dar una cabezada cuando oyó las panteras a lo lejos.

7

Su segundo día en Dark Isle empezaba a parecerse demasiado al anterior cuando vieron la luz. El dosel empezó a atenuarse y la vegetación era menos densa. Estaban muy cansados, pero lograron caminar más rápido y por fin llegaron a la playa. Habían sobrevivido a una pesadilla, luchado con serpientes venenosas y evitado que los devoraran las panteras y por suerte seguían todos de una pieza. Los cuatro tenían muchos cortes y arañazos, pero nada serio.

Salieron al extremo norte de la isla, en el lado atlántico, a más o menos un kilómetro y medio de su campamento. Una hora después vieron su embarcación, justo donde la habían dejado. Las tiendas estaban en su sitio. Nadie había tocado las neveras. Las abrieron y casi hicieron una fiesta al encontrar el agua fresca, los bocadillos y la fruta. Mientras comían, recogieron el campamento y lo metieron todo en la barca. Se largaron de Dark Isle lo más rápido posible. Cuando llegaron a aguas abiertas, de repente volvieron a la vida sus teléfonos móviles y sus monitores GPS.

Swaney evitó el puerto de Santa Rosa y siguió navegando por la ensenada hasta el Atlántico. Llegaron al extremo sur de Camino Island y atracaron en el pequeño puerto deportivo. Amarraron la embarcación en el muelle, descargaron y subieron a una furgoneta que los esperaba. En el Sheraton se ducharon, comieron algo más y pasaron una hora en una llamada con la gente de la oficina principal de Atlanta.

Para entonces los cuatro se quejaban de fiebre y calambres estomacales. El grupo se disolvió en el hotel, se despidieron y cada uno se fue por su cuenta. Vince estaba demasiado débil para conducir y se quedó en la habitación del hotel. Los pequeños cortes que tenía en el brazo le latían y se le estaban formando ampollas en las dos muñecas. Tenía el intestino hecho un desastre y apenas podía separarse de la taza del váter. Cuando se dio cuenta de que tenía que apoyarse en las paredes para caminar, llamó a una ambulancia y lo llevaron al hospital de Santa Rosa.

Swaney condujo cuarenta minutos hasta el aeropuerto de Jacksonville. Solo faltaban dos horas para su vuelo a Atlanta, pero no llegó a cogerlo. Un violento episodio de diarrea lo pilló en medio de la terminal y se desmayó en el baño masculino. Tenía mucha fiebre, escalofríos y los antebrazos cubiertos de ampollas. Lo llevaron al hospital de Jacksonville.

Roy vivía en Ponte Vedra, a noventa minutos al sur de Camino Island. Cuando aparcó delante de su casa, su mujer lo estaba esperando. Se había vomitado encima y estaba tan mareado que casi no veía. Deliraba y no dejaba de decir que no entendía lo que le estaba pasando. Tenía los brazos y las piernas hinchados y se le habían enrojecido las manos. Su mujer, aterrada, llamó a emergencias.

Marcus fue el que murió primero. Lo encontraron al día siguiente, derrumbado en el asiento del conductor de su coche en un área de descanso junto a la Interestatal 10, cerca de Tallahassee. Había llamado a su hermano para decirle que estaba muy enfermo, deliraba y tenía una diarrea aguda, entre otras cosas. Su hermano vivía en Chicago y no pudo acudir en su ayuda. El policía estatal que llamó a su ventanilla vio el cadáver y abrió la puerta; estuvo a punto de desmayarse del hedor nauseabundo. Tenía toda la cara y los brazos cubiertos de ampollas y heridas. Los de la ambulancia se dieron cuenta de que habían llegado tarde y se llevaron el cadáver al depósito del condado.

Los médicos de Swaney fueron los primeros en diagnosticar el causante de su enfermedad: *Vibrio vulnificus*, una bacteria carnívora. Aparentemente había penetrado en su cuerpo por alguna de las muchas heriditas, los arañazos y cortes que había sufrido, pero a los que no había prestado atención. A esas alturas estaban hinchados y eran muy dolorosos, así que tuvieron que sedarlo. Después él entró en un coma del que no salió.

Vince murió en el hospital de Santa Rosa mientras los médicos aún estaban confusos. Roy aguantó una semana en Ponte Vedra mientras su mujer veía horrorizada cómo la piel se le iba pudriendo y volviendo negra. Cuando el médico le dijo que creía que había llegado el momento de desconectarlo, ella no se opuso.

Harmon necesitó un par de semanas para unir las piezas del puzle. Los cuatro habían muerto por esa bacteria, que les había provocado una enfermedad llamada fascitis necrotizante de tipo 3. Era una bacteria carnívora muy rara, pero no desconocida. En Estados Unidos se producían unas treinta muertes por su culpa cada año, casi todas en climas cálidos o tropicales. Como las cuatro muertes se produjeron en lugares distintos, no había forma de que nadie las vinculara con la misión en Dark Isle. Además, esa operación era secreta y Harmon no tenía intención de revelar ninguna información si no era necesario. La empresa no había cometido ningún error, ni tampoco era culpa de nadie. Sería difícil, por no decir imposible, probar dónde y cuándo se habían topado ellos con esa bacteria.

El informe que le enviaron a Tidal Breeze no mencionaba las cuatro muertes. Tampoco decía nada de la interrupción temporal y misteriosa de todas las comunicaciones. Y mucho menos hablaba de la amenaza que suponía la presencia de animales salvajes: panteras y serpientes de cascabel. Solo le aseguraba al cliente que no había señales de vida ancestral en la isla: ni carreteras, ni caminos, ni asentamientos abandonados, ni vallas, ni campamentos, ni cementerios. Nada. Solo montones de árboles caídos, ramas rotas y vegetación putrefacta. Limpiar la isla para urbanizarla supondría un «reto importante» porque había que librarse de todo eso, pero era posible.

El informe era justo lo que Tidal Breeze esperaba y, con él en la mano, continuaron con sus agresivos planes para construir Panther Cay.

3

La maldición

Tras dos semanas de turismo, senderismo, camping, visitas a los pubs y también algo de descanso rodeados del fresco aire de las Highlands, Mercer y Thomas regresaron al calor y la humedad del verano de Florida. La vuelta les costó un poco. Durante su primera mañana en casa intentaron disfrutar de su café en la galería, pero enseguida tuvieron que rendirse por culpa del calor y de los insectos. Su anterior café lo habían tomado en una terraza de un castillo escocés, envueltos en unas mantas.

Pero la vida tenía que seguir. Estaban en julio y en Ole Miss las clases no empezaban hasta finales de agosto. Aún tenían medio verano por delante.

Los dos estaban cautivados por la historia de Dark Isle de Lovely. Mercer quería que fuera la base de su siguiente libro, pero no había decidido si este debería ser de ficción o de no ficción. Podría apropiarse de la historia, práctica conocida como «robo» en la industria y perfectamente aceptada, cambiar los nombres y todos los hechos que quisiera. Tendría licencia literaria total para crear e imaginar. Thomas prefería la no ficción y quería que ella respetara la verdad. Se podía decir que había aceptado hacerle de documentalista, aunque no había nada seguro. Estar casados ya era reto suficiente; no estaban convencidos de que pudieran sobrevivir a trabajar juntos.

Fueron juntos a la biblioteca de Santa Rosa y buscaron entre periódicos viejos, pero no encontraron gran cosa sobre Dark Isle. La historia de Lovely abarcaba doscientos cincuenta años y tenía muchas lagunas. No esperaban poder verificar ninguno de los datos, pero pensaban investigar un poco de todas formas. Además había momentos en que su historia desafiaba incluso a la imaginación, hasta el punto de que casi costaba creerla.

Como Bruce Cable era la única persona que conocían que había visto alguna vez a Lovely, estaban deseando hablar con él. Mercer lo llamó y lo invitó a comer, siempre la mejor propuesta cuando se trataba de Bruce. Como era de esperar, él respondió: «¡Mañana mismo!». Y sugirió su casa, lo que, por supuesto, implicaba una comida más larga con una siesta prolongada después, preferiblemente en su hamaca. Había alguien que él quería que conocieran.

Noelle estaba en Francia comprando antigüedades, así que Bruce, al que se le daba bien la cocina, preparó un pastel de tomates y lo sirvió con ensalada de rúcula. Comieron en la terraza, con los antiquísimos ventiladores de techo girando y emitiendo crujidos sobre sus cabezas. Bruce sirvió un Chablis helado y quiso que le contaran su viaje a Escocia.

Steven Mahon llegó quince minutos tarde y se disculpó. Había conocido a Mercer en la librería, pero ella no se acordaba de él. Acababa de releer el libro de Lovely y estaba emocionado.

—Bruce me ha dicho que quieres escribir la historia —dijo.

Mercer miró a Bruce con el ceño fruncido y le dieron ganas de contestar: «Bueno, Bruce ha sido un poco bocazas, como siempre», pero se conformó con:

—Ya veremos. Me parece interesante.

—Es fascinante —afirmó Steven—. Y ahora las cosas se están poniendo aún más interesantes.

—¿Crees que Lovely aceptaría hablar conmigo? —le preguntó Mercer a Bruce—. Tendré que decirle directamente que soy escritora y que quiero utilizar su historia.

—No tengo ni idea. Es una señora muy agradable, pero también reservada. Siempre he tenido la impresión de que no confiaba en nadie y por esa razón no habla mucho. Puedo llamarla y preguntarle. Como ya te he comentado, se niega a contar nada por teléfono.

—¿Ella está aquí, en la isla? —preguntó Steven.

—Sí, vive en The Docks, en la parte sur, fuera del Santa Rosa, en un barrio antiguo junto a la bahía, donde en el pasado estaban las fábricas de conservas y los locales de ostras. Muchos de los trabajadores eran negros y se establecieron alrededor de sus lugares de trabajo. Hace un siglo, The Docks era una comunidad con mucha vida, que tenía su propia economía, e incluso iglesia. También contaban con una escuela primaria. Todavía sigue allí y hay bastante actividad. Muchos de sus habitantes negros se han mudado y ahora los han sustituido hippies y artistas. Allí las casas son más baratas.

—También se conoce al barrio como Villa Vudú —apuntó Mercer.

—Es cierto. Hace años, cuando todos sus habitantes eran negros, los blancos tenían claro que no debían ir por allí por la noche. Se contaban historias sobre curanderos brujos, fantasmas y cosas por el estilo. Maldiciones africanas, rituales y demás. Pero ahora es diferente.

—¿Entonces Lovely vive en Villa Vudú? —preguntó Steven con una sonrisa.

—The Docks. No he oído llamar a ese lugar Villa Vudú desde hace años. Pero sí, por lo que sé, vive allí. Yo nunca he visto su casa, no me ha invitado a ir. Una vez en la librería me dijo que vivía en una casa pequeña y con unos vecinos muy cerca, al final de la calle. Me dio la impresión de que ellos se preocupan por ella.

—Pero vive con una amiga, ¿no? —siguió preguntando Mercer.

—Sí, la señorita Naomi, que es una especie de cuidadora. Cuando viene a la librería, siempre es la señorita Naomi quien conduce el coche que la trae.

—¿Cuándo viniste tú a vivir aquí, Bruce? —quiso saber Thomas.

—Hace más de veinte años.

—¿Y tú, Steven?

—Solo hace seis años. Cuando me jubilé.

—Así que ninguno estábamos aquí cuando Lovely intentó convencer al estado para que conservara Dark Isle como está.

Bruce negó con la cabeza.

—Yo nunca he oído hablar de eso.

—Encontramos el dato esta mañana, en los archivos de la biblioteca. La noticia era de marzo de 1990. Ella aseguraba ser la propietaria de la isla, la última descendiente de los esclavos, y quería donársela al estado de Florida con la condición de que la protegieran. Resulta evidente que el estado no tenía ningún interés en hacer eso. Tampoco hay nada más que contar sobre el tema.

Pero a Steven le llamó especialmente la atención ese detalle.

—Eso podría ser una prueba importante. Sirve para demostrar que es en realidad la propietaria de la isla. Entendéis cuál es el problema, ¿no? Y no es un problema pequeño. En su libro Lovely admite que abandonó la isla cuando tenía quince años. Si damos por válido que nació en 1940, se fue de allí en 1955. Y escribe también que fue la última en dejar la isla y que todos los demás ya habían muerto. Tidal Breeze, sin duda, va a utilizar sus propias palabras como prueba de que la isla ya estaba desierta entonces y que lo ha estado durante décadas.

—¿Y cómo puede probar ella que nació allí?

—Sin ningún documento ni registro, resultará difícil. Lovely necesita un abogado, Bruce, y cuanto antes mejor.

—¿No nos pasa eso a todos? Pero dudo que se lo pueda permitir.

—¿Y uno de oficio? —aportó Mercer.

Steven se echó a reír.

—Esa es mi especialidad, ¿sabéis? Clientes que no pueden pagar.

—Se llama trabajo voluntario por algo —añadió Bruce.

—Tiene que ser un trabajo sin cobrar —continuó Steven—. Nadie se puede permitir los honorarios que le cobrarían por enfrentarse a Tidal Breeze. Yo podría encargarme hasta cierto punto, pero necesitaría encontrar a alguien que me ayudara. Ahora mismo el primer paso es hablar con la clienta. Y eso está en tus manos, Bruce.

—Vale, lo intentaré. Pero no puedo garantizar nada.

—Hay unas cuantas historias interesantes sobre Dark Isle en los archivos —prosiguió Mercer—. ¿Has oído la de los chicos del LSD?

Bruce se encogió de hombros para evidenciar que no tenía ni idea.

—No.

—La fecha de la noticia era mayo de 1970. Tres adolescentes se fueron en barca a Dark Isle para fumar marihuana. Pensaron que allí no los molestaría nadie. Uno se llevó también LSD, que supongo que era algo muy nuevo en esta zona en los años setenta. Los tres estaban colocadísimos y se pusieron a hacer unos ruidos que atrajeron a dos enormes panteras. Al principio los adolescentes creyeron que eran alucinaciones, pero cuando se dieron cuenta de que eran de verdad, se tiraron al agua para escapar. A dos los rescató un pescador. Al tercero nunca lo localizaron y eso es lo que provocó los titulares y le dio relevancia a la historia. Su padre era un dentista muy conocido en la isla.

—Ellos aseguraron que oyeron gritos de gente que llegaban desde la maleza, pero la policía se mostró escéptica. Nunca quedó claro lo que vieron y oyeron los chicos en realidad. Al fin y al cabo estaban más en otro mundo que en este.

Comieron en silencio unos minutos y le dieron sorbos al vino mientras reflexionaban sobre la historia.

—Y en 1933, durante la Gran Depresión, hubo un proyecto del programa Works Progress Administration para recopilar las historias orales que contaban los esclavos que habían sobrevivido. Todavía quedaban bastantes entonces y el gobierno financió a dos estudiantes de posgrado para que los encontraran y guardaran registro de su testimonio. Sabían lo de Dark Isle y decidieron intentar dar con algún descendiente de los antiguos esclavos. Les advirtieron que no se acercaran, pero ellos se empeñaron. Como nadie accedió a llevarlos a la isla, alquilaron un barco y fueron por su cuenta. Nunca se volvió a saber de ellos.

—Venga ya… —comentó Bruce.

—Te juro que no me lo he inventado. Está publicado en el periódico y ocupa titulares en primera plana. Noviembre de 1993.

—¿Se envió un equipo de búsqueda o algo así? —preguntó Steven.

—No lo sé, pero en el periódico citaban al sheriff que dijo que no tenían intención de pisar ese lugar para ir a en busca de nadie. Y añadió que solo los imbéciles y la gente del gobierno federal eran capaces de pisar esa isla.

Mercer y Thomas estaban disfrutando de ese intercambio. Ella le dio otro sorbo al vino y continuó:

—Justo después de la Segunda Guerra Mundial, un avión militar fue enviado para examinar la costa que tomara imágenes aéreas de todo. La Marina buscaba un sitio para construir una base para submarinos. El avión pasó sobre Dark Isle y algo sucedió.

—Estaría volando muy bajo —aportó Thomas.

—Se estrelló en la playa y murieron los tres hombres que iban a bordo.

Steven levantó ambas manos y dijo:

—Vale, ya he captado el mensaje. No tengo intención de acercarme a esa isla.

2

La señorita Naomi Reed les dio la bienvenida a sus dos nietas, abrazó a su madre para despedirse y después las mandó sentarse a la mesa de la cocina con dos cuencos de sus cereales azucarados favoritos delante. A ella no la habían criado con esa comida basura, pero eso no importaba ya. Los niños de la actualidad comían todo tipo de porquerías porque eran dulces y deliciosas. Casi todas las abuelas que conocía Naomi habían renunciado a intentar alimentar a sus nietos de forma sana tras perder cada una de las discusiones que tenían que ver con la comida. Y sus nietas se estaban poniendo gordas, pero que se preocuparan por eso sus padres.

O más bien su madre, porque su padre casi nunca estaba

en casa. Era camionero y trabajaba para una gran corporación y, cuanto más tiempo pasaba en el camión, más dinero ganaba. A Naomi no le importaba quedarse con las niñas en los meses de verano. Para su hija era una canguro gratis y para Naomi significaba disfrutar de momentos inolvidables.

Les dijo que, cuando acabaran de comer, se quedaran dentro de casa y se fue a hacer lo mismo que los demás días de la semana: dejó su modesto hogar, cruzó el porche, fue hasta la acera de delante y siguió caminando hasta una calle que se llamaba Rigg Road y que estaba cubierta por una mezcla de asfalto y gravilla, igual que la mayoría de las calles de The Docks. Habló con su vecina de enfrente y saludó a un niño que iba en bicicleta.

Ese era su barrio y cada mañana le pedía ayuda a Dios para que la ayudara a convertir ese lugar en uno mejor. Dos casas más abajo giró para entrar en una calle solo de gravilla en la que no cabía más que un coche pequeño, aunque nunca había visto un vehículo que se dirigiera a la casa de Lovely. Era una vivienda pequeña, con cuatro habitaciones que se construyó décadas atrás para que fuera un almacén. Lovely la había pintado de amarillo, su color favorito. Los remates los pintaba de un color nuevo cada tres o cuatro años. En ese momento eran azul real, igual que los peldaños de la estrecha escalera. Había cestas con flores (petunias, azucenas y rosas) colgadas en pequeños grupitos por el porche.

—Hola, Lovely, ¿sigues viva, mujer? —saludó Naomi.

La respuesta le llegó desde el otro lado de la puerta mosquitera.

—Vivita y coleando. Aprovechando este día tan bonito. —Naomi cruzó la puerta y las dos se dieron la mano—. Gracias por venir. ¿Quieres un café?

—Claro.

Ella llegaba a las ocho de la mañana todos los días. Y el

café no solo estaba preparado, sino también servido y mezclado con un poquito de leche. Las dos se sentaban en el sofá polvoriento y se lo bebían tranquilamente.

—¿Qué tal están las niñas? —preguntó Lovely.

—Preciosas y alegres, como siempre.

—Me gustaría verlas hoy.

—Pues podemos ir ahora, dentro de un rato.

Lovely tuvo un aborto cuando tenía dieciocho años. Después su marido perdió todo el interés en ella y se fue a vivir a Jacksonville. Cuando él murió, ella no volvió a casarse y, como no tenía hijos ni nietos, disfrutaba mimando a las nietas de Naomi.

Después hablaron del tiempo y a continuación hicieron un resumen de las enfermedades que tenían sus vecinos. Al final Naomi se puso seria y dijo:

—El señor Cable, de la librería, volvió a llamar ayer y dijo que quería verte.

—Es un hombre muy agradable.

—Es verdad.

—¿Dijo que había vendido más ejemplares de mi libro?

—No me comentó nada de eso.

—¿Y por qué llamaba?

—No lo sé, pero me contó que había unas personas que querían conocerte. Que era algo que tenía que ver con Dark Isle.

Uno de sus rituales consistía en leer juntas el periódico de la isla tres veces a la semana. Les gustaban especialmente las noticias de la iglesia y los obituarios. Y habían leído las noticias sobre la propuesta de urbanización de la isla. «Tidal Breeze» ya era como un insulto para ellas.

Gertrude vivía a dos calles y llevaba muriéndose de cáncer varios años. Su enfermedad se había prolongado tanto que muchos allí sospechaban que no estaba tan enferma como quería hacer creer. Aun así, sus amigas hablaban mucho de ella y rezaban por esa mujer.

Para cambiar de tema y no seguir con el de Dark Isle, que le resultaba incómodo, Lovely preguntó a Naomi por Gertrude y se pasaron unos minutos preocupándose por ella, y eso llevó a una actualización sobre el estado de Abe Croft, el antiguo sacerdote, que ya casi tenía cien años y se estaba muriendo seguro.

—Tengo que ir a ver qué están haciendo las niñas —dijo Naomi—. ¿Quieres venir a comer?

—Me encantaría, gracias. Y dile al señor Cable que podemos vernos mañana por la mañana, si a ti te viene bien.

—Estupendo. Las niñas se van a poner como locas. Les encanta la librería.

Los dos gatos negros de Lovely entraron en la habitación y miraron a Naomi con desconfianza. Guardaron las distancias y se encaramaron al alféizar de la ventana, desde donde podían observar a las dos mujeres. No les gustaba que hubiera visitas en la casa y a Naomi tampoco le gustaban esos animales. Así que era un buen momento para irse.

—Gracias por el café. Voy a llamar al señor Cable y a quedar con él.

Las dos mujeres se levantaron, cruzaron la puerta mosquitera y salieron al porche. Se abrazaron y se despidieron como si no fueran a volver a verse nunca más.

3

Al anochecer el calor comenzó a remitir. Lovely necesitaba salir a dar un paseo. Como siempre, se había pasado la mayor parte del día con sus plantas. Estuvo revisando los parterres del jardín de delante. En el de detrás cultivaba más verduras de las que consumía. Cuando el sol empezó a calentar con fuerza, ya necesitaba tomarse un descanso y se fue al porche y se sentó al lado de un ventilador de ventana y se puso a leer libros de la biblioteca. Después se echó una siesta. Desde que tenía ochenta años, sus siestas eran cada vez más largas.

Pero lo mismo pasaba con sus paseos. Su favorito era caminar por las calles hasta el puerto, donde estaban aún las antiguas fábricas de conservas desocupadas y en ruinas. Trabajó allí cuando era joven, abriendo ostras por diez centavos la hora. Pasó por delante de dos plantas de empaquetado de gambas, donde todavía trabajaban las veinticuatro horas y pagaban mucho más. Cuando llegó al extremo del muelle miró el agua en calma y contempló el atardecer anaranjado. A lo lejos, el puente que unía la isla con el continente estaba lleno de coches que iban y venían. Debajo de él fluía lentamente el río Camino. Cuando era niña ese puente no estaba, solo había un ferry.

Y aún más allá, en el límite de lo que se veía en ese momento, había una motita oscura de tierra. Dark Isle, el lugar donde había nacido, el sitio donde descansaba eternamente su gente, un terreno sagrado para ella. Era de su propiedad y había pertenecido a su gente desde hacía muchos años. Lucharon contra los blancos con lanzas, palos y después con armas. Y lloraron, derramaron sangre, pero nunca se rindieron.

No le sorprendía que los blancos hubieran vuelto de nuevo con sus amenazas. Esa iba a ser su última batalla. Era demasiado mayor para luchar durante mucho más tiempo. Y, si esta vez tenían éxito, y acababan arrasando y urbanizando la isla, llenándola de edificios, a ella no le quedaría nada ni ninguna razón por la que luchar.

Pero la guerra no iba a ser justa, porque ellos tenían el poder y el dinero.

Y ella solo contaba con la maldición de Nalla.

4

Tras un duro día de holgazanear en la playa, los recién casados se refugiaron en la sombra de su porche con un vaso de limonada. El sol de julio caía a plomo y había espantado a la mayoría de los bañistas. Era la hora de ir a echarse una siesta o a darse un baño en una piscina. La casita de Mercer no tenía de eso, así que optaron por lo de la siesta. Thomas, después de un mes de felicidad marital, estaba preocupado por que el matrimonio le hiciera engordar. Estaban gastando una buena cantidad de calorías por toda la casa y comían y bebían lo menos posible, pero la mayoría de sus amigos casados habían ido cogiendo kilos con los años. Mercer le aseguró que estaba estupendo, pero de todas formas él se había comprado una bicicleta de montaña y le encantaba recorrer la orilla con ella cuando bajaba la marea, así que le dijo que volvería dentro de una hora.

Ella se quedó adormilada un rato y se le ocurrió algo. La historia de Nalla se le había quedaba grabada en la mente y era difícil distanciarse de ella. Cuando menos se lo esperaba Mercer recordaba alguna escena y prácticamente se quedaba, parada en seco. Estaba trabajando en una propuesta para un libro que le iba a enviar a su agente, pero todavía le faltaba mucho para terminarla. De hecho, todavía no sabía cómo ni por dónde empezar. Thomas la había convencido para que contara la historia real y no recurriera a la ficción. La verdad ya era lo bastante fascinante y el giro de la empresa que quería hacerse con el terreno lo volvía tan interesante que resultaba casi irresistible.

Pero una escena la perseguía.

5

Les dieron de comer y algo de ropa a Nalla y a las otras mujeres y los niños. Uno de ellos se llamaba Joseph, era un poco mayor que el resto y parecía inspirarles respeto a los demás. También era del Reino del Congo y hablaba bantú.

Nalla les contó la historia del barco de esclavos y la tormenta. La captura, el secuestro y el viaje por el mar eran experiencias que todos conocían de primera mano. ¿Cómo iban a olvidarlas?

Nalla tenía muchas preguntas. Joseph le explicó que ellos, los únicos habitantes de la isla, eran esclavos que habían huido de Georgia, donde la esclavitud era legal, pero que la isla en la que estaban era un territorio que pertenecía a Florida, que estaba bajo el dominio español, y ahí no se había legalizado la esclavitud y los fugitivos estaban a salvo. Nalla y los demás supervivientes del Venus habían tenido mucha suerte de que el mar los arrastrara a un territorio español.

¿Y los blancos nos pueden encontrar aquí?, fue la siguiente duda de Nalla.

Joseph reconoció que era posible. Los propietarios del barco seguramente irían por allí a buscar supervivientes. Pero a los españoles no les caían bien los británicos y estaban todo el tiempo peleando en la frontera. Joseph le habló a un hombre joven que llevaba un rifle. Él lo señaló y explicó que si los cazadores de esclavos ponían un pie allí, la cosa se iba a poner fea. Ellos, que ya habían sido esclavos, no estaban dispuestos a volver. Lucharían hasta el fin para morir en su isla.

A Joseph lo capturaron y lo vendieron cuando tenía diecisiete años. Lo llevaron en barco a Savannah y se lo vendieron a una familia que tenía una plantación enorme donde cultivaban arroz, cacahuetes y algodón. Vivió y trabajó allí durante casi veinte años y aprendió a leer, escribir y hablar inglés. Comparado con la mayoría de los terratenientes, el señor de la casa era un hombre bueno que quería que sus esclavos se convirtieran al cristianismo. Le permitía a un esclavo mayor enseñar a los niños las cosas básicas. Pero el capataz era cruel y le gustaba demasiado usar el látigo. Todos los esclavos de Georgia, sobre todo los del sur, soñaban con escapar a Florida. A Joseph se le presentó una oportunidad y huyó. Eso fue unos diez años antes. Consiguió llegar a la isla, su isla, y los demás lo recibieron con los brazos abiertos. Había unos cincuenta entonces. En la actualidad el número se había doblado.

Él señaló a su gente con un gesto de la mano. «Aquí sois bienvenidas».

Se oyó revuelo procedente del camino. Media docena de hombres africanos aparecieron llevando a rastras a tres hombres blancos, todos sucios y llenos de sangre. Llevaban las muñecas atadas y los brazos a la espalda, con un palo de bambú atravesado y sujeto entre sus codos doblados.

—Los hemos encontrado escondidos en la jungla, cerca del agua —explicó uno de los africanos—. Son del barco.

La gente rodeó a los hombres blancos y esperó a que Joseph se acercara a examinarlos. Un niño le dio un palo grueso.

Esos marineros iban sin afeitar, sucios y descalzos. Su ropa, que estaba hecha jirones, tenía manchas de sangre. Tenían cortes, golpes y picaduras de insecto por toda la superficie de los brazos y las piernas.

—Arriba —ordenó Joseph.

Los tres se pusieron en pie con dificultad.

Nalla avanzó entre la gente para ver mejor al hombre que había en medio. Era al que llamaban Monk, ese que la violaba continuamente. Se tapó la boca con la mano y se lo quedó mirando sin poder creérselo. Él la vio, sus miradas se encontraron y después él la dirigió a otro lado.

—¿De dónde sois? —preguntó Joseph mientras jugaba con el palo.

—De Virginia —dijo uno.

—Así que sois colonos.

Dos asintieron. Monk no apartó la vista de sus pies de dedos retorcidos.

Nalla se adelantó, le cogió el palo a Joseph y le dio a Monk tres golpes fuertes en la cabeza que le hicieron gruñir y sangrar. Los habitantes de la isla se quedaron sorprendidos por ese ataque. Volvió a pegarle y él cayó al suelo. Loosa, otra de las mujeres del barco se acercó también, le cogió el palo a Nalla y empezó a pegar a los otros dos. Nalla le explicó a Joseph en susurros que esos hombres las habían violado repetidamente en el barco. Había llegado la hora de su venganza.

Él se lo contó a los demás. Algunas de las mujeres se echaron a llorar porque ellas también habían sufrido el mismo tipo de agresiones durante sus viajes.

Él se puso a dar órdenes. Les ataron los tobillos a los tres prisioneros con unas cuerdas hechas con tallos viejos de plantas trepadoras y otras hierbas. Los colgaron por los pies a los tres de la misma rama de un olmo, en el centro del asentamiento. Las madres se llevaron a sus hijos más pequeños a casa.

Nalla comenzó a recitar en una lengua desconocida y a dar pasitos cortos en círculos alrededor de esos hombres. Todos se echaron hacia atrás. Reconocieron lo que estaba pasando y por eso le concedieron espacio. Ella inició una extraña danza, de puntillas mientras se balanceaba, cantaba y saltaba alrededor de los hombres. Tenía los ojos cerrados y estaba en otro mundo.

El curandero-brujo de la isla salió de entre la gente y dejó un cuenco de madera y un cuchillo largo en el suelo. Le dijo algo y ella asintió, como para agradecérselo. Después continuó con su ritual, su baile y su maldición. Llevaba el vudú en la sangre, que había heredado de su madre y de sus abuelas.

Los tres hombres blancos, boca abajo, estaban sufriendo mucho e intentaban ver lo que estaba haciendo Nalla. Cuando llegó el momento, ella colocó el cuenco debajo de la cabeza de Monk, que se retorció, pero no podía escapar. Levantó el cuchillo bien alto para que todos lo vieran y lo besó. Después se puso en cuclillas, le cogió el pelo sucio, soltó una maldición en su lengua africana y le cortó el cuello.

Cuando el cuenco estuvo lleno con su sangre, ella lo levantó y acompañó al curandero-brujo al límite del asentamiento y hasta la playa. Joseph y el resto los siguieron y observaron desde lejos mientras ella recorría toda la orilla volcando despacio el cuenco para dejar un rastro de sangre en la arena.

Cuando el cuenco quedó vacío, la maldición se completó. La desgracia caería sobre cualquier hombre blanco que pisara esa isla.

A la mañana siguiente los otros dos también estaban muertos. Joseph ordenó que cortaran las cuerdas de las que colgaban y que los arrastraran hasta el pequeño muelle que utilizaban y que no se veía desde el mar. Utilizando una barca que les habían confiscado a los últimos esclavistas que pasaron por la isla, se llevaron los cuerpos a mar abierto y los tiraron sin el más mínimo miramiento.

En la isla no había sitio para blancos, ni vivos ni muertos.

6

Esa reunión iba a ser una de las más extrañas en la historia de Bay Books. Bruce ordenó su despacho, quitó toda la basura de su mesa y recolocó las primeras ediciones de las estanterías. Tenía cientos, pero nunca eran suficientes.

Mercer y Thomas llegaron los primeros y se acomodaron en la mesa de cata de vinos que Noelle encontró en un pueblo de Ménerbes, en la Provenza. La mayoría de los muebles los había escogido y traído su mujer desde el sur de Francia. La tienda que ella regentaba en el local de al lado estaba llena de antigüedades caras; tenía tantas que muchas veces exponía las que no le cabían en la librería. No era raro que ella llegara a vender una bonita mesa en la que Bruce había colocado los libros más populares.

Steven Mahon fue el siguiente en llegar y Bruce sirvió café y les advirtió que la reunión tal vez no saliera como esperaban. Según la señora Naomi, Lovely no estaba muy por la labor de hablar de asuntos importantes.

—Y no estoy seguro de que confíe en los blancos —reconoció Bruce.

—Es comprensible —admitió Steven.

—No, lo digo en serio. Hace unos años, la señorita Naomi intentó convencerla para que hiciera testamento. Lovely no tiene herederos directos, supuestamente, y nadie sabe qué pasará con Dark Isle cuando ella muera.

—Podría ser un absoluto desastre —reconoció Steven.

—Sin duda. Pero se negó a hacer testamento porque en la isla no hay ningún abogado negro.

—Eso ha supuesto un problema en todo el sur —aportó Steven—. Ha perdurado durante generaciones y es la razón por la que muchas de las tierras que eran propiedad de los negros se han embargado. No había testamentos, demasiados herederos con un parentesco lejano, la propiedad no estaba clara; así que las tierras acaban vendiéndose para pagar impuestos adeudados.

Thomas miró a Steven y preguntó:

—¿Crees que confiará en ti?

—¿Qué? Pero mírame la cara. Irradia total sinceridad.

—Perdonad, pero tenía que avisaros —murmuró Bruce y se levantó—. Ya están aquí.

La sección infantil de Bay Books ocupaba la mitad de la planta inferior y en ella siempre había clientes. Cuando hacían lecturas de cuentos, las madres que tenían algo que hacer podían dejar a sus hijos o simplemente curiosear por la librería y olvidarse de ellos durante una hora. El personal les leía a los más pequeños y les metía por los ojos las novedades a los más mayores. Aparte de los libros superventas, la sección infantil era la más rentable de la librería.

A las nietas de la señorita Naomi les encantaba ese lugar y siempre estaban deseando ir.

Ya estaban enfrascadas en un libro antes de que Lovely y ella entraran en el despacho de Bruce y saludaran a los presentes. Él les presentó a Mercer, a Thomas y a Steven y les ofreció café, que ellas rechazaron educadamente y se sentaron frente a la mesa.

Lovely era impresionante. Llevaba una túnica de un amarillo fuerte que caía casi hasta el suelo y la cabeza envuelta en una especie de turbante alto de muchos colores llamativos. Y de adorno se había puesto un collar hecho con una hilera de dientes de tiburón.

La señorita Naomi también llamaba la atención por su estilo; parecía vestida para ir a la iglesia o algo parecido, pero nada que ver con su amiga. Mercer supuso que tendría unos sesenta y cinco. Lovely aseguraba que había nacido en 1940, lo que indicaba que tenía ochenta, pero parecía más joven que la señora Naomi. Tenía los ojos de un tono claro, marrón, pero no oscuro. Había algo de sangre blanca en la familia.

Todos los allí presentes hicieron un esfuerzo por establecer una conversación educada. Bruce llevaba la voz cantante y preguntó qué le gustaba leer a las niñas. Por suerte la señorita Naomi era muy charlatana y Bruce y ella no pararon de hablar. Steven, el abogado, dudaba de si sería adecuado interrumpir. Había ido allí para conocer a una potencial clienta en un caso que la verdad era que no quería asumir y existía la posibilidad, más que probable, de que esa potencial clienta no lo necesitara para nada. En algún momento Mercer se vería obligada a decirle a Lovely que quería escribir un libro sobre su isla y ella, pero tampoco sabía cómo introducir el tema.

Lovely estaba sentada en una silla de cuero con una postura muy regia y una sonrisa tensa, porque eso no era fácil para ella. Parecía estar examinándolo todo y a todos, y reflexionando sobre si le gustaba lo que veía o no. En sus ojos brillaba un destello de ferocidad que no se extendía por el resto de su cara.

Cuando Bruce empezó a perder el hilo, Mercer intervino.

—Acabo de leer su libro, señora Jackson. Es una historia increíble.

Su sonrisa se volvió más amplia y dijo:

—Llámame Lovely y tutéame, por favor. Todos me llaman así, incluso los niños. Jackson era el apellido de mis antepasados. No lo pidieron ni les gustaba, pero no tenían elección. A lo largo de los años he pensado varias veces en cambiármelo, pero me dijeron que tendría que ir al juzgado para hacerlo.

«Juzgado» era la palabra mágica que Steven necesitaba, pero había llegado en una coyuntura poco propicia, así que lo dejó pasar.

—Me alegro de que te haya gustado el libro —continuó Lovely. Tenía una voz prudente y sonora, con un suave acento sureño. Mercer se quedó alucinada cuando ella dijo—: A mí también me gustó el tuyo, *Tessa*. Conocí a tu abuela, pero no muy bien. Solo la vi una vez. Pero recuerdo cuando murió. Terrible. Lo siento mucho.

—Gracias —contestó Mercer. Le resultaba raro recibir condolencias de una persona cuya familia había sufrido tanto como la de Lovely, pero eso ya era historia antigua. ¿O no?—. Me gustaría hablar contigo de hacer una novela de tu historia —continuó Mercer—. Me parece fascinante.

—Pero si ya está escrita. Y he vendido... ¿cuántos ejemplares, Bruce?

Veintisiete para ser exactos, pero no tenía intención de avergonzarla con esa cifra.

—No lo sé con seguridad, tendría que mirarlo...

Lovely volvió a sonreír.

—No muchos —reconoció—. Hay un montón de historias antiguas sobre esclavos.

—Es cierto, pero tu historia no ha terminado. Tu isla está a punto de ser el centro de otra tormenta.

—Eso dicen. Naomi y yo hemos leído todo lo que pone el periódico. No sé por qué no pueden dejarnos en paz. La isla es mía. Mis antepasados están enterrados ahí. Viviría allí si pudiera, pero me obligaron a abandonarla hace muchos años. Ya conoces la historia, está en mi libro.

—Sí, pero me gustaría contar el resto.

—¿Y habrá final feliz? —preguntó sin dejar de sonreír.

—No lo sé. Tal vez Steven pueda responder a eso.

Lovely miró a Steven y su sonrisa desapareció. La habían avisado de que estaría presente un abogado. Él la miró a los ojos, pero no pudo sostenerle la mirada y tuvo que apartarla.

—Yo no soy el típico abogado, Lovely. Yo no cobro honorarios. Trabajo para una fundación sin ánimo de lucro que está aquí en la isla y que se dedica a proteger el medio ambiente. Los promotores que quieren tu isla contratarán a un millar de abogados si es necesario y será un caso difícil de ganar. Mi fundación está dispuesta a ir a juicio y luchar por mantener a esos desgraciados lejos de Dark Isle.

—¿Y necesitas mi permiso?

—La verdad es que no. Podemos presentarnos por nuestra cuenta con el fin de parar a los promotores y proteger la naturaleza, pero estaría bien que nos contrataras para proteger tus derechos también.

—¿Y entonces tendría que pagarte?

—Habría que poner una cantidad simbólica por adelantado como provisión de fondos.

—¿Cuánto?

—No sé, cinco dólares digamos.

Todos necesitaban reírse y soltaron una carcajada encantados. A Steven le pareció que las cosas iban bien, así que continuó:

—El primer paso es ir a los tribunales y poner una demanda para lograr un título de propiedad válido. Eso se denomina «acción declarativa de dominio». Jerga legal. Así iniciaremos una gran pelea en los juzgados que se alargará durante un tiempo. Tú serás la demandante, otro término legal que significa que eres la persona que pone el pleito.

Steven tenía una forma de hablar muy clara, para todos los públicos. Bruce nunca lo había visto en acción antes, pero había oído que era impresionante en los tribunales. También había encontrado artículos antiguos sobre sus actuaciones cuando trabajaba para Sierra Club. En su época gloriosa era el rey de las salas de vistas.

—¿Y no hay otro modo de evitarlo? —preguntó Lovely.

—Me temo que no si quieres mantener la propiedad de tu isla y protegerla. Esa empresa, Tidal Breeze, tiene un largo historial de grandes proyectos inmobiliarios, sobre todo en Florida. Apuestan fuerte y normalmente ganan. Por desgracia para ti, y supongo que también para todos los que queremos conservar la naturaleza, la empresa ha puesto los ojos en Dark Isle y va a por ella.

—¿Por qué?

—Porque han olido el dinero, y mucho, además. A eso se dedican.

Lovely miró a Bruce, un hombre en el que confiaba porque él nunca le había pedido nada, sino que había sido al revés. Se conocieron cuando ella fue a la librería para pedirle consejo sobre cómo vender su libro autopublicado. Él la trató con respeto, le dedicó tiempo y le advirtió que era difícil vender esos libros. Pero aun así la puso en el escaparate en la sección de «Autores locales» y la trató como si fuera una escritora profesional.

—¿Qué te parece a ti, Bruce? —preguntó.

—Depende de cuánto estés dispuesta a pelear. Los pleitos no son divertidos, independientemente de cuánto creas en ellos.

—Y si tú estuvieras en mi piel, ¿qué harías?

—Le pagaría a Steven esos cinco dólares y le diría que empezara la guerra para conseguir el título. Y quedaría con Mercer para que ella me describiera el libro que quiere escribir.

Ella miró a Steven y dijo:

—Soy una mujer mayor y no me queda mucho tiempo. No quiero pasarme los últimos días de mi vida metida hasta el cuello en una demanda. ¿Cuánto tiempo puede llevar esto?

Steven sonrió y se rascó la cabeza cubierta de pelo blanco.

—Aquí hay dos problemas y ambos son igual de importantes. El primero es determinar quién es el propietario de Dark Isle. El juicio se celebrará en el juzgado de aquí, al final de la calle, y eso llevará como un año. Si ganas, la empresa, Tidal Breeze, apelará a la Corte Suprema del estado. Eso llevará otro año más o menos. Si pierdes, seremos nosotros los que apelemos. Así que en más o menos dos años deberíamos saber a quién le corresponde el título de propiedad, quién es el verdadero propietario. Si eres tú, la cosa concluye ahí y no habrá más visitas a los juzgados. Pero si pierdes y Tidal Breeze se hace con la propiedad de la isla, empezará la guerra por lo de su urbanización. Ahí tendríamos que ir a la Corte Federal y eso llevaría entre cinco y diez años. Pero tú no tienes que participar en ese litigio.

Ella hundió los hombros y de repente pareció mayor y muy cansada. Sacudió la cabeza.

—Es que no entiendo nada de esto —confesó—. ¿Cómo puede venir alguien y reclamar nuestra isla? Es mía porque yo soy la última de mi gente. Nadie ha querido nunca Dark Isle. Nadie construyó escuelas ni carreteras ni puso tendido eléctrico. No le importábamos a nadie. Así que nos las arreglamos por nuestra cuenta y cuidamos bien de la isla. Era el único hogar que conocíamos. Ahora ya no queda ninguno de los propietarios legítimos, solo yo. Todos los demás han muerto. Soy la propietaria auténtica de la isla y no está bien que venga alguien a decir otra cosa.

Tenía los ojos llenos de lágrimas y se le quebró la voz. La habitación se había quedado en total silencio.

Steven, el abogado litigante, contuvo una sonrisa mientras se imaginaba en un juzgado explicándole la opinión de Lovely sobre la propiedad a un juez. Mercer, la escritora, solo quería empezar a escribir para reflejar fielmente cada palabra.

Al final fue Thomas quien habló.

—¿Puedo hacerte una pregunta? —le preguntó a Steven.

—Claro.

—¿Esperas que Tidal Breeze ponga una demanda para aclarar el tema de la propiedad?

—Sí, sin duda. De hecho, me sorprende que la empresa no lo haya hecho ya. Sé que ha presentado notificaciones preliminares en el Departamento de Recursos Naturales e inmediatamente surgió el tema de la propiedad. La empresa lleva más de un año investigando la isla.

—¿Tiene alguna ventaja ser el primero en presentar la demanda? —intervino Bruce.

—Tal vez suponga una ligera ventaja, pero todas las partes interesadas tendrán tiempo de sobra para presentarse en la demanda.

—¿Y lo tiene que decidir un juzgado de este condado?

—Sí, igual que todas las disputas sobre temas de propiedad. La empresa no puede recurrir a un juzgado federal ni a ningún otro.

—¿Y conoces a los jueces de aquí?

—Claro, pero eso no importará. Tidal Breeze contratará a un montón de abogados locales para intervenir también. Pero tenemos buenos jueces y harán lo correcto.

Lovely apoyó las manos en el regazo y miró a la señorita Naomi.

—Bueno, me parece que tenemos mucho que pensar, ¿no? —dijo Naomi—. Y seguro que las niñas ya han elegido diez libros cada una.

—Eso espero —contestó Bruce.

4

El contrato

I

La idea de Gifford de una gira de promoción de un libro era coger su barco y navegar desde el puerto de Charleston hasta St. Augustine en Florida y después desplazarse hasta los Outer Banks de Carolina del Norte para hacer una parada en la ciudad costera de Manteo. Le gustaba la librería que había allí, porque atraía multitudes cuando él iba a la ciudad y también porque la propietaria era una antigua novia con la que todavía se llevaba bien. Sacaba un libro cada tres años y normalmente también tenía una esposa nueva cuando entregaba un manuscrito recién terminado. Ya llevaba unos cuantos (libros y también matrimonios). Esas mujeres, sus ex, iban y venían porque inevitablemente se aburrían de vivir en un barco en el puerto de Charleston.

En cada gira visitaba las mismas trece librerías y nunca iba con prisa. Sus firmas se alargaban muchas horas y sus fans esperaban pacientemente para lograr intercambiar unas palabras y un autógrafo. Las hazañas de su protagonista, Bake Boudreau, habían servido para entretener a los lectores durante más de veinte años y Gifford no escribía lo bastante rápido, o al menos eso les parecía a sus fans. Pero su ritmo de trabajo para él era perfecto, porque podía tener un libro en seis meses y después pasarse el resto del año viajando y jugando al golf. Lo cierto es que era muy perezoso y que necesitaba mucho tiempo de descanso entre las giras.

Tenía un hijo en Low Country. Conocía bien el lugar y la cultura, y se preocupaba mucho por su conservación e invertía mucho dinero en pelear contra los que querían alterar esas tierras. Él tenía un odio acérrimo a los promotores. Daba discursos, escribía artículos de opinión y editoriales y también rellenaba cheques con cantidades sustanciales y al hacerlo atraía mucha atención hacia su persona. Incluso financió un documental sobre la lucha para la protección de una marisma en Georgia. Y en esa película hizo su debut como actor y se dio cuenta de que le encantaba estar ante las cámaras aunque, como a muchos documentales, le sobraba una hora y no llamó la atención del público.

Cuando su barco, una belleza de dieciocho metros, entró en el puerto de Santa Rosa, Bruce ya lo estaba esperando. Gifford le gritó una obscenidad para saludarlo en cuanto lo vio y después saltó del barco antes de que el marinero tuviera tiempo de amarrarlo. Se abrazaron en el muelle como compañeros de fraternidad que hacía mucho tiempo que no se veían, y fueron a un restaurante que había allí al lado, los dos hablando a la vez. La comida iba a durar al menos dos horas.

La esposa actual de Gifford casi nunca estaba incluida en las giras. Él no quería ataduras, así que la enviaba a Europa o a California. En aquel momento Bruce no se acordaba del nombre de la última. Pidieron vino y marisco y se pusieron al día con los cotilleos editoriales. Gifford se vanagloriaba de no haber pisado Nueva York en diez años. Odiaba a su editor y estaba convencido de que lo engañaba con los *royalties*.

—¿Has comprado algún otro manuscrito robado últimamente? —preguntó, en voz demasiado alta.

—Claro que no. Me he vuelto legal.

Unos cuantos amigos consideraban que Bruce había hecho algo horrible años atrás, cuando hizo un trato para devolver unos manuscritos robados de F. Scott Fitzgerald, un rumor que él no había dejado de negar. El FBI estuvo husmeando y él asumía que su expediente seguiría sobre sus mesas. La biblioteca de Princeton ya tenía los manuscritos de vuelta en su cámara acorazada. Todo el mundo estaba contento, mejor dejarlo estar.

—¿Has oído las últimas noticias sobre Dark Isle? —preguntó Bruce.

Gifford masticó lo que tenía en la boca, lo miró confuso y negó con la cabeza.

Bruce señaló al otro lado del agua.

—Está a unos tres kilómetros de aquí. Casi no se la ve.

—La antigua isla de los esclavos.

—Esa. Lleva años desierta. Pero ahora la han descubierto unos inversores inmobiliarios del sur de Florida. ¿Has oído hablar alguna vez de Tidal Breeze?

—Tal vez.

—Una enorme empresa privada con muchos proyectos en mente: resorts, casinos, campos de golf...; todo. Incluso le han cambiado el nombre, ahora la denomina Panther Cay, y han hecho los folletos de siempre. Y tienen una web muy bien diseñada. Mucho dinero en juego, a su debido tiempo.

—Es horrible.

—Así es Florida.

—¿Podemos pararlos?

Gifford nunca se lo pensó dos veces antes de saltar al barro. Incluso lo habían detenido en varias ocasiones cuando intentaba parar los buldóceres. Y cada detención la documentaban de forma pertinente los periodistas, a los que alguien les había dado el soplo. El hecho de que ya estuviera hablando de «nosotros» no resultó sorprendente para nadie.

—Oh, va a haber guerra. Tal vez necesitemos que alguno de tus grupos de amantes de los árboles nos apoye. Te regalé un libro que se titulaba *Tessa*, ¿te acuerdas?

—Me temo que no. —A diferencia de la mayoría de los escritores, Gifford no leía mucho, ni tampoco fingía hacerlo—. ¿Quién es el autor?

—Una chica que se llama Mercer Mann, prácticamente de aquí. Tiene una casita junto a la playa y pasa los veranos en la isla.

—¿Quién los aguanta en Florida? Aunque se supone que se puede ir a las montañas…

—Pregúntaselo esta noche. Va a venir a la cena con su flamante marido. Se casaron el mes pasado aquí, en la playa, así que cuidado con esas manos.

—Vale, si tú lo dices.

—Ella está pensando en escribir un libro sobre Dark Isle, su historia y demás, y también la lucha por preservarla. Me ha pasado un borrador de unas diez páginas con una propuesta editorial que me ha parecido excelente. ¿Quieres echarle un vistazo?

—La verdad es que no. No se me da bien lo de hacer de editor.

—Vamos, es un favor. Tú conoces esas historias mejor que nadie. Y no te llevará más de quince minutos leerlo.

—¿Y si no me gustara?

—Te gustará.

—Vale, ¿y si me gusta? ¿Qué se supone que tengo que hacer?

—Disfrutarlo y olvidarlo. Solo necesito que nos abras algunas puertas con los grupos de activistas medioambientales. Tú conoces a todos los que hay entre aquí y Washington, incluso más lejos, y creo que vamos a necesitar mucha ayuda.

—Suena divertido. Siempre disfruto de una buena batalla.

—Es una de las pocas cosas que me gustan de ti.

—Me parece bien, sobre todo porque nadie espera que llame a mi editor y le hable de esta propuesta.

—Nadie. Mercer ya tiene editora.

—Bien. Yo estoy pensando en demandar al mío.

—No lo hagas. Te pagan un montón. ¿Cuál ha sido la primera tirada de este último libro?

Gifford no pudo evitar una sonrisa de orgullo. Dio un sorbo al vino, disfrutó del momento un instaste y contestó:

—Bruce, oficialmente ya llevo medio millón de ejemplares en tapa dura. Y el mismo número de libros digitales. Estoy entre los diez más vendidos, amigo. ¿Te lo puedes creer?

Bruce sonrió también y ambos brindaron.

—Enhorabuena, Gifford. Te lo mereces. Me leí tu último libro de un tirón en una noche. Es estupendo.

—Gracias.

—De nada.

—No, Bruce, lo digo en serio. Te debo mucho. Estábamos sentados aquí mismo hace más de veinte años cuando me soltaste, sin el menor miramiento, que estaba perdiendo el tiempo con la ficción literaria. Si no recuerdo más, me dijiste que no era lo bastante complicado.

—Y sigues sin serlo y por eso tienes un millón de fans.

—Me convenciste de que el camino al éxito para mí pasaba por crear un buen personaje y utilizarlo una y otra vez. Y funciona. Brindemos por Bake.

Los dos entrechocaron sus copas.

—Me encanta ese hombre —comentó Bruce.

2

Fueron en coche hasta la casa de Bruce, donde Gifford se pasó dos horas en una hamaca, roncando y digiriendo la comida. A las cinco de la tarde fueron a la librería, donde ya se había formado una cola junto a la puerta principal que continuaba por la acera de Main Street. La estrella invitada se puso en marcha y se pasó horas firmando sus novelas, posando para las fotos, saludando a viejos amigos, intentando ligar con mujeres atractivas, charlando con los periodistas locales sin parar todo el tiempo de beber su *chardonnay* favorito que Bruce tenía que proporcionarle. A las ocho salió de la librería entre disculpas y prometiendo volver a mediodía del día siguiente para el segundo asalto. Después haría una lectura a las cinco de la tarde, seguida de un turno de preguntas.

El grupo de escritores se reunió en el patio de Bruce. Gifford abrazó y besó a Leigh y Myra, apretó con demasiada fuerza a la joven Amy Slater entre sus brazos, intercambió insultos con Bob Cobb, prácticamente le metió mano a Noelle, que acababa de volver de Francia, y se deshizo en elogios con Mercer y Thomas. Con una copa de vino en la mano, le confesó que su propuesta para el libro era brillante y que lo tenía todo para convertirse en una obra de no ficción importante. También dijo que estaría encantado de ayudarla de cualquier forma que necesitara, excepto si implicaba hablar con su editor. Ambos no se hablaban y toda comunicación se hacía a través de sus abogados.

La mayoría de los participantes en una conversación educada en el marco de una cena son conscientes del tiempo adecuado de sus intervenciones y limitan su discurso. Es algo que les parece importante para que todos los que están en la mesa puedan participar. Pues Gifford no era una de esas personas. Medio borracho y subiendo la voz cada vez más, acaparó todo el foco y ahogó todas las demás voces. En otras circunstancias tal vez habría resultado un pelma insoportable, pero sus historias eran muy estrafalarias y las contaba en medio de una ristra de palabrotas, lo que hizo que los demás invitados en muchas ocasiones acabaran riéndose a carcajadas sin poder parar, tanto que no podían ni comer. A todos les encantó el relato de su última detención, el año anterior, cuando se encadenó, junto a otros activistas, a la puerta de un parque nacional para evitar una tala de árboles. Antes de que llegara la policía, un leñador enfadado que llevaba una pistola muy grande se acercó mucho a ellos e hizo varios disparos al aire. A Gifford le pitaron los oídos durante una semana. Los activistas que lo acompañaban se pusieron a llorar. El sheriff de la localidad les negó la libertad bajo fianza y estuvieron encerrados una semana. Fue su mayor hazaña.

Cuando por fin se le llenó la vejiga, se excusó y abandonó la mesa.

—Gracias a Dios que solo publica cada tres años —comentó Myra en cuanto pudo—. No podría soportar cenas como esta más a menudo.

—Vamos, Myra... —reprendió Leigh.

Todos sacudían la cabeza y disfrutaban del breve respiro.

—Este hombre está como una cabra —intervino Mercer—. Y supongo que las historias que cuenta son ciertas.

Bruce negó con la cabeza.

—No tengo ni idea. Sí que invierte mucho tiempo y dinero en grupos que defienden el medio ambiente. He mirado su página web. Ahí se explaya y despotrica e incluye un montaje de fotos de sus detenciones. Le he hablado de los planes que hay para Dark Isle y se ha puesto como una fiera. Será un valioso aliado cuando lo necesitemos.

Mercer frunció el ceño, como si no estuviera convencida.

—¿De verdad tienen intención de poner un casino en esa isla? —preguntó Amy Slater.

—Así es. Van muy en serio con eso —respondió Steven Mahon.

—Ya vuelve —murmuró Myra.

Todos inspiraron hondo a la vez cuando Gifford volvió a sentarse. Se quedó callado unos minutos mientras pasaban una bandeja con mero a la brasa.

—¿Quién va a venir la semana que viene, Bruce? —aprovechó para preguntar Myra.

Bay Books tenía un calendario interminable de firmas y Bruce contaba con que su grupito fuera a apoyar la mayoría de los actos que organizaba. Myra y Leigh disfrutaban especialmente de conocer a los escritores que pasaban por allí en sus giras y muy pocas veces se perdían una firma.

—Un chico de Kentucky con su primera novela —explicó Bruce—. Rick Barber se llama. Y necesitamos reunir un buen grupo de asistentes. Es el martes que viene.

—¿Qué tipo de libro es? —preguntó Bob Cobb.

—Una recopilación de relatos sobre malos momentos vividos en el Kentucky rural.

—No será realismo rural sureño, ¿no, Bruce? —preguntó Myra.

—Bueno, no lo han definido oficialmente así, pero sí que tiene ciertos elementos en común.

—No puedo soportar más mierda de ese tipo, Bruce. Son todos los libros iguales. La cerveza está caliente. Mi chica está fría. Mi perro está muerto. La camioneta no arranca. Necesito trabajar, pero prefiero beber. Mi madre no hace más que tomar pastillas. Mi padre está en la cárcel. Vamos, Bruce, danos un respiro. Lo del realismo rural sureño está fuera de control.

—Yo no soy el autor, Myra, solo el librero. Si no te gusta el género, no leas el libro.

—He leído una crítica en el *Post* —aportó Thomas—. Muy positiva. Decía que Barber era una voz sureña novedosa y distinta.

—Genial, justo lo que necesitábamos —continuó Myra—. Una nueva estrella resplandeciente en el firmamento del realismo sureño. Apuesto a que no vende ni cinco mil ejemplares, sumando tapa dura y bolsillo. ¿Te importa que no asista, Bruce?

—Casi prefiero que no vengas.

—Yo conocí a Barber el mes pasado en un festival literario en Savannah. Un tipo agradable.

—¿Es guapo? —preguntó Myra.

—¡Pero Myra!

—Pero si a ti no te van los hombres —replicó Bob Cobb.

—Pero tengo ojos en la cara, ¿sabes? Y me vendría bien un nuevo personaje. Un autor nuevo y guapo que escribe sobre animales atropellados y esas cosas. ¿Te gusta, Bruce?

—No.

—A mí tampoco.

Gifford ya llevaba demasiado rato callado.

—¿Alguien ha estado alguna vez en Dark Isle? —preguntó.

Por primera vez en varias horas, todos los que estaban en la habitación se quedaron callados al instante. Un silencio total y después algunos se revolvieron en sus asientos. Bruce miró a sus invitados y dijo:

—Yo soy el que más tiempo lleva viviendo aquí de todos y nunca he oído que nadie haya pisado la isla.

—¿Por qué no?

—Bueno, primero es inhabitable. No hay nada allí más que una espesa jungla y animales salvajes. Y el huracán Leo hizo estragos, según me han dicho.

—Además ya tenemos bastante arena aquí —añadió Bob Cobb—. Si quieres playas, no hay que irse tan lejos.

—Me gustaría ir a verla —dijo Gifford—. Tal vez coja el barco y me acerque pasado mañana para echar un vistazo. ¿A alguien le apetece navegar un poco?

Más silencio.

—No podrás llegar hasta allí en barco. Hay poca profundidad —dijo Bruce.

—Vale, pues me buscaré otra embarcación. ¿De verdad que nadie quiere ir?

—No es una buena idea, Gifford —intervino Mercer—. Se cuentan muchas historias sobre la gente que se ha aventurado a entrar en la isla. Muy pocas han regresado, o más bien ninguna. Deberías leer el libro de Lovely Jackson sobre la historia de la isla. Da miedo.

—¿Y tú quieres escribir también sobre eso?

—Lo estoy pensando seriamente, pero desde una perspectiva diferente, claro.

—Vale, os voy a hacer una oferta. Cuando queráis ir a explorar la isla, decídmelo. Yo no temo a fantasmas, espíritus, leyendas y ese tipo de cosas. Formaremos un pequeño grupo, nos desplazaremos en barco hasta allí y echaremos un vistazo, ¿qué os parece?

—No sé. Ya veremos. Antes de eso te recomiendo que leas el libro de Lovely. Es fascinante.

3

El primer obstáculo fue convencer a Lovely para que accediera. Durante dos semanas rechazó su invitación de sentarse con ella y hablar. Y como todas las comunicaciones tenían que pasar por la señorita Naomi, aquello progresaba muy despacio.

El segundo obstáculo era encontrar un lugar donde reunirse. Mercer ofreció rápidamente su casita de la playa; estaría encantada de recibir allí a Lovely para tener una larga conversación e incluso comer, porque allí tendrían privacidad absoluta. Dos días después le llegó la respuesta: no, gracias. Después sugirió la librería, porque Lovely parecía sentirse cómoda allí. Pasaron otros dos días y la respuesta fue negativa. Mercer además tenía muchas ganas de ver la casa de Lovely en The Docks. Lo dejó caer varias veces y esperó que la invitara, pero no sucedió. ¿Y qué tal la biblioteca del condado, donde había mucho espacio y privacidad? Dos días más y la señorita Naomi llamó para decir que Lovely no quería ir allí. Le había dado la espalda a esa biblioteca cuando era adolescente y allí solo permitían entrar a los blancos.

Después de tres intentos, Mercer se había quedado sin sugerencias y se preguntaba si volverían a verse algún día. También estaba un poco desanimada porque su colaboración, o como fuera que se llamara eso, había empezado con demasiadas dificultades. Dado lo que ya se había escrito y lo que se estaba cociendo alrededor de Dark Isle en la actualidad, ella podría escribir por su cuenta una historia de cien mil palabras y publicar una obra de no ficción interesante. Pero no era eso lo que quería hacer, porque la pondría en una posición en que podrían acusarla de explotar el pasado de Lovely. Si la mujer decidía no cooperar, Mercer se olvidaría del tema.

Por fin la señorita Naomi llamó para darle la noticia de que Lovely accedía a tener una breve conversación en una iglesia de The Docks que se llamaba World Harvest Tabernacle Temple. Con un nombre tan espectacular, Mercer se esperaba una megaiglesia enorme con miles de fieles. Pero tras echarle un vistazo a su web descubrió que era un edificio de ladrillo rojo muy modesto, con una aguja torcida y dos autobuses escolares reconvertidos en el aparcamiento. Eran los dominios del reverendo Samuel y su esposa, la reverenda Betty.

En la fotografía ambos llevaban túnicas iguales de color burdeos con un ribete dorado y lucían unas sonrisas resplandecientes.

Sin esas túnicas recibieron a Mercer y Thomas en la puerta del Fellowship Center, un edificio viejo de estructura metálica pegado a la parte de atrás de la iglesia.

—Bienvenidos a Harvest —saludó el reverendo Samuel con una gran sonrisa.

Todos se estrecharon las manos y entraron en un comedor largo que había junto a una cocina. La reverenda Betty frunció el ceño cuando Mercer y Thomas no quisieron tomar nada.

—Con este calor, tenéis que tomaros un té con azúcar —afirmó.

Accedieron y ella se lo sirvió en botes de mermelada grandes. Solo con un sorbo Mercer supo que lo que tenía en la mano contaba con más calorías que un batido de chocolate. Mientras esperaban a Lovely, estuvieron charlando sobre la iglesia («Harvest», como la llamaban ellos) y sus actividades en la comunidad. Deseando conocer más detalles, Mercer les preguntó cuánto hacía que Lovely era miembro de su comunidad. Los dos reverendos se miraron antes de responder:

—La verdad es que no es oficialmente miembro. Pero viene a veces.

Era obvio que casi nunca iba por allí y que posiblemente había tocado un tema complicado. Entonces llegó Lovely con su séquito, compuesto por la señorita Naomi y sus nietas. La mujer iba ataviada con un vestido largo y con caída de un naranja llamativo y conjuntado con un turbante del mismo color que le envolvía muy bien la cabeza. Mercer, que llevaba vaqueros, sandalias y una blusa de algodón suelta, se preguntó si Lovely saldría de su casa alguna vez vestida con algo que no la hiciera parecer una reina africana. Estaba espectacular y se adornaba ambas muñecas con brazaletes y el cuello con collares enormes.

Se acomodaron en sillas plegables en un extremo de la mesa larga y todo el mundo se entretuvo unos minutos simplemente bebiendo su té. No tardó en quedar claro que tanto los dos reverendos como la señorita Naomi y sus nietas tenían intención de participar en la conversación, o al menos quedarse a escucharla. El ambiente en la habitación era bochornoso porque no estaba bien climatizada. La señorita Naomi mencionó la ola de calor que estaban pasando y todos hablaron un rato del tiempo. Por unanimidad estuvieron de acuerdo en que hacía calor. Lovely no dijo nada. Solo sonrió, escuchó y pareció ignorar la cháchara sin importancia que la rodeaba.

La conversación languideció y las cosas se volvieron más incómodas. Mercer no quería ponerse a hacer preguntas serias delante de tanto público, pero como era una invitada allí, no podía pedirle a nadie que se fuera.

Thomas por fin entendió la situación y le pidió al reverendo Samuel que le enseñara el santuario porque dijo que le fascinaba la arquitectura de esas pequeñas iglesias sureñas. Fue un argumento poco creíble (solo con echar un vistazo al edificio se veía que los albañiles no se habían molestado en consultar a un arquitecto), pero funcionó. Aunque era una petición inusual, los dos reverendos se levantaron y salieron de la habitación con Thomas.

—¿Cuánto rato quieres hablar hoy? —le preguntó Lovely a Mercer.

Ella miró a la señorita Naomi y dijo:

—Oh, creo que será suficiente con una hora. —Era casi una orden directa para que se marchara y volviera pasado ese tiempo, pero la señorita Naomi no lo entendió así. Las niñas y ella se quedaron por allí pululando mientras Mercer se peleaba con su grabadora, el bolígrafo y el cuaderno.

—¿Qué es eso? —preguntó Lovely, señalando con la cabeza el aparato de la mesa.

—Es una grabadora. Me gustaría utilizarla, si no te importa.

—No me habían grabado nunca.

Mercer estuvo a punto de decir que era su primera vez también. Ella era novelista, no periodista.

—Es una buena manera de no olvidarse de nada de lo que se dice. Pero si no quieres que la use, no hay problema.

—Sigo sin entender por qué quieres escribir ese libro.

—Tu historia me tiene fascinada, Lovely. Y también la de tu gente y su forma de sobrevivir en la isla. Y además, de repente, surge esta nueva amenaza que podría destruirlo todo.

Las niñas empezaron a aburrirse y soltaron una risita por algo. Lovely las atravesó con la mirada y las dos se quedaron petrificadas.

—Vamos a estar aquí durante una hora —le dijo a la señorita Naomi—. Si vas a pasar por la ciudad, ve a ver a Henry en la residencia.

La señorita Naomi cogió su bolso y les hizo un gesto con la cabeza a las niñas.

Cuando por fin se quedaron solas, Lovely continuó:

—Pero yo ya he escrito esa misma historia.

—Sí, así es, y me gustó, como te dije. Pero ahora tiene más contenido. Quiero coger la parte del pasado, con todas sus complejidades, y unirla con el presente, con todos sus conflictos.

—Parece mucho trabajo solo para vender unos cuantos libros.

—Oh, se venderán más que unos cuantos, Lovely. Ya casi tengo terminada una propuesta que le voy a enviar a mi agente en Nueva York. Si le gusta, y estoy segura de que sí, intentaré venderle la idea a una editorial grande. Y tal vez consigamos un contrato.

—¿Hablas de un libro de verdad, como los que hay en la librería de Bruce?

—Sí.

—¿Como *Tessa*?

—Exacto. Eso es lo que tengo en mente.

Lovely sonrió y preguntó:

—¿Y cuánto dinero vamos a ganar?

Mercer se esperaba esa pregunta.

—Todavía es pronto para hablar de dinero. Esperemos a ver si encontramos editorial y después negociaremos las condiciones.

—¿Y yo conseguiré algún dinero?

—Me parece justo que así sea, Lovely, pero no tengo ni idea de cuánto en esta fase del proceso.

Lovely dejó de sonreír y miró a lo lejos por la ventana. Había vuelto a aparecer el brillo en sus ojos y su mente estaba lejos de aquella habitación. Mercer estuvo a punto de decir algo, pero decidió esperar. Si esas largas pausas eran lo habitual, tenía que aprender a acostumbrarse.

—A mí me parece —dijo Lovely un instante después— que lo mejor es esperar y ver si consigues algo en Nueva York. No tiene sentido ponernos a hablar ahora si esto no va a llegar a ninguna parte. ¿No estás de acuerdo?

Mercer prefería empezar a trabajar de inmediato. Dentro de tres semanas se iría de la isla y volvería a Ole Miss para el semestre de otoño. Y como Lovely no se comunicaba por teléfono, las entrevistas serían complicadas. Sin embargo, en ese momento podían hablar y grabar durante todas las horas que quisieran. Su instinto le pedía que presionara un poco más y comenzara a hacerle preguntas, porque ya tenía varias páginas llenas de ellas.

Pero Lovely daba la sensación de ser alguien que no reaccionaba bien a la presión. Todas sus palabras y movimientos eran deliberados. Y tenía razón. ¿Por qué malgastar el tiempo si no tenían un contrato para el libro?

—Supongo —tuvo que admitir Mercer encogiéndose de hombros—. Enviaré la propuesta a Nueva York esta tarde. Y prepararé una copia para ti.

—Sí, me gustaría verla.

—Como nos queda todavía un rato, ¿puedo hacerte una pregunta?

—Claro, querida.

—¿Cuánta historia dejaste fuera de tu libro?

Lovely respondió con una amplia sonrisa.

—¿Por qué me preguntas eso?

—Porque tengo la sensación de que hay cosas que no quisiste incluir.

—¿Como por ejemplo?

—¿Nalla estaba embarazada cuando llegó a Dark Isle?

Lovely se quedó pensando mucho tiempo y por fin respondió:

—Sí, lo estaba. No era raro que violaran a las mujeres jóvenes en los barcos de transporte de esclavos. Y tras seis semanas en el mar, muchas llegaban a este país embarazadas.

—¿Quién era el padre?

—El bebé era medio blanco.

—¿Monk?

Ella entornó los ojos y su mirada se volvió abrasadora.

—Ella le cortó el cuello, ¿no? —Y pronunció la palabra «cortó» con cierto tono de satisfacción.

4

Una de las reglas más flexibles de Mercer para escribir ficción era no hablar del proyecto en el que estás trabajando. Hacía mucho que se había cansado de los escritores charlatanes que no dejaban de hablar de sus proyectos actuales, que en su mayor parte nunca finalizaban. A los escritores, sobre todo cuando bebían, que era la mayor parte del tiempo al parecer, les gustaba compartir su material nuevo en cenas o tomando cócteles, como si necesitaran la aprobación de ese público cautivo. Sabía de muchas novelas que había oído describir durante años, pero nunca había visto una palabra sobre el papel. «No habléis de ello, hacedlo. Cuando terminéis la historia ya tendréis algo de lo que hablar», les decía siempre a sus alumnos. A ellos les parecía irónico que después les hiciera hablar de sus ideas en clase antes de escribir sus historias.

Como el resto de sus reglas, muchas veces ella misma las infringía. Y en ese momento se encontraba inmersa en su mayor transgresión. Después de enseñarle la propuesta a Thomas, Bruce, Steven Mahon y Lovely, se sentía como si llevara parloteando sobre lo mismo todo el verano. Así que se pasó dos días puliéndola (a Bruce en concreto le parecía demasiado larga para ser una simple propuesta) y por fin, ya resumida en cinco páginas, se la envió a Etta Shuttleworth, su agente en Nueva York.

Era ya 1 de agosto, un mes en el que a nadie en la industria editorial de Nueva York lo iban a encontrar trabajando ni aunque lo mataran. Etta estaba veraneando en Sag Harbor y leyendo sin parar, por supuesto. Las lecturas de agosto no las consideraban trabajo y todos (editores, agentes y directores) se esforzaban mucho por dar la impresión de que leían muchas horas al día. Se suponía que todo el mundo tenía que creer que no les quedaba tiempo para bañarse, navegar, pescar, pasear por la playa, ir de fiesta u holgazanear en un porche a causa del montón de libros que estaban devorando.

Fuera como fuese, Etta conseguía abrir su portátil unos minutos cada día y echar un vistazo por si alguien la estaba buscando. Mercer la llamó y avisó de que iba a enviar la propuesta y que era muy importante que Etta la leyera de inmediato. Y solo tenía cinco páginas.

Increíblemente, en una hora su agente estaba al teléfono mostrándose muy efusiva. Cuando acabó con la avalancha de superlativos, dijo:

—Deberíamos enviársela a Lana ahora mismo.

—Un segundo —la frenó Mercer. Lana Gallagher era su paciente editora de Viking, que llevaba ya demasiado tiempo esperando su siguiente idea—. ¿Estás segura de que esto es adecuado para ella? Es no ficción.

—Lo sé, pero tenemos que empezar por ella. Puede que decida pasárselo a algún colega, pero tu contrato exige que ella tenga preferencia.

—Estamos en agosto —dijo Mercer—. ¿Alguna vez has vendido un libro en agosto?

—No, pero siempre tiene que haber una primera vez.

—¿Dónde está Lana?

—Tiene una casa en Maine. Estoy segura de que allí dispone de mucho tiempo para leer, sobre todo algo cortito como esto. Se lo enviaré y le daré la lata para que lo mire.

—¿Cuánto te parece que vale?

—Eso es difícil de decir. Vamos a esperar a ver qué dice Lana. Si le gusta, hablaremos de dinero.

—¿Y si no?

—Le gustará, Mercer; confía en mí. Es una propuesta estupenda para un libro increíble, sea ficción o no.

—Gracias, Etta, pero no ha sido idea mía. La historia la han vivido otras personas. Yo solo soy una observadora.

—Es brillante, Mercer.

—¿De verdad te lo parece?

—Sí. ¿Cuándo te vuelves de la isla?

—Dentro de dos semanas. Las clases empiezan a final de

mes. Antes me gustaría pasar tiempo con Lovely, pero tiene dudas. No está convencida de que esto llegue a convertirse en un libro de verdad.

—Vale, escucha Mercer. Soy tu agente y tienes que confiar en mí en esto. Voy a llamar a Lana ahora mismo y decirle que le voy a enviar una propuesta de una obra de no ficción alucinante e insistiré en que la lea enseguida.

—Vale.

Evidentemente Lana se estaba aburriendo un poco ese día en Maine. Una hora después Etta la llamó emocionada.

—¡Mercer! ¡Le encanta! Quiere comprarlo ya y publicarlo lo antes posible.

—Bueno, todavía falta un poco para eso, dado que aún no he comenzado a escribirlo.

—Pero hay un problema y es obvio.

—¿El pleito?

—Eso es. En tu propuesta dices que llevará años conocer la resolución de la demanda, sobre todo si se convierte en una gran batalla medioambiental. Viking no quiere quedarse mirando durante años, a la espera de que concluya el juicio.

—Lo sé y créeme, lo he pensado. Thomas y yo hemos pasado muchas horas hablando del tema y tenemos una idea. Me pongo a escribir el libro ya, empezando con Nalla y la historia de los esclavos, que abarca doscientos años y que es básicamente el mismo material que Lovely contaba en su libro, aunque con muchos extras. Ya me ha dicho que hay historias y giros que no incluyó en su libro. Y son buenos. Y lo terminaré con el dictamen del tribunal sobre el título de propiedad de la isla. Si Lovely gana, ahí se acabó la historia y todos contentos.

—Todos menos Tidal Breeze.

—Excepto ellos, claro, pero a quién le importan. Si Lovely pierde la batalla por la propiedad y la isla acaba en manos de Tidal Breeze, llegarán más demandas encarnizadas. Y yo estaré pendiente y escribiré sobre ellas también. Podría ser una secuela.

—Es genial. No has escrito ni una palabra y ya estás hablando de una secuela.

—Eres agente. Se supone que te tienen que encantar las secuelas.

—Y así es. Me parece un buen plan. Se lo contaré a Lana.

—Hazlo. ¿Y cuándo vamos a abordar el tema de la compensación?

Se produjo un largo silencio al otro lado de la línea mientras la pregunta flotaba en el aire. Los contratos editoriales se basaban en los anticipos, en cuánto podía un escritor conseguir por adelantado y cuánto debería ofrecer un editor sin arriesgarse a arruinarse por un fracaso. *Tessa* vendió noventa mil ejemplares en tapa dura y libro electrónico juntos y estuvo cuatro semanas en la lista de superventas de *The New York Times*. En bolsillo las ventas se habían ralentizado de modo considerable, pero ya se acercaban a los doscientos mil ejemplares. Desde su publicación, tres años antes, Mercer había ganado más o menos unos trescientos setenta y cinco mil dólares. Una buena cantidad, y la mayoría la tenía a buen recaudo en el banco, pero con eso no podía retirarse todavía. Lo que Mercer necesitaba desesperadamente era otro libro que tuviera impacto. Con dos, mano a mano, podría dejar de enseñar y unirse al reducido grupo de escritores con suerte que no tenían trabajos de verdad.

Al menos ese era su sueño.

—Si esto fuera una novela —dijo por fin Etta—, pediría setecientos cincuenta mil. Pero lo del enfoque de no ficción hará que Lana ofrezca menos, supongo. Suele funcionar así. No tienes experiencia en la no ficción. Además está la complicación de lo del pleito, que podría retrasar el proyecto.

—Cuatrocientos mil me parece una buena cantidad, Etta —ofreció Mercer—. Para varios años no es tanto. Lo necesitaré para vivir mientras hago la investigación. Además, hay otra complicación. Lovely merece recibir algo de dinero.

—Oh, Dios mío.

—Sí. Ya hemos hablado del dinero y estoy segura de que querrá una parte.

—Vale, se lo comentaré a Lana y veré si se siente generosa.

Después de la llamada, Mercer y Thomas salieron a dar un paseo por la playa al atardecer. Mientras caminaba con los pies metidos en el agua no pudo evitar echarse a reír.

—¿Qué te hace tanta gracia? —preguntó su marido.

—La vida. Hace siete años unos recortes de presupuesto hicieron que mi puesto de trabajo desapareciera, porque yo era el último mono de la facultad de Literatura. Vine aquí para alejarme de todo aquello y espiar a Bruce. Después *Tessa* tuvo éxito y todo cambió. Y ahora le acabo de decir a mi agente que creo que cuatrocientos mil dólares es un precio adecuado para mi siguiente libro. Pero ¿quién me creo que soy?

Thomas vio la ironía del asunto.

—Eres Mercer Mann, escritora superventas, estrella literaria en pleno ascenso y autora de una gran novela que le ha gustado a mucha gente —dijo Thomas—. Ese es el sitio que ocupas en la vida ahora y esos son los números que van en consonancia con él. Disfruta del momento porque no sabemos cuánto va a durar.

Ella dejó de reírse y se agachó para coger una concha. La estudió y después volvió a tirarla al agua.

—Tienes razón. Piensa en todos los escritores que conocemos, ¿cuántos tuvieron un éxito relativo antes de los cuarenta y ya con cincuenta no encuentran editor? Por lo menos la mitad de la lista. Vendieron lo bastante para llamar la atención y dar la sensación de que prometían mucho, pero ahora ya están casi olvidados. Esta es una industria brutal.

—Y también conocemos escritores que han dejado el oficio.

—Sí, y otros que no encuentran trabajo ni en una universidad y por eso se han rendido y se han dedicado a otra cosa.

—Eso no te va a pasar a ti, Mercer; créeme.

—Gracias, cariño. No, voy a escribir este libro y ganar suficiente dinero para sobrevivir, pero sigo intentando escribir la gran novela americana, Thomas.

—Lo sé y la encontrarás. Está ahí fuera en alguna parte, esperándote.

—¿Lo crees de verdad?

—Sí. Y no solo yo, mucha más gente.

Ella lo agarró y lo abrazó. Durante un largo rato se quedaron ahí, en la orilla, mientras el agua cálida llegaba a la playa y se retiraba, y el sol se iba escondiendo detrás de las nubes.

5

La demanda se puso en el juzgado del condado de Camino, cinco manzanas al este de Main Street, donde estaba Bay Books. El juzgado era un edificio antiguo precioso, de la década de los setenta del siglo XIX, que se había renovado varias veces a lo largo de los años. La sala de vistas estaba en la segunda planta y los jueces tenían sus despachos cerca. Los funcionarios se ocupaban de sus tareas en la planta baja y ahí fue donde entró Steven Mahon con su demanda bajo el brazo para presentarla en el Tribunal de la Cancillería. Podía hacerlo por internet, pero todavía disfrutaba del ritual de presentársela a un funcionario para que sellara las diferentes copias y le devolviera una.

Así que la guerra había comenzado, pero sin todo el drama que siempre acompaña a los grandes casos. La demanda en sí suponía una lectura bastante aburrida y no solicitaban una fortuna por daños y perjuicios. No contenía alegaciones sobre mala praxis o imprudencia. No exigía indemnización punitiva. No insistía en que el juez exigiera inmediatamente la suspensión cautelar de algo. Aunque estaba destinada a originar una pelea a mayor escala, todo empezaba con una sencilla «acción declarativa de dominio».

Para ser una demanda era muy breve, solo cuatro páginas. Steven contaba la historia de Dark Isle por encima, desde sus inicios con la guerra entre Francia y España en 1565 que más tarde, en 1740, acabaría con los españoles reclamando la soberanía sobre la región tras haberla gobernado durante doscientos años. Dark Isle se consideraba parte de Camino Island y apareció por primera vez en los mapas en 1764, cuando los británicos ocuparon el territorio. Luego la perdieron y pasó a manos francesas, a los que les sucedería lo mismo y, por fin, volvió a ser parte del Imperio español. Los tres países estuvieron en guerra durante décadas y cada uno fue ganando y perdiendo territorios, lo que hacía que la propiedad individual de una zona fuera imposible de determinar. Las tribus nativas seguían ocupando la mayor parte de la tierra, pero eso cambiaría pronto. En 1821, los estadounidenses acordaron con los españoles la cesión de la totalidad de Florida. Para entonces, Dark Isle había sido un refugio para los esclavos huidos durante casi cien años y nadie tenía especial interés en ella. Florida se incorporó a la Unión en 1845 como estado donde se permitía la esclavitud.

La demandante, Lovely Jackson, aseguraba ser la descendiente directa de los esclavos que llevaban desde el siglo XVIII en Dark Isle. Nació allí en 1940, hija de Jeremiah y Ruth Jackson. Su padre murió en 1948 de fiebre tifoidea, dejando a

Ruth y Lovely como las dos únicas residentes en la isla. Ellas consiguieron sobrevivir allí a duras penas durante unos años hasta que al final se fueron a Santa Rosa en 1955, lo que las convertía en las últimas residentes de la isla.

Como ocurría con sus antepasados, no había registro oficial de su nacimiento. La habían traído al mundo con ayuda de una comadrona, como a todos los demás allí. Tampoco había partidas de nacimientos ni certificados de defunción de sus padres ni de sus abuelos.

Ella reclamaba haber adquirido la propiedad por usucapión, basándose en que sus ancestros y ella habían vivido en la isla «de forma abierta y evidente» sin que nadie se lo impidiera durante doscientos años. La ley de Florida solo exigía siete años. Aunque la obligaron a abandonar ese lugar en 1955, ella no se olvidó de su hogar ancestral. Durante décadas, varias veces al año cogía un barco para ir a la isla con un par de amigos y limpiar las tumbas de sus familiares y recorrerla de norte a sur en busca de intrusos y ocupantes ilegales, pero nunca encontraron ninguno. Después llegó el huracán Leo, que produjo unos daños enormes en Dark Isle. Destruyó lo que quedaba del asentamiento donde vivieron sus antepasados y ella, y borró siglos de restos y ruinas.

El letrado Mahon solicitaba una vista en un plazo de treinta días, como exigía la ley, aunque sabía que eso llevaría varios meses. Como muestra de cortesía le envió una copia de la demanda al asesor legal que tenía Tidal Breeze en plantilla en Miami y otra a un contacto de la Fiscalía General de Tallahassee. El estado de Florida era una de las partes interesadas en la demanda.

Uno de los muchos rumores que circulaban sobre el proyecto de Panther Cay era que el estado reclamaría la propiedad de la isla, como había hecho con cientos de islas deshabitadas, y después, cuando eso se hubiera hecho oficial, se la vendería rápidamente a Tidal Breeze por un precio justo y se quitaría de en medio. Ya se había engrasado la maquinaria que funcionaba en Tallahassee. Los políticos y los burócratas estaban a favor del proyecto.

Steven subió las escaleras y saludó a la jueza Lydia Salazar, la presidenta de los magistrados. La había visto una vez antes, en una comida en un bar, pero pocas veces tenía que presentarse en su sala. Los casos de Steven normalmente se veían en el juzgado federal y las ocasiones en que debía pisar un juzgado local eran escasas. Pero, según la ley de Florida, las disputas sobre tierras y propiedades eran jurisdicción exclusiva del Tribunal de la Cancillería y debían alcanzar una sentencia sin jurado. Por eso la jueza Salazar tenía en sus manos un enorme poder en cuanto al futuro de Dark Isle. Contaba con una reputación muy sólida de ser una jueza firme y justa, aunque un abogado le había dicho a Steven tomando un café que era famosa por hablar demasiado sobre sus casos fuera del juzgado, tomando unas copas en una fiesta, por ejemplo. Hablar demasiado conduce al pecado, como dice la sabiduría popular.

Steven solo quería saludarla, pero su secretaria le dijo que se había tomado el día libre.

Su paseo por el centro continuó con una visita a las oficinas de *The Register*, el periódico de la isla, y pagó para que se publicaran un anuncio formal de la presentación de la demanda y la solicitud de una vista en un plazo de treinta días. El propietario y editor del periódico, Sid Larramore, era un conocido y de vez en cuando se tomaban algún café juntos. Steven le dio una copia de la demanda y esperó a que la leyera. Ya habían hablado de su contenido.

Sid había emigrado allí desde la zona de Washington D. C. Se había jubilado en Santa Rosa por motivos de salud, pero, igual que Steven, la jubilación le había resultado nociva, así que primero empezó escribiendo en *The Register* y después acabó comprándolo cuando el dueño murió y nadie más se interesó por él. En su opinión, una que no solía compartir con sus lectores, la recuperación de la isla tras el paso del huracán Leo ya le estaba dando suficiente trabajo a todo el mundo. Cada vez había más gente y más tráfico, y lo último que necesitaban era un enorme resort con casino. Sid también estaba fascinado con la leyenda de Dark Isle. Había leído el libro de Lovely años antes e intentó escribir un artículo, pero no lo consiguió. Había oído el rumor, que seguramente había iniciado Bruce Cable, quien se divertía haciéndolo para ver lo rápido que se difundían, de que Mercer Mann estaba interesada en escribir sobre Dark Isle y la batalla que se avecinaba sobre su futuro. Él había entrevistado a Mercer dos veces y era uno de sus fans.

—Es la escritora perfecta para la historia —aseguró Sid.

—Yo también lo creo. Bruce me ha dicho que a su editora le ha gustado la idea.

—Thomas y ella llevan un mes rebuscando en los archivos. Saben más de la historia de ese sitio que nadie. Me dijeron la semana pasada que no encuentran ninguna referencia que corrobore que algún blanco ha pisado esa isla y ha vivido para contarlo, aunque lo han intentado varios. Mercer cree que hay una antigua maldición vudú que todavía afecta a la isla.

—Yo no tengo intención de ir a ese lugar.

—Supongo que querrás esto en la primera página lo antes posible.

—Yo soy abogado, ¡cómo no voy a querer la primera página!

—Veré qué puedo hacer.

—Eres el dueño, el editor y el que imprime el periódico y su único periodista a jornada completa. Puedes hacer lo que quieras.

Los dos se echaron a reír y Sid le prometió que le haría hueco en la primera página.

6

Otra tormenta de última hora de la tarde había surgido de repente para empapar la isla y rebajar un poco la sensación de humedad. La temperatura que quedó tras su paso era lo bastante agradable para poder cenar en la galería, el rincón preferido de Bruce en la parte de atrás de su adorada casa victoriana. Cuando acabaron de comer y despejaron la mesa, se trasladaron a un lateral y se acomodaron en unas sillas de mimbre con cojines. Las ranas y los grillos empezaron a cantar a coro. Los antiquísimos ventiladores de techo de ratán que tenían encima hacían que se moviera constantemente el aire. Bruce encendió un puro y le ofreció uno a Thomas, que lo rechazó con un gesto de la mano. Estaban acabando ya una botella de Chablis.

El tema de la noche era el dilema provocado por la propuesta del libro de Mercer. Etta, actuando como la agente que era, había propuesto un anticipo de quinientos mil dólares a cuenta de derechos. Era una primera oferta agresiva y la justificó con las buenas cifras de ventas del último libro de Mercer, *Tessa*. El éxito de esa novela, además de la fascinante historia que tenía entre manos, era más que suficiente para proponer un anticipo como ese. Mercer tenía treinta y seis años, era una escritora ya asentada con tres libros publicados en su bibliografía y seguro que vendrían muchos más después. Como era habitual, Etta había dejado caer que si Viking no estaba dispuesto a asumir tal cantidad, Mercer se vería obligada a ofrecérselo a otras personas que pudieran estar interesadas.

Pero la vaga amenaza no le sirvió de nada. Lana Gallagher era una editora dura que consideraba siempre esas cosas como parte de la rutina de negociación de los agentes. Su contraoferta fue de doscientos mil dólares y con esa oferta mostró el entusiasmo justo para contentar a la autora. Viking tenía dos preocupaciones principales: que la no ficción era algo nuevo para Mercer, aparte de que, en general, tenía menos éxito que la ficción comercial, y que existía la clara posibilidad de que el pleito se prolongase y eso retrasaría el proyecto durante mucho tiempo, años incluso.

Y la oferta resultaba menos atractiva aún porque Viking había propuesto fraccionar los pagos a lo largo de varios años: un cuarto de la cantidad a la firma del contrato, otro cuarto a la entrega del manuscrito, otro cuarto a la publicación del libro en tapa dura y el último cuando saliera la edición en bolsillo. Si el libro vendía bien, como todos esperaban, y el anticipo se amortizaba, podrían llegar los potenciales *royalties* más adelante.

A Mercer le había decepcionado esa oferta, pero consiguió ver la ironía en el hecho de que un contrato de doscientos mil dólares le resultara insuficiente. Todavía recordaba bien sus tiempos como estudiante de posgrado en la miseria y después como profesora adjunta con un contrato de solo un curso. Su futuro seguía siendo muy incierto. No tenía un puesto fijo en Ole Miss. Su sueldo era un buen apoyo, pero los recortes de presupuesto siempre estaban a la vuelta de la esquina. Soñaba con dedicarse el resto de su vida a escribir libros, pero vivía con el miedo de no encontrar una nueva historia que contar. Solo unos años antes se habría desmayado si Etta la hubiera llamado para ofrecerle doscientos mil dólares.

Bruce lo sintió por ella y, como siempre, se puso del lado del escritor, aunque sabía que la oferta era razonable. También recordó que cuatro años antes Mercer estaba encantada con los cincuenta mil dólares que recibió como anticipo por *Tessa*. También sabía, tras años de observación, que los escritores nuevos necesitaban dos o tres libros seguidos con buenas ventas para establecerse y poder aspirar a mejores contratos. Pero Mercer todavía no había llegado a ese nivel.

—Etta quiere ofrecérselo a otras editoriales —dijo Mercer—. ¿Qué te parece a ti?

Como la mayoría de los escritores de la isla le contaban lo que les pasaba a Bruce, él conocía los entresijos de la industria. Todos escuchaban sus consejos y hablaban con él de dinero abiertamente. Era discreto y muy protector con sus asuntos.

—Eso siempre parece una buena idea —respondió—, pero el problema es que podría estropear tu relación con Viking y te expones al peligro mayor de que otros lo rechacen. ¿Y si los otros editores te ofrecen menos o incluso nada? Lana retirará la oferta y además los hechos le darán la razón. No huyas de la felicidad, Mercer. Si estás contenta con Viking, quédate con ellos. He visto cómo muchos escritores dañaban su carrera por ir saltando de una editorial a otra solo para conseguir un poco más de dinero. Tú no quieres tener esa reputación. Lana es una buena editora y Viking es... Es Viking, una de las editoriales más legendarias.

—¿Qué harías tú? —preguntó Thomas.

—Contraatacaría pidiendo trescientos mil y haría toda la presión posible. Reduciría lo máximo posible los plazos y pediría más dinero al principio. Un tercio a la firma del contrato, lo mismo a la entrega y otro tercio con la publicación de edición en tapa dura.

Reflexionaron sobre lo que acababa de decir mientras Bruce servía más vino. Noelle se excusó y se fue a dormir.

—¿Y Lovely? —preguntó Mercer.

Aparte de la decepción con la oferta de Viking, estaba el espinoso y complicado tema de las expectativas de Lovely.

—¿Qué quiere ella? —preguntó Bruce.

—No hemos hablado de nada concreto, pero está claro que espera que haya una compensación. Y a mí me parece justo, pero hasta cierto punto.

—¿Diez por ciento? —propuso Bruce.

—Me parece poco. No quiero insultarla ni darle la impresión de que nosotros, los blancos, estamos aprovechándonos de ella una vez más. Pero, por otro lado, depende de lo que pida, yo podría llegar al punto de cuestionarme si de verdad todo este proyecto merece la pena. Si quiere demasiado y yo decido dejarlo, ella se queda sin nada.

—Le hemos dado muchas vueltas a esto —intervino Thomas—. Mercer básicamente va a utilizar su historia y depende de su relato y sus recuerdos. Digamos que eso supone la mitad del libro y la mayor parte del trabajo ya está hecho. La otra mitad es la lucha por salvar la isla. En esa parte todo el peso recae sobre Mercer.

—Seguro que tú me ayudas —repuso ella.

—Claro.

Bruce soltó una bocanada de humo en dirección a los ventiladores que crujían.

—Creo que lo mejor será hablar con Lovely y ver qué es lo que ella quiere —concluyó Bruce—. Ella nunca ha tenido dinero. Se ha pasado la vida trabajando en la isla, primero en las fábricas de conservas y después en hoteles, limpiando habitaciones o en la lavandería. Y ahora vive de su pensión. No tiene familia que la ayude y por lo que sabemos, tampoco tiene a nadie de quien preocuparse. Me cuesta creer que esté esperando una lluvia de dinero. No olvidéis que sabe algo de la publicación y venta de los libros, aunque el suyo no haya llegado ni a los cien ejemplares.

—Lo sé, pero quiero ser justa —aseguró Mercer.

—Entonces habla con ella. Quedad en la librería mañana. Os dejo mi despacho. Me aseguraré de que no os moleste nadie.

—Gracias, Bruce.

—¿Y cuándo os vais? Myra querrá hacer una despedida formal, con una cena, una última borrachera antes de que volváis al trabajo.

—El sábado. Me ha llamado hoy y me ha dicho que Leigh y ella van a dar una fiesta. No me ha preguntado si queríamos que nos invitara, lo ha asumido directamente.

—Estoy seguro de que habéis aceptado.

—Claro. ¿Quién le puede decir que no a Myra?

—Ninguno de los habitantes de esta ciudad, eso seguro.

7

Como hizo falta más de una semana para organizar sus dos encuentros con Lovely, Mercer se sorprendió cuando la señorita Naomi la llamó enseguida para decir que estarían en la librería al día siguiente a las diez. Mercer sospechaba que sus nietas querían más libros. Un empleado las llevó a la sección infantil y les enseñó las novedades que acababan de llegar. Thomas consiguió mantener ocupada a la señorita Naomi en la sección de libros de cocina entablando con ella una conversación sobre recetas de Low Country. Bruce desconectó el teléfono fijo del despacho y cerró las puertas.

Cuando estuvieron a solas, Mercer le explicó lo que había pasado con la propuesta del libro en Nueva York. Etta había logrado sacarle a Viking doscientos cincuenta mil dólares como anticipo. Lovely no reaccionó al oír la cifra.

—Puede parecer mucho dinero —explicó Mercer—, pero

en realidad no lo es. El cincuenta por ciento va directamente a manos de mi agente y el treinta por ciento hay que pagarlo en impuestos. Y el dinero me lo irán dando en plazos en un periodo de cuatro o cinco años, dependiendo del tiempo que necesite para escribir el libro.

—¿Y cuánto tardarás? —preguntó Lovely.

—Es difícil de saber. Muchas cosas dependen de lo que ocurra en la isla a partir de ahora y eso es asunto solo de los juzgados. Con los juicios no es fácil hacer predicciones.

—Pero tendrás una idea más o menos…

—Sí, creo que dentro de dos años podría tener un borrador publicable. ¿Cuánto tiempo te llevó escribir tu libro?

—Oh, Dios, Mercer, yo estuve trabajando en ese libro muchísimo tiempo. Tengo cuadernos que son de cuando era niña y estaba en el instituto. Porque acabé el instituto, ¿sabes? No fue fácil, pero yo estaba decidida a conseguirlo. Entonces íbamos a un instituto para gente de color, que hace mucho que ya no existe.

Mercer sonrió mientras escuchaba su voz suave y pausada, que parecía tener siglos de antigüedad. Estaban sentadas con las rodillas casi rozándose y parecía que podían hablar de cualquier cosa.

—Me parece justo que recibas parte del dinero —continuó Mercer—. Es tu historia y la de tu gente. Tendré que pasar mucho tiempo contigo para que me des todos los detalles y la información. No va a ser fácil; escribir nunca lo es.

—Lo más difícil que he hecho en mi vida.

Mercer se rio entre dientes y dijo que su libro era mucho más interesante que muchas de las cosas que ella leía. Sabía que Lovely no tenía experiencia en negociaciones, así que fue al grano.

—Creo que la mitad del anticipo es demasiado y el diez por ciento es poco. ¿Qué cantidad tenías en mente?

—Yo no había pensado nada hasta ahora. Si te digo veinticinco por ciento, ¿cuánto dinero es eso?

—Unos cincuenta mil dólares, sin deducir los impuestos, a pagar a lo largo de los siguientes tres o cuatro años.

Ella cerró los ojos y se quedó pensando largo rato. Mercer aprovechó la oportunidad para examinar el turbante que llevaba ese día, un tocado verde lima y amarillo fuerte que le envolvía muy bien la cabeza, como siempre. La túnica era de un azul alegre y tenía un estampado de flores rojas. Como concesión al mundo moderno, en los pies llevaba un par de sandalias marrones con un pequeño logotipo de Nike en un lateral.

Por fin abrió los ojos y dijo:

—A mí me parece bien. Con ese dinero me gustaría limpiar la isla y arreglar el cementerio.

—¿Sigue ahí?

—Sí, querida. Yo sé dónde está, pero nadie más podría encontrarlo. Mis padres, mis abuelos y muchos de mis antepasados están enterrados allí. Yo sé dónde se encuentran. Los demás no lo localizarían aunque lo intentaran, pero yo sí.

Mercer inspiró hondo y concluyó:

—Creo que tenemos mucho de lo que hablar.

5

Los defensores

El viaje de diez horas hasta su casa estaba previsto que empezara a las ocho de la mañana, o al menos eso era lo que habían acordado más o menos el día anterior. Pero la fiesta de despedida de Myra y Leigh se había alargado más de lo que pensaron, aunque eso era justo lo que deberían haber previsto, y el sábado todo empezó tarde e iban lento. A las nueve se despertaron y fueron directos a introducir un café negro en su organismo. A las diez, el Jeep Cherokee estaba a medio cargar con el equipaje, las cajas y otras cosas que habían acumulado en los dos meses que habían pasado en la isla y que, no sabían por qué, se sentían en la necesidad de llevarse. Mercer llenó una cesta de pícnic con sándwiches, fruta, galletas y agua embotellada, como si no les fuera posible encontrar comida en el camino entre Camino Island y Oxford, Mississippi. A las once, Thomas por fin cerró la puerta de la casita con llave, metió al perro en el asiento de atrás y arrancó.

—Solo tres horas tarde —murmuró.

Ella lo ignoró. Las cosas estaban algo tensas, pero pocos minutos después los dos recuperaron la calma y empezaron la transición de la vida en la playa a la de la universidad. La verdad era que los dos eran escritores y estaban acostumbrados a una vida más bien poco estructurada. La puntualidad no era algo muy relevante. ¿A quién le importaba si llegaban a Oxford a las seis o a las nueve de la noche un sábado de mitad de agosto, cuando la temperatura allí sería de, como mínimo, treinta y cinco grados y la humedad altísima?

Ese había sido un verano que siempre recordarían con cariño: la boda en la playa; la luna de miel en Escocia, un viaje del que todavía hablaban y revivían viendo las fotografías mientras prometían que tenían que volver; la emoción de haber encontrado una historia para su nuevo libro y el impresionante anticipo que le permitiría escribirlo. Después de dos meses de matrimonio (tras dos años de convivencia), Mercer sabía que se había enamorado del hombre correcto. Los dos eran compatibles y compartían los mismos intereses. Se reían juntos, el uno de otro, pero sobre todo de los demás. Ambos tenían el irresistible sueño de dedicarse a escribir a jornada completa y viajar por todo el mundo en busca de grandes historias. Y todavía seguían ignorando el tema de los hijos.

—¿Quieres conducir? —preguntó él.

—¿Qué? Pero si aún no hemos salido de la isla.

—Lo sé, pero ya estoy bostezando.

—Toma más café.

Lo decía en broma, por supuesto, solo quería romper el hielo para que ella supiera que ya no estaba enfadado porque habían salido tres horas tarde. Le sonrió, le acarició el muslo, con un bronceado precioso, que ella llevaba al aire y siguió conduciendo.

Cuando estaban en lo más alto del puente que cruzaba el río Camino, Mercer miró hacia el norte y vio la lejana silueta de los árboles de Dark Isle y se preguntó cómo sería su silueta trescientos años antes.

Como era de un poblado de interior, Nalla no conocía el marisco y nunca había comido una ostra ni una gamba. Pero en su nuevo hogar la comida salía del mar y ahí había abundancia. Ella y los demás recién llegados podían comer con tanta frecuencia como quisieran. No habían tenido la tripa tan llena desde hacía meses.

La comunicación fue difícil al principio, pero tenían aliciente para aprender el idioma. Había una mujer mayor que también era del Reino del Congo y hablaba bantú y se convirtió en su profesora de inglés. Todos los esclavos huidos venían de las plantaciones de Georgia y hablaban inglés, aparte de una gran variedad de lenguas africanas.

Vivían en chozas de barro con el tejado hecho de hojas de palmera. Había muchas formando un cuadrado perfecto alrededor de una zona común central. Todo el asentamiento estaba bajo la sombra perpetua de unos robles y olmos enormes. Las mujeres cocinaban por la noche para que nadie viera el humo de las fogatas. Vivían con el miedo y la constante amenaza de que los capturaran. Ya les habían forzado a convertirse en esclavos una vez, no querían que volviera a pasar y no lo aceptarían sin luchar. Joseph, el líder incuestionable, les explicó a los recién llegados que seguro que aparecerían los blancos para buscar supervivientes del Venus, por eso debían estar alertas a todas horas. Los chicos mayores y los hombres controlaban la playa día y noche en un sistema de vigilancia coordinado. En caso de que se acercara una embarcación, los hombres y las mujeres cogerían las armas, principalmente una colección de cuchillos y lanzas fabricados por ellos, aunque su arsenal también incluía tres rifles que le habían robado a un grupo de intrusos que se presentó tiempo atrás.

La señal llegó una mañana temprano, unas dos semanas

después de que la marea arrastrara a Nalla a la playa. Habían visto un barco pequeño que se acercaba. Ancló a menos de un kilómetro de la isla. Joseph y sus hombres estaban observando ocultos en la maleza. Bajaron una barca de remos de unos nueve metros y subieron a ella cuatro hombres blancos. También embarcaron cuatro hombres negros, seguramente esclavos, y se colocaron a los remos. Poco a poco la barca se alejó del barco y fue cogiendo velocidad gracias a la corriente de la marea, que estaba subiendo. Joseph ordenó a los hombres que se pusieran en posición. La barca encalló cuando todavía había un metro de agua. Los esclavos saltaron y la arrastraron hasta la orilla. Los hombres blancos, cada uno con un rifle, señalaron a varios sitios y les dieron órdenes a los esclavos, que cogieron varios sacos con suministros. Estaba claro que tenían previsto quedarse unos días para buscar supervivientes del naufragio. Uno de los cuatro hombres negros se quedó a vigilar la barca.

Como no sabían nada de la isla, los hombres blancos habían llegado al extremo norte, lejos de su asentamiento. Joseph los estuvo siguiendo durante todo el día y esperó a que cayera la noche. Los hombres cruzaron la isla, no encontraron nada y giraron hacia el sur. Caminar por la densa jungla era complicado y se paraban a descansar a menudo. Cuando empezó a ponerse el sol, los hombres blancos les ordenaron a los esclavos que montaran el campamento y que hicieran la cena.

El esclavo que se había quedado con la barca estaba durmiendo dentro cuando lo despertaron dos extraños con la piel oscura. Le explicaron que ya no tenía que seguir siendo esclavo, que era libre. Empujaron la barca hasta el agua y fueron remando hasta una bahía donde había otras embarcaciones amarradas y escondidas. A lo largo de los años, los habitantes de Dark Isle habían ido recogiendo las barcas de cazadores de esclavos y pescadores curiosos que habían pasado por allí.

Mucho después de que los hombres blancos se tomaran el

ron y se durmieran, Joseph y sus guerreros entraron en el campamento. Apartaron a los tres esclavos, que parecían horrorizados porque creían que estaban viendo fantasmas, pero que se calmaron en cuanto los otros les concedieron la libertad, les proporcionaron cuchillos y les ofrecieron matar a sus captores. Ellos entraron en las tiendas y les cortaron el cuello a los cuatro blancos. Después tirarían sus cadáveres al mar.

Al amanecer, el capitán del barco examinó la playa con su catalejo y no vio la barca. Había desaparecido y supuso que había algún problema. No existía razón lógica para que sus hombres la hubieran movido durante la noche. Algo había pasado, pero ¿qué podía hacer? Solo le quedaban dos hombres y un esclavo en el barco y habían perdido un día esperando y mirando la playa.

Joseph y sus hombres los observaban a ellos a su vez. El barco no se movió durante el día ni por la noche. Pero, a la mañana siguiente, otra barca con dos hombres blancos salió del barco y fue a remo hasta la playa. Los ocupantes parecían nerviosos y no soltaron sus rifles. Llevaban unas mochilas que eran demasiado pequeñas para tener dentro unas tiendas. Tras recorrer la jungla unas cuantas horas y no encontrar a nadie, decidieron marcharse antes de que anocheciera. Pero Joseph y sus hombres les tendieron una emboscada, los apresaron y los ataron a unos árboles. Después de muchos latigazos, se lo contaron todo. Solo quedaban en el barco un hombre blanco, el capitán, y un esclavo. Eran de Savannah y los había contratado el dueño del Venus para volver a capturar a los esclavos que había perdido por la tormenta. Habían hallado a unos cuantos con vida en Cumberland Island, las Jekyll Islands y la costa de Savannah, pero ninguno en Florida.

Joseph los amenazó con dispararles con sus propias armas, pero decidió que era mejor ahorrar munición. Les cortaron el cuello y dejaron los cadáveres para alimentar a las panteras.

Por la noche, Joseph y sus hombres se subieron a una de las barcas robadas y remaron sin hacer ruido por el agua en calma hasta el barco. Lo abordaron utilizando unas cuerdas, sorprendieron al esclavo que dormía en la cubierta y sacaron a rastras de su cama al capitán. Cuando él llegó a cubierta trastabillando, se quedó asombrado al ver allí una docena de hombres africanos armados esperando para matarlo.

Preguntó por sus hombres. Joseph le contó una mentira que se convertiría en parte de la leyenda de Dark Isle y que él llevaba ideando mucho tiempo. Era escandalosa, sensacionalista, pero totalmente creíble y se difundió como si fuera la verdad revelada por toda la costa entre Savannah y Charleston. La mentira estuvo unida a la isla durante más de un siglo y mucho tiempo después de la muerte de Joseph. Todos aquellos que se acercaban a menos de diez kilómetros de la isla conocían la leyenda y se la creían.

Le dijo al capitán que su gente y él eran descendientes de los caníbales de las junglas africanas y que a sus hombres los estaban preparando para ser el plato principal de un banquete.

Pero a él le iban a perdonar la vida. Joseph lo tiró por la borda y le dio una de las barcas con un remo. Después contemplaron, disfrutándolo sinceramente, cómo el capitán volcaba la barca dos veces al intentar subirse. Cuando por fin consiguió volver a ponerla en la posición correcta y subirse, cogió el remo y se dirigió lo más rápido que pudo hacia Camino Island.

Se llevaron el barco a la bahía y sacaron de él todos los suministros: había medicinas, carne ahumada, barriles de ron, cuadernos de bitácora y un pequeño arsenal de armas y municiones. Los cinco esclavos del barco habían trabajado en puertos y astilleros y sabían navegar. No tardaron en enseñarles a los demás lo que sabían. Tenían mujeres e hijos en Savannah y querían ir a rescatarlos, pero Joseph no estaba convencido.

Un mes después de que Steven Mahon empezara la guerra por la propiedad de Dark Isle, el estado de Florida presentó su respuesta en el Tribunal de la Cancillería. No era nada raro ni creativo, la negativa estándar de libro procedente de la Fiscalía General. El estado negaba que Lovely Jackson tuviera algún derecho sobre la propiedad porque no había ostentado la posesión pacífica durante los últimos siete años y, por tanto, no se podía considerar adquirida la propiedad por usucapión. En general, la respuesta era tibia y predecible.

Una semana más tarde, Tidal Breeze se unió a la refriega con artillería más pesada. La empresa, a través de sus abogados del centro de Miami que cobraban mil dólares la hora, le pidió a la jueza Salazar que le permitiera unirse a la demanda como parte interesada, y después entregaron diez páginas muy desagradables en las que exponían las razones por las que no deberían concederle a Lovely Jackson el título de propiedad. Sin duda eso era trabajo de abogados serios y sus ayudantes; la respuesta explicaba con mucho detalle la historia de la isla como se reflejaba en las fuentes oficiales, aunque no había muchas. Ni tampoco había partidas de nacimiento ni certificados de defunción. Ni censos. Ni liquidaciones de impuestos sobre la propiedad ni pago de los mismos. Ni facturas de electricidad o teléfono. El condado de Camino nunca había construido una escuela en la isla y no había pruebas de que ningún niño de allí hubiera asistido a alguna que hubiera en el lugar. Ni historiales médicos. No había ningún votante registrado en Dark Isle. Era cono si nadie hubiera vivido allí jamás.

En cuanto a la petición de Lovely, Tidal Breeze recalcaba mucho el hecho de que ella admitía en sus memorias que había abandonado la isla en 1955, cuando tenía quince años, y que era la última superviviente, así que la isla llevaba desierta casi setenta años. Eso no era raro en Florida, añadía la respuesta muy solícitamente en uno de los muchos apuntes innecesarios, porque según los registros oficiales (adjuntos al documento) había al menos ochocientas islas desiertas o deshabitadas en Florida. Y todas se consideraban propiedad del estado. Tidal Breeze iba aún más allá y cuestionaba si Lovely realmente había nacido en la isla, como afirmaba, o incluso había vivido allí alguna vez. No había pruebas de nada de eso.

En conjunto, la respuesta era una negación magistral de la leyenda de Dark Isle. ¿Dónde estaban las pruebas de eso en 2020? Aparte de Lovely, ¿dónde estaban los testigos? ¿Y los registros? ¿Y las pruebas de la propiedad?

4

Steven Mahon leyó la respuesta dos veces y no le sirvió más que para sentirse peor. Tidal Breeze obviamente se había puesto manos a la obra y se gastaría lo que hiciera falta para hacerse con la propiedad. No tenía muchas ganas de tener la inevitable conversación con su clienta. Lovely no se iba a tomar bien que la llamaran mentirosa y que cuestionaran a todos sus antepasados.

Le envió una copia de la respuesta a Mercer.

5

Como sus alumnos, Mercer prefería que las clases fueran ya avanzada la mañana, nunca antes de las diez, porque ese horario le permitía escribir en las primeras horas del día. Thomas era nocturno y muy pocas veces se levantaba antes de las ocho.

Ella hacía café, se llevaba la taza a su diminuto despacho y cerraba la puerta. Thomas leía el periódico matutino en internet, salía a correr y se aseguraba de que ella llegara puntual a clase. Los dos disfrutaban de la soledad de primera hora de la mañana. Tenían el resto del día para compartir cotilleos.

Mercer escribía cada mañana durante al menos una hora. Con las memorias de Lovely como guía, estaba reviviendo la historia de Nalla e incluso le costaba pensar en otra cosa.

La muerte de los cazadores de esclavos. El nacimiento del bebé de Nalla, una niña con la piel más clara. La muerte de la mujer de Joseph y su deseo por Nalla. Los tres hijos que tuvieron juntos. La llegada esporádica de otros fugitivos. El crecimiento del asentamiento. Su cultura: el idioma, la comida, las costumbres, los rituales y los miedos, siempre ese terror a que los invadieran y los capturaran de nuevo. La religión se convirtió en una mezcla del cristianismo que les habían impuesto a los esclavos sus dueños blancos y el misticismo africano al que aún se aferraban. Los intentos de Joseph por enseñarles a todos, niños y adultos, a leer, escribir y matemáticas básicas. Él había tenido la suerte de recibir cierta educación en la plantación. Unos cuantos se resistieron ante sus esfuerzos y también rechazaron el cristianismo. Su muerte, provocada por una enfermedad que mató también a otra docena de habitantes del asentamiento. El dolor de Nalla por su pérdida. Las luchas de poder para ocupar su lugar. La dureza de la vida en la isla: el calor, los mosquitos, los insectos, las panteras, las serpientes, las tormentas y las enfermedades. La lucha constante para ser autosuficientes de una gente que evitaba cualquier contacto con el mundo y que tenía demasiado miedo a salir de la isla. La esperanza de vida era de unos cincuenta años. La mitad de los niños morían durante el parto.

Mercer estaba atrapada por esa historia y deseaba con todas sus fuerzas oír la voz de Lovely. Quería pasar horas al teléfono con ella haciéndole un millón de preguntas, pero la señorita Naomi no lograba convencerla. Lovely no tenía ni teléfono ni televisión.

Cuanto más escribía Mercer, menos le gustaba su trabajo en la universidad. Era su tercer año en Ole Miss como profesora y ya estaba harta de la política del departamento. Supuso que eso pasaba en todas las universidades y que Ole Miss no iba a ser una excepción. Con un máster, pero sin doctorado y sin planes de sacárselo, a ella la consideraban una profesora de categoría inferior y que seguramente no se merecía la plaza fija. Lo que sí tenía era una carrera como escritora que ya contaba con dos novelas y una recopilación de relatos. Y para rematar, estaba el hecho de que *Tessa* había permanecido cuatro semanas en la lista de superventas de *The New York Times*. En aquel momento nadie en su universidad podía decir eso. Además, según la meticulosa investigación de Thomas, hacía más de treinta años que Ole Miss no tenía un profesor/a que hubiera estado en esa lista.

A pesar de su descontento, que no le contaba a nadie, el semestre de otoño iba avanzando sin contratiempos mientras todos se centraban en el fútbol de la Conferencia de Sureste y el rendimiento académico bajaba puestos en la lista de importancia. Mercer y Thomas vivían en un apartamento alquilado en University Avenue, a quince minutos andando del campus. Si se dirigían al este, en dirección contraria, acababan en la pintoresca plaza del lugar, a la que iban a menudo para cenar con amigos o tomarse algo en una de las muchas quedadas con los estudiantes.

Pasaron seis semanas antes de que Etta le escribiera para confirmarle que le había enviado el contrato con Viking. Mercer tenía que firmarlo cuanto antes y con suerte el dinero llegaría antes de Navidad. Todo el mundo sabía que los editores se tomaban su tiempo para firmar los contratos y hacer los pagos.

Cuando Mercer recibió los emails de Steven Mahon con las respuestas del estado de Florida y Tidal Breeze, las leyó dos veces y se sintió incómoda. Lo llamó y hablaron durante media hora.

—¿Qué es eso de «diligencias de obtención de pruebas»? —preguntó ella.

—Significa que ambas partes tienen acceso a todo el material de la demanda de la otra: declaraciones juradas, interrogatorios por escrito, documentos y similar. Es uno de los aspectos más desagradables de los litigios, pero es un mal necesario.

—¿Lovely tendrá que hacer una declaración?

—Claro que sí. Ya se lo he explicado y no se ha mostrado muy convencida. Va a necesitar de esfuerzo y preparación, pero ella es la única testigo.

—¿Te ha contado lo de sus cuadernos?

Un largo silencio en el extremo de Steven.

—¿Qué cuadernos?

—Me ha dicho que tiene una caja llena de diarios de hace muchos años. Al leer el libro y ver tantos nombres y datos parece obvio que debía tenerlos recopilados en alguna parte.

—Pues le preguntaré por ellos. A mí me dijo que lo había contado todo de memoria.

Fue el turno de Mercer de guardar silencio.

—Vale, ¿y qué pasaría si de verdad tiene esos cuadernos?

—Que la otra parte también podrá verlos, y dados los recursos que tienen, seguro que lo mirarán todo con lupa.

—A ella no le va a gustar eso.

—A nadie le gusta, pero es parte de una demanda.

—Pero si tiene apuntes exhaustivos sobre lo que pasó entonces, ¿no es eso una prueba que apoya su historia?

—Yo diría que sí.

—Entonces ¿cuál es nuestro siguiente paso, abogado?

—Ves demasiada televisión. Voy a interrogar a algunas

personas y la otra parte hará lo mismo. Después viene la fase de intercambiar documentos y demás. No va a suceder gran cosa hasta que le tomen declaración.

—Nosotros iremos por allí en las vacaciones de otoño, a principios de octubre. Me gustaría estar presente cuando haga la declaración.

—Es una buena idea. Lo intentaré, pero no te prometo nada.

—¿Sabes algo de la jueza Salazar?

—Nada de nada. Siempre mantiene un perfil bajo durante la fase preliminar.

—Vale, seguimos en contacto.

6

Las primeras fases de un pleito solo generan una cobertura mediática mínima.

The Register y el periódico de Jacksonville publicaron artículos cuando lo presentaron, pero no habían ahondado en la controversia. La única carta al editor que llegó a *The Register* fue de un famoso cascarrabias que se quejaba habitualmente de los impuestos a la propiedad, que veía con buenos ojos cualquier desarrollo urbanístico que generara ingresos en otra parte. En la ciudad la sensación era que Dark Isle llevaba tanto tiempo olvidada que no merecía la pena hablar del tema.

La tranquilidad se rompió cuando se publicó un artículo de opinión escrito por Gifford Knox, que acababa de terminar la gira de su último libro y obviamente buscaba problemas. Empezó con una breve historia de Dark Isle, se rio sin medida del nuevo y efectista nombre de Panther Cay, una «hábil creación de marketing», y se lanzó contra Tidal Breeze por su intento de «robo manifiesto» de la isla. Demostrando que había hecho una investigación impresionante, describió un par de proyectos de Tidal Breeze en los últimos diez años en los que la empresa había «conseguido» terrenos públicos a base de dorarles la píldora a políticos y burócratas de Tallahassee. Lamentaba la destrucción medioambiental de otro trozo de belleza natural de Florida, despotricó contra la idea de que hacían falta más juegos de azar para apuntalar la base tributaria de alguien y clamó contra la construcción de otro campo de golf «empapado en todo tipo de sustancias químicas».

El último párrafo era una verdadera belleza: «Hace ochenta años, los blancos destrozaron el ecosistema de Dark Isle al construir una fábrica de papel junto al río Camino. La polución acabó con las ostras y la abundancia de pescado. Cuando tuvieron que enfrentarse a la inanición, los tradicionales propietarios negros de la isla se vieron obligados a huir de allí. Ahora llega otra empresa dirigida por blancos que pretende robarle la isla a su última propietaria y convertirla en un chabacano resort para blancos».

7

Por razones que no compartió, Lovely se negaba a verse con su abogado en ningún otro lugar que no fuera el despacho de Bruce Cable en la planta baja de Bay Books. Y como Bruce siempre estaba a la caza de cotilleos de la localidad, o incluso regionales, se mostró encantado de recibir a Steven y su clienta siempre que quisieran. Le ofreció café, se aseguró de que nadie los molestara y se fue a ocuparse de unas primeras ediciones en un estrecho pasillo desde el que podía oírlo todo sin problemas.

Tiempo después, la señorita Naomi le revelaría el secreto a Bruce. El despacho de Steven Mahon estaba en un edificio que antes fue un restaurante que, décadas atrás, se negaba a servir a clientes de raza negra. No había forma de que Steven lo supiera y nunca lo habría descubierto si no se lo hubiera chivado Bruce.

Lovely tenía muy buena memoria sobre lo ocurrido en el pasado y guardaba mucho rencor.

Con sus nietas en el colegio, la señorita Naomi estaba libre y más que dispuesta a llevar a Lovely adonde ella quisiera. A las dos mujeres les encantaba la librería porque se sentían bienvenidas allí. Bruce tenía una mesa larga en la parte delantera dedicada a los escritores afroamericanos e invitaba a las señoras a entrar en la tienda siempre que las veía pasar por allí. A petición de Mercer, mantenía a la señorita Naomi entretenida cuando Lovely estaba en su despacho.

Lovely tomó asiento en su sillón favorito, una antigüedad francesa que Noelle había traído de la Provenza. La señorita Naomi y Steven se saludaron educadamente mientras Bruce servía café. Minutos después, él se fue y cerró la puerta. Steven puso su iPhone en una esquina de la mesa y dijo:

—Me gustaría grabar nuestras reuniones, si no tienes inconveniente.

Lovely se quedó mirando fijamente el teléfono y después a Steven.

—¿Y eso por qué?

—Es un procedimiento estándar. No tengo la memoria tan ágil como antes y por eso me gusta grabarlo todo. No tiene importancia.

Su memoria estaba perfectamente y muy pocas veces grababa las conversaciones que mantenía con sus clientes, pero con Lovely había muchas posibilidades de que se produjeran malentendidos y quería tomar precauciones. Ella miró a la señorita Naomi, que se encogió de hombros como si no supiera qué decir.

—Supongo que no hay problema —aceptó Lovely.

—Si te sientes incómoda, no lo haré.

—No, no pasa nada. Trátame como a los demás clientes.

—Te prometo que eso es lo que estoy haciendo. —Cogió un montón de papeles y continuó—: Esta es la respuesta o contestación a tu demanda que han presentado. Hay dos en realidad, una del estado y otra de Tidal Breeze. Como esperábamos, ambas se niegan a que se te otorgue la propiedad. La de Tidal Breeze puede resultarte un poco difícil de digerir porque hace muchas alegaciones que no son ciertas.

—¿Como cuáles?

—La más flagrante es que afirman que no puedes probar que naciste en la isla.

Su cara se retorció y sus ojos ardieron y lo atravesaron como láseres. Empezó a temblarle el labio inferior y se lo mordió.

—¿Y quién dice eso?

—Los abogados de Tidal Breeze.

—Yo sé dónde nací y el nombre de la comadrona que me trajo al mundo. Ella también asistió en el parto de mi madre y mi padre. Y sé dónde nacieron ellos y dónde están enterrados, en el mismo lugar donde espero que me entierren a mí. ¿Cómo has permitido que esa gente diga eso?

—Los abogados dicen muchas cosas que no son ciertas, me temo. Es solo una alegación, nada más. Parte de la demanda. No te lo tomes como algo personal.

—¿Entonces pueden mentir todo lo que quieran?

—No, tienen que creer lo que dicen. Como no hay ningún registro de tu nacimiento, pueden asegurar que no naciste allí. Pero va a haber muchas alegaciones así y no te las puedes tomar de forma personal.

—No me gusta este asunto de la demanda.

Steven sonrió, pero ella no respondió con el mismo gesto.

—Lo comprendo, Lovely. Los pleitos resultan muy desagradables, pero son necesarios. Si quieres demostrar que la isla es tuya, no tienes más remedio que ir a juicio.

Ella reflexionó sobre eso, pero no pareció aceptarlo. Tras una pausa preguntó:

—¿Y esos abogados también estarán en el juicio?

—Claro, ese es su trabajo.

—Pues no esperes que sea agradable con ellos.

—No tienes por qué, pero no son malas personas. Solo hacen su trabajo.

—¿Y mentir es parte de su trabajo?

Steven suspiró y dejó pasar el comentario.

—Necesito preguntarte por documentos, notas, diarios, cosas así. Papeles. La otra parte nos pide todos los documentos, en particular las notas en las que te apoyaste para escribir tu libro.

Lovely miró la estantería con las primeras ediciones de Bruce y pareció abstraerse. Pasó un minuto y después otro y la pausa se hizo demasiado larga. Steven ya se había dado cuenta de que para ella no era un problema hacer largas interrupciones en la conversación. Hablaba y vivía a su ritmo.

—¿Y quién ha dicho que yo tenga documentos y notas? —dijo por fin.

—¿Los tienes?

—Si digo que sí, entonces esos abogados desagradables tendrán derecho a verlos, ¿no? Y si digo que no, pues no tendrán nada, ¿es así?

—Supongo que sí. ¿Tienes algún tipo de nota?

—Las tenía, pero las perdí.

No le resultó convincente, pero Steven se dio cuenta de que no le convenía presionarla. En su mundo, la supervivencia era más importante que la sinceridad. Y habría tiempo y oportunidades para hablar del material de base más adelante.

—Debes de tener una memoria prodigiosa.

—Sí. Y también mis padres y mis abuelos la tenían. Contábamos historias, señor Mahon. Hace mucho tiempo, al principio, la mayoría de mi gente no sabía ni leer ni escribir. Solo unos cuantos sabían e intentaban enseñar a los demás. Yo tuve suerte porque mis abuelos sí sabían. Recuerdo perfectamente a mi abuela enseñándome a escribir mi nombre. Eso era muy importante para ellos, pero no para todos. Incluso había una pequeña escuela en la isla y yo asistía cuando era pequeña. Pero otros niños no iban. Confiábamos en las largas y detalladas historias que contaban los padres y los abuelos, las mismas que les habían contado a ellos los suyos. Eran importantes y las conservábamos como regalos para seguir transmitiéndolas. Pocos sabían leer, pero todos sabían contar historias. Y eran ciertas y precisas porque si contabas una y decías algo mal, siempre te corregía alguien. Así fue como me enteré de la historia de Nalla, la esclava, mi antepasada. Llegó a la isla en 1760 y murió en 1801.

—¿Y cómo sabes que fue ese año?

—Porque cada historia ocurría en un año concreto. Así manteníamos la conciencia del tiempo y de la historia. Siempre sabíamos en qué año pasaba cada cosa.

—Pero ¿cómo sabes que esa fecha es exacta?

—¿Cómo sabe nadie que no lo es?

—Te pregunto porque también lo harán los abogados de la otra parte.

—No me importa, pueden preguntar todo lo que quieran. Yo conozco mi historia, señor Mahon, y ellos no.

—¿Has llegado a ver esta historia, o parte de ella, por escrito en algún sitio?

Lo miró con el ceño fruncido como si fuera tonto.

—No, no hacía falta escribirla. La guardábamos todos aquí. —Se tocó la sien izquierda—. Eso es lo que te estaba diciendo. Las historias se mantenían vivas al contarlas porque no podíamos escribirlas. Mucho antes de que naciera, ellos no tenían papel, lápices, libros y esas cosas, solo contaban con palabras, historias e imaginación. Cuando era pequeña, oí tantas historias sobre Nalla que era como si pudiera verla en mi mente. Sentía su sufrimiento, su dolor cuando se la llevaron a rastras encadenada, lejos de su familia, de su hijo, su poblado, y se la vendieron a los traficantes de esclavos. Con solo diez años me sabía toda la historia de su vida, señor Mahon.

El abogado sonrió al pensar en su clienta subiendo al estrado y dando su testimonio. Ningún abogado del país podría cuestionarla porque solo ella sabía las historias y conocía los hechos.

Pero la demanda estaba muy lejos de estar solucionada. La ley prefería las pruebas contundentes, como las partidas de nacimiento y los certificados de defunción, los de matrimonio, los registros catastrales, los títulos de propiedad y registros de pagos de impuestos de la propiedad. Tidal Breeze y su horda de abogados se lo iban a pasar muy bien encontrando lagunas en unas pruebas que solo se basaban en antiguas historias, leyendas y folclore.

8

Esa misma tarde, unas horas después, Steven quedó con un amigo, Mayes Barrow, para tomar un café en una cafetería del paseo marítimo. Mayes era uno de los dos abogados de Santa Rosa que había contratado Tidal Breeze. Era un abogado joven y popular con un despacho en crecimiento y una reputación como buen abogado litigante que se había ganado a pulso. Como el dinero no era un problema, la empresa contrataba a muchos abogados y siempre incluía a unos cuantos locales para ayudar con la cuestión política y buscar el favor de los jueces.

—La empresa me ha pedido que te presente la posibilidad de un acuerdo —empezó Mayes.

A Steven no le sorprendió. Tidal Breeze podría ahorrarse una fortuna en costas simplemente comprando a Lovely Jackson. Tenía batallas legales mucho mayores por delante. Y para una empresa que quería gastarse al menos quinientos millones, la cantidad ridícula que podía pedir Lovely no era más que un error mínimo de redondeo.

—¿Quieren pagar a Lovely para que retire la demanda y se quite de en medio?

—Sí.

—Ella no va a querer ningún acuerdo.

—No lo sabrás si no le preguntas.

—La respuesta es no, Mayes. ¿Para qué se lo iba a preguntar? Ella ni quiere ni necesita dinero. Nunca lo ha tenido y sabe que solo sirve para complicarte la vida. Y si acepta el acuerdo y le cede a tu cliente la propiedad de la isla, de todas formas nos vamos a oponer a sus planes de construcción. Nuestra mejor estrategia es ganar la primera ronda, la acción declarativa de dominio de Lovely Jackson y mandar a tu cliente de vuelta a Miami con el rabo entre las piernas. Tú lo sabes tan bien como yo.

Mayes se rio por lo bajo y asintió.

—Para mí tiene todo el sentido.

—Lo sé. Solo haces lo que te pide tu cliente.

—Sí, y me pagan muy bien, Steven.

—Mi clienta también. Ha hecho una provisión de fondos de cinco dólares, menos de lo que valen estos dos cafés.

—Ahora mismo ofrecen cien mil dólares.

—Eso es un insulto. No le pienso presentar esa oferta a mi clienta.

—¿Y me puedes dar una cifra que te parezca adecuada?

—No. Y no pienso hablar con Lovely sobre el tema. No cederá, te lo aseguro. El juicio va a ser muy divertido, Mayes, sobre todo cuando suba a Lovely Jackson al estrado. Será algo que recordaremos todos durante mucho tiempo.

9

Por tercer semestre consecutivo, Thomas dejó de lado sus estudios de escritura creativa y se dedicó a otros proyectos, en este caso la investigación para su mujer. Había empezado el máster tres años antes y había logrado progresar hasta que se encontró en una clase que impartía Mercer Mann. Inmediatamente perdió el interés en escribir ficción y centró toda su atención en estudiarla.

Una preciosa tarde de otoño él llegó a su piso con una botella de champán muy cara y muy buen humor. La revista *The Atlantic* acababa de comprarle su propuesta de un artículo largo sobre un submarino soviético perdido. Le habían pagado veinte mil dólares, un récord para él, y todos los gastos cubiertos. El submarino, uno nuclear tan largo como un campo de fútbol, se había perdido en el Pacífico Sur a unos ochocientos kilómetros al norte de Australia.

Había al menos doscientos hombres a bordo. No había rastro de que el submarino hubiera salido a la superficie y había tantos rumores sobre el tema que podría llenar con ellos media docena de libros. Solo la investigación preliminar lo llevaría a Washington y después a Sídney. Estaría fuera un mes, el periodo más largo que habían pasado separados hasta el momento.

Ambos tenían ganas de tomarse un descanso. Sobre todo Mercer, que necesitaba algo de tiempo a solas para empezar el libro y darle un primer empujón. Thomas, que había visto mucho más mundo que su mujer, estaba deseando volver a viajar. Todavía se veía como el periodista aventurero que recorría el planeta en busca de su siguiente gran historia y siempre con un posible libro en mente. Mercer lo animaba con ello porque lo amaba y quería que tuviera éxito, pero además disfrutaba de las largas temporadas de soledad. Después de casi tres años juntos y de cuatro meses de matrimonio, les gustaban sus rutinas, juntos y por separado, y casi nunca discutían. Al menos hasta el momento habían resultado ser maravillosamente compatibles y la parte más pasional de la relación no dejaba de aumentar de intensidad.

Se bebieron la botella en el patio para celebrarlo mientras hablaban del maldito submarino. Mercer había oído hablar tanto de la historia que casi temía que vinieran otros seis meses de lo mismo, pero lo aceptó con buen ánimo. Una escritora de éxito requería una caja de resonancia, un primer lector, un animador, una persona que la quisiera y deseara su éxito. Thomas adoraba su trabajo y siempre estaba deseando leer su siguiente capítulo. A ella también le gustaba oír sus ideas de proyectos y leer los primeros borradores.

—He acabado mi último artículo de Florida esta noche —anunció él.

—¿Cuál? —Trabajaba en varios a la vez. Thomas era un investigador obstinado que podía rebuscar más en internet que nadie que Mercer conociera hasta encontrar lo que buscaba.

—La del general Dunleavy. Otra historia que Lovely no incluyó en su libro.

—Seguramente nunca ha oído nada sobre ella.

—Será eso o que es demasiado truculenta.

—¿Te preguntas alguna vez si sus historias son exactas? Hablamos de transmisión oral a lo largo de doscientos años. Seguro que se han ido embelleciendo con el tiempo.

—Claro, pero eso hace que nuestro trabajo sea más fácil, Mercer. Como no queda nadie que pueda corroborar los hechos, puedes mejorarlos todo lo que quieras. Al fin y al cabo te dedicas a escribir ficción.

—Gracias a Dios.

10

Florida entró a formar parte de Estados Unidos como uno de los estados en los que se permitía la esclavitud en 1845. Desde 1821 había sido un territorio y la esclavitud estaba extendida, sobre todo en el norte, en las plantaciones de algodón y las de cítricos que rodeaban St. Augustine. Uno de los mayores terratenientes de la zona era Stuart Dunleavy, un político espabilado que en el pasado fue soldado y todavía se consideraba un hombre del ejército. Después le disparaún en la batalla de Gettysburg y perdería un brazo. A base de sobornos y contactos consiguió tener unos terrenos enormes al este de Tallahassee y dedicó cuatrocientos acres al cultivo de algodón. Cuando Florida entró en la Unión, él poseía más esclavos que nadie en ese nuevo estado y se jactaba de tener a mil africanos trabajando en sus campos.

Como la mayoría de los dueños de plantaciones, sufría muchas fugas y le ponía furioso que tantos esclavos de su propiedad escaparan a Dark Isle. Su leyenda no hacía más que crecer y todos creían que había cientos, si no miles, de esclavos escondidos allí, viviendo al margen de la ley.

En 1850 el general Dunleavy, como insistía en que le llamara todo el mundo, decidió hacer algo al respecto. Necesitaba desesperadamente más mano de obra y estaba harto de que hubiera esclavos viviendo en tierras de Florida como hombres y mujeres libres. Así que decidió ir a capturarlos y quedárselos, convertirlos al cristianismo, ponerlos a trabajar en los campos y así mejorar sus vidas en general. Acudió al gobernador que, a cambio de dinero, accedió a «alquilarle» al general un viejo barco de vapor que la Marina había convertido en cañonero. Él reclutó un grupo de gente, una heterogénea mezcla de granjeros blancos, delincuentes comunes, mercenarios y un puñado de soldados de verdad, los reunió en Camino Island y pasó varios días intentando entrenarlos hasta que no le quedó más remedio que rendirse.

Una mañana, al amanecer, salieron del puerto principal de Santa Rosa con destino a Dark Isle. A medio kilómetro de la costa echaron el ancla, dirigieron los ocho cañones del barco hacia ella y empezaron a disparar. El brillante plan de batalla de Dunleavy era bombardear la isla con los cañones para aterrorizar a los salvajes y conseguir que se rindieran y seguidamente enviar a sus «tropas» para capturarlos en la playa.

El bombardeo continuó sin parar durante toda la mañana. A mediodía no había rastro de los africanos, así que el general y sus hombres hicieron un descanso para comer. Tras la comida y una siesta, dio órdenes de reiniciar el ataque. A las tres de la tarde sus artilleros le informaron de que se estaban quedando sin munición. Seguía sin haber ningún esclavo aterrado agitando una bandera blanca en la playa. A las cinco, los cañones se quedaron en silencio porque ya no tenían más balas. Sin apartar la vista de la isla, Dunleavy esperó hasta que oscureció y luego se retiró a su campamento de Camino Island para pasar la noche. A la mañana siguiente cargaron más munición y navegaron hasta el extremo sur de Dark Isle, donde supuestamente habían visto señales de actividad humana en el pasado. Dispararon sin descanso a la densa jungla, pero no vieron ni un africano.

Después de comer el general dio las temidas órdenes. Bajaron dos barcas de diez metros al agua y una docena de hombres subieron a cada una. Nadie se presentó voluntario para el asalto. De hecho había rumores en el cañonero de que podría producirse un motín si les ordenaba a las tropas que desembarcaran en la isla. Todos conocían la leyenda de Dark Isle y sus caníbales.

Los hombres llegaron a la playa y ataron las barcas. Un grupo se dirigió al norte y otro al sur. Todos iban armados con rifles y cuchillos largos, pero avanzaban demasiado despacio y con miedo para el gusto del general. Él no dejó de observarlos fijamente con sus prismáticos desde el timón del barco. Por fin abandonaron la seguridad de la playa y desaparecieron en la densa jungla. Pasó una hora y a continuación otra. Avanzada la tarde llegaron disparos desde el extremo sur de la isla y eso animó a los hombres del barco. La leyenda decía que los esclavos de la isla solo tenían lanzas y dardos, las armas de sus ancestros. ¿Cómo iban a contar con armas modernas? Los disparos significaban que los habían encontrado y capturado tras una mínima lucha. Entonces sonaron más disparos. Era reconfortante oírlos, pero Dunleavy empezó a preocuparse por las bajas. Necesitaba capturar a los esclavos, no matarlos a todos.

Pero la carnicería había comenzado.

Les había dado a sus hombres órdenes estrictas de regresar al cañonero antes de que anocheciera. Pero cayó la noche y no había señales de los hombres en la playa. Las dos barcas seguían donde las habían dejado, sin moverse. Ellos no llevaban comida ni equipo para pernoctar en la isla. Pasaron las horas y una sensación de terror envolvió el barco. El general no sabía qué hacer. No podía abandonar a sus hombres en la isla y volver a Santa Rosa. Ordenó compartir la comida que hubiera en el cañonero y estar alertas. Tenían por delante una noche larga.

En cuanto amaneció, el vigía se puso a chillar. Los hombres se despertaron y subieron a cubierta. Las dos barcas ya no estaban atracadas, sino que flotaban a la deriva empujadas por la marea. A primera vista parecían vacías. Dunleavy le ordenó al capitán que encendiera los motores y se acercara a las barcas.

El horror fue apareciendo despacio ante sus ojos. Las barcas no estaban vacías. Dentro de sus cascos había una colección espeluznante de cuerpos ensangrentados y destrozados. A los hombres les habían disparado, habían recibido hachazos, cortes y les habían rebanado la garganta. Algunos estaban prácticamente decapitados, a otros les faltaban extremidades, a unos cuantos los habían destripado y las entrañas les colgaban sobre las piernas.

Muchos tripulantes del cañonero vomitaron. La mayoría se quedaron mirando con la boca abierta un momento y después apartaron la vista. Apenas hablaron del tema y nadie pronunció la palabra «caníbal».

Lograron volcar las barcas y vieron cómo se hundía una despacio y después la otra. Veintitrés hombres enterrados en el mar. Otros veintiuno a salvo en cubierta a los que ya no les quedaban ganas de nada más que de volver a casa.

La expedición de caza de esclavos del general había terminado. Si quería más esclavos, tendría que pagar por ellos. Giró la proa del cañonero y regresó a Camino Island.

11

Mercer sacudió la cabeza.

—Pero ¿dónde has encontrado esa joya?

—Dunleavy vivió una vida larga e interesante y decidió compartirla escribiendo unas memorias que logró completar cuando tenía noventa años. Todavía vivió ocho años más. El libro se publicó en 1895 y seguramente vendió tantos ejemplares como el de Lovely. Lo vi mencionado en una bibliografía un poco rara y lo busqué en internet. Entonces me topé con la historia sobre Dark Isle y me llamó la atención.

—Eres un genio.

—No, pero casi.

—¿No te parece raro que Lovely no mencionara esa historia? Seguro que tuvo que ser uno de los acontecimientos más memorables de la historia de la isla. Un ataque directo, dos días de disparos de cañón, la emboscada a soldados armados y su matanza. ¿Cómo ha podido quedar algo así olvidado?

—Tal vez sí lo recordaron, pero Lovely oyó la historia cien años después y no quiso incluirla. Es bastante gore.

—Y también muy impresionante. Unos antiguos esclavos que se creía que no tenían más que lanzas resultó que contaban con más armas que los traficantes de esclavos, y después al general le pareció que a sus hombres los habían atacado unos caníbales.

—¿La vas a incluir?

—Todavía no sé qué voy a usar. No sé por dónde empezar. Tengo que hablar con Lovely.

—¿Cuándo son las vacaciones de otoño?

—Dentro de dos semanas. Creo que voy a ir a la isla.

—Yo entonces estaré en Australia.

—Lo sé. Tal vez a esas alturas te eche de menos y todo.

6

La becaria

La familia Larney, de Miami, había ido construyendo la empresa Tidal Breeze Corporation a lo largo de cincuenta años. Rex Larney lo empezó todo en 1970 cuando adquirió un motel de gama baja que estaba en ejecución hipotecaria en Fort Lauderdale. Tenía treinta y un años, se dedicaba a vender propiedades inmobiliarias y un par de buenas ventas estimularon su apetito por el dinero. No tenía miedo de pedir dinero prestado y arriesgarse y no tardó en comprar pequeñas parcelas junto a diferentes playas. Sus edificios se fueron haciendo más altos y también aumentaron sus deudas y sus ambiciones. En 1980 se había convertido en un promotor inmobiliario de altos vuelos en la cresta de la ola del crecimiento frenético del sur de Florida.

Su hijo, Wilson, se crio vinculado al negocio y se hizo cargo felizmente cuando Rex murió de cáncer en 1992. Heredó el gusto de su padre por el riesgo y los juguetes caros. Compró purasangres y barcos de regatas. Le encantaba apostar en las carreras y tuvo la inteligencia suficiente para prever el bum de los casinos. Se asoció con la tribu de los seminolas y construyó cuatro resorts de lujo por todo el estado. Los federales estuvieron a punto de pillarlo dos veces por operaciones poco claras, pero demostró ser muy escurridizo y difícil de atrapar. Su mejor amigo era su abogado, J. Dudley Nash, conocido sencillamente como Dud, un apodo que le puso Wilson décadas atrás. El bufete de abogados de Dud creció casi a la misma velocidad que Tidal Breeze y se convirtió en una personalidad importante del mundo de la inmobiliaria comercial de Miami.

Tidal Breeze sobrevivió a duras penas a la crisis de 2008. Cuando las cosas se calmaron, la empresa aún seguía en pie y Wilson analizó los restos del naufragio y se puso manos a la obra. Había llegado la hora de actuar como un buitre. Cuando la Reserva Federal bajó los tipos de interés prácticamente a cero, Tidal Breeze acumuló créditos baratos y se dedicó a hacer centros comerciales, hoteles, campos de golf y miles de apartamentos.

En 2012, Wilson volvió a tener problemas con la ley tras haber forzado que otra empresa del mundo inmobiliario acabara en bancarrota. De nuevo, Dud consiguió un acuerdo que lo obligó a pagar una multa, pero sin más consecuencias. No obstante, la foto de Wilson salió en los periódicos, algo que detestaba. Era muy reservado y nunca hablaba con periodistas. Tidal Breeze solo tenía un accionista: él.

La joya de su imperio era un edificio de oficinas de cincuenta plantas en el centro de Miami que Rex le había comprado a una empresa financiera en bancarrota en 1985, durante la crisis. A lo largo de los años, Wilson lo había refinanciado dos veces con tipos más bajos y había logrado sacarle cincuenta millones de dólares de efectivo. Todavía pesaba sobre él una hipoteca enorme, igual que sobre todos los demás activos que poseía la empresa, incluido su jet privado.

Para construir Panther Cay, Wilson tenía previsto pedirle prestado a los bancos todo el dinero que estuvieran dispuestos a soltar para el proyecto, aunque había que tener en cuenta, como siempre, los tipos en alza. A él nunca le había preocupado el coste de los préstamos. Como decía siempre Rex: «Los tipos suben y después bajan».

Desde su espléndido despacho en el piso cincuenta, Wilson tenía unas vistas privilegiadas. Al este estaba el Atlántico de color azul celeste que se extendía hacia la eternidad más allá de las playas; al norte veía hasta Boca y Fort Lauderdale, o incluso la costa que había más allá, llena de grupos de bonitos rascacielos, algunos propiedad de Tidal Breeze, aunque nunca eran suficientes, ni mucho menos.

La vista siempre estaba ahí, pero Wilson tenía poco tiempo para mirarla. Vivía al límite y apostaba fuerte. Cuando no estaba jugando, estaba trabajando muchas horas al día, todas ellas hasta arriba de reuniones, ideas y planes para construir y urbanizar todavía más. En la comodísima sala de reuniones privada, que tenía junto a su despacho, se sentaba a la cabecera de la mesa, cubierta de papeles, planos y dibujos. A su derecha estaba Donnie Armano, el vicepresidente que estaba a cargo del proyecto de Panther Cay, y a su izquierda Pete Riddle, un abogado del bufete de Dud, Nash & Cortez.

J. Dudley Nash era tan ambicioso como Wilson y quería tener el bufete más grande de Florida. Los dos jugaban al golf e iban a pescar juntos y una vez incluso intentaron comprar el equipo de rugby de los Miami Dolphins, pero la gran cantidad de deudas que aparecía en la cuenta de resultados de Wilson hicieron que los otros dueños de la NFL se asustaran, por extraño que pueda parecer. Según iba creciendo su bufete y abriendo nuevas oficinas, los honorarios por hora de Dud también aumentaban a un ritmo impresionante. Wilson se rebeló cuando alcanzaron los mil dólares la hora, pero Dud dijo que él valía eso y más. Wilson no dejó de quejarse y dos años después, cuando Dud le dejó caer que era el primer abogado de la ciudad que cobraba dos mil dólares la hora, Wilson le dijo: «Vale, tú ganas. Mándame a un socio júnior».

Pete Riddle era el sustituto de Dud.

—Estamos en la fase de diligencias de obtención de pruebas y ahora mismo no pasa gran cosa —dijo el abogado—. Esperamos que la jueza fije la fecha del juicio en cualquier momento.

—¿Y qué ha pasado con lo del acuerdo? —preguntó Wilson—. Seguro que podemos comprar a esa anciana. Demonios, si no ha tenido un centavo en su vida.

—Su abogado lo ha rechazado.

—¿Es uno de esos gilipollas defensores del medio ambiente?

—Sí. Sabe que la forma más rápida de lograr protección para la isla es conseguir el título de propiedad que está en juego. Y aseguró que su clienta no aceptará un acuerdo bajo ninguna circunstancia.

—Siempre se puede llegar a un acuerdo. Ofrecedle medio millón.

—Si eso es lo que usted quiere…

—¿Y seguimos teniendo posibilidades de ganar el caso, la acción declarativa de dominio?

—No ha cambiado nada, porque tampoco hay posibilidad de ello. La propia demandante, la señora Jackson, escribió en su libro que abandonó la isla en 1955 y que ella fue la última persona que la habitó. Las demás están muertas. Hemos buscado por todas partes y no hemos dado con ningún documento que certifique que alguien ha vivido allí después de 1955.

—¿Y admitirán su libro como prueba en el tribunal?

—Eso dependerá de la jueza, pero no hay forma de excluirlo. Y además, la señora Jackson tendrá que testificar, porque no hay nadie más que pueda apoyar su solicitud.

—¿Cuándo será el juicio?

—Quién sabe. Yo calculo que a principios de primavera.

—Y no habrá jurado, ¿no? Es solo con juez.

—Eso es.

—¿Y tenemos algo de la jueza?

—Tal vez. —Pete miró a Donnie Armano.

El vicepresidente tomó la palabra.

—Seguimos investigando, pero creo que hemos descubierto algo. La jueza Salazar tiene un hijo en Jacksonville, casado y con dos niños, sus únicos nietos hasta ahora. También tiene una hija que está en Pensacola. El hijo es dueño de una pequeña empresa que construye casas y apartamentos baratos financiados por el gobierno. No le va mal, aunque tampoco es que vaya a hacerse rico. Podemos acercarnos a él de dos maneras, abiertamente y de forma clandestina. Para la primera utilizamos una empresa fantasma para que el chico consiga hacerse con casas mejores en barrios más elegantes de la ciudad y nos aseguramos de que tenga mucho trabajo y que gane dinero. Con el tiempo, le enseñaremos la zanahoria, diciéndole que creemos que hemos encontrado una mina de oro con lo de Panther Cay. O podemos conseguirle un contrato grande para apartamentos subvencionados, lo cual supone un montón de dinero, pero para eso primero tendríamos que sobornar a un inspector federal.

A Wilson no le parecía mal ninguno de esos planes.

—Empecemos poniéndole delante buenos negocios al muchacho, a ver cómo va. Nada llamativo que levante sospechas. Tenemos empresas de sobra tras las que ocultarnos.

—Sesenta la última vez que las conté —reconoció Pete con una sonrisa.

—Y se me ocurren tres en la zona de Jacksonville. Que muerda el anzuelo por ahora y veamos cómo evoluciona. Como siempre, no quiero que los federales se enteren de nada de esto.

—Eso es lo que queremos todos —corroboró Pete.

—¿Y el resto de la familia? ¿La jueza?

—Sin pareja, divorciada hace mucho tiempo. Un poco distanciada de la hija de Pensacola y volcada en los dos nietos.

—¿Y qué sentencias ha dictado previamente en casos de disputas sobre títulos de propiedad?

—Solo hemos encontrado una de hace bastantes años. Pero no es de utilidad. Lleva en este juzgado seis años, así que no hay mucho historial que revisar.

—Vale —contestó Wilson y se metió el bolígrafo en el bolsillo, su gesto habitual para decir que ya había tenido suficiente—. Repasaremos todo esto otra vez la semana próxima.

2

Octubre era el mes favorito de Mercer para pasar en la isla. El calor sofocante del verano ya había desaparecido, igual que los turistas, aunque esos no solían molestar. La playa, que tenía dieciséis kilómetros y rara vez estaba atestada, en esa época se veía casi desierta. A ella le encantaba aprovechar el fresco de la mañana para salir a dar largos y tranquilos paseos. Echaba de menos a Thomas, pero tampoco tanto.

Más o menos la mitad de las casas de primera línea de playa estaban habitadas todo el año y a menudo encontraba caras que conocía mientras paseaba. Incluso reconocía a algunos perros, casi todos sociables. No era raro que se parara a saludar y charlar un momento del tiempo, pero Mercer no quería entablar conversaciones prolongadas sobre la arena. Estaba allí por algo, para aclararse la cabeza y, de vez en cuando, también para inspirarse. Una historia, un nombre, un lugar, tal vez incluso una trama secundaria. Como escritora siempre estaba buscando material, aunque últimamente no abundaba. Tampoco es que quisiera relacionarse mucho con los vecinos, porque la mayoría eran jubilados y estaban deseando dejar lo que fuera que estaban haciendo para cotillear o incluso tomarse una copa de vino. Pero ella no quería hacer nuevos amigos. Su casita, cuya propiedad compartía con su hermana, era una segunda residencia, un refugio para evadirse donde iba en busca de silencio y soledad.

Aunque el maldito edificio les estaba resultando muy caro. Nunca se podía dejar de hacer mantenimiento de una casa en la playa. A Thomas no se le daban bien el martillo y la brocha, ni tampoco al marido de Connie. Así que las dos propietarias se dividían los costes de las reparaciones y restauraciones, y las facturas cada vez eran mayores. Nunca habían hablado de venderla, aunque Connie sí había insinuado algo parecido algunas veces. Su marido casi nunca iba a la playa y su familia cada vez la utilizaba menos. La había construido Tessa cincuenta años antes y significaba mucho más para Mercer que para Connie.

Tras tantos años, el salitre y las tormentas estaban comiéndose la madera, los azulejos y la pintura.

Mercer estaba en el porche trasero, ignorando la pantalla en blanco de su portátil, bebiendo té verde y mirando al mar y escuchando su sonido favorito, el de las olas, en vez de escribir. En octubre dejaba las ventanas abiertas por la noche y se quedaba dormida oyendo el sonido del mar. Los momentos más felices de su infancia los había pasado en esa casita con Tessa, a quien no le gustaba el aire acondicionado, por mucho calor que hiciera. Cuando bajaba un poco la humedad, Tessa abría todas las ventanas y las dos escuchaban las olas en la oscuridad mientras charlaban metidas en la cama.

Una vez más los recuerdos de Tessa aparecían y se iban. Sonrió, intentó apartarlos y volvió a mirar la pantalla en blanco. Había escrito el primer capítulo dos veces y después había desechado los dos borradores. Necesitaba pasar más tiempo con Lovely, con la que había quedado al día siguiente en Bay Books, por supuesto.

La pintura se estaba descascarillando. Mirara donde mirase, fuera al porche, a la terraza, las puertas o las ventanas, incluso al suelo de pino, veía pintura vieja descolorida o desconchada. Larry, su manitas y jardinero a tiempo parcial, había pedido un presupuesto a un pintor barato. Ese aprovechado había pedido veinte mil dólares para repintar y aislar el exterior, aunque Larry dijo que era un precio razonable. Mercer no pudo evitar echarse a reír solo de pensar en pedirle a Thomas que invirtiera la cantidad del cheque que le había pagado *The Atlantic* para arreglar la casita. Después pensó en su hermana y la sonrisa desapareció. Hacía pocos años a Connie y su marido les iba tan bien en su empresa que se podían comprar lo que les diera la gana. Pero pasó algo, aunque Mercer no tenía ni idea de qué y se iba a quedar sin saberlo porque Connie no quería contárselo, y el negoció dejó de estar en su apogeo y tuvieron que apretarse el cinturón. Las hermanas nunca habían estado muy unidas y ya era tarde para intentarlo a esas alturas.

Decidió olvidarse de su portátil y del manuscrito, del que no tenía ni una palabra, y fue a dar una vuelta alrededor de la casa. Necesitaba desesperadamente una capa de pintura, así que tomó una decisión. Una definitiva. E impopular. Thomas y ella se pasarían las vacaciones de Navidad en Camino Island pintando la casita. Si él no sabía cómo usar una brocha y un rodillo, ella le enseñaría encantada.

Oyó que sonaba su teléfono, que estaba en el porche. Esperaba una llamada de Thomas, pero quien estaba al teléfono era Bruce Cable.

—Hola, Mercer —saludó con su tono alegre y animado de siempre—. ¿Cuándo has llegado a la isla?

—Ayer. ¿Cómo estás, Bruce?

—Fenomenal. Los libros se siguen vendiendo. Es que alguien ha visto tu coche en la entrada. Me supuse que habías decidido venir.

A ella siempre le sorprendía que en la isla nunca pasaba nada que él no supiera. Tenía espías por todas partes.

—Sí, llegué anoche.

—¿Qué tal está Thomas?

—No ha venido.

—¿Ya lo has dejado?

—Está en Australia preparando un artículo para *The Atlantic*.

—Estupendo. Por fin se ha puesto manos a la obra. Oye, a Noelle le apetece una cena ligera y temprano. Solo nosotros tres. Para ponernos al día con los cotilleos, ya sabes.

—Lo siento, Bruce, pero creo que hoy me voy a quedar en casa. Estoy leyendo un libro muy bueno. Te prometo que iré otro día.

Se produjo un largo silencio al otro lado; nadie decía que no a una cena con Bruce y Noelle.

—Vale, no pasa nada. Te veo mañana.

3

A la mañana siguiente, a las diez, el equipo se reunió en Bay Books y tomaron café y dónuts en el despacho de Bruce. Lovely lucía su habitual esplendor africano: túnica naranja, turbante a juego y una serie de pulseras y accesorios que entrechocaban cada vez que cogía la taza para beber el café. Como siempre, la señorita Naomi estaba con ella. Steven Mahon revisó unos papeles mientras todos escuchaban hablar a Bruce sobre una fiesta que iba a organizar después de la próxima firma del nuevo escritor de misterio de moda. Después de unos minutos de saludos y conversación educada, Bruce salió del despacho y cerró la puerta.

Steven cogió un documento.

—Esto no necesita explicación —dijo mirando a Lovely—. Se llama «acuerdo de colaboración». Es un documento que tenéis que firmar Mercer y tú y que le otorgan a ella y a su editorial los derechos exclusivos sobre tu historia. Por tu cooperación tú recibes el veinticinco por ciento del anticipo total, tras deducirle la comisión de la agente.

—Ya lo he leído —dijo Lovely sonriendo—. A mí me parece bien. ¿Cuándo recibiré el cheque?

Mercer sonrió y le acercó otro documento por encima de la mesa a Steven, que lo revisó y cogió un cheque que tenía adjunto.

—Ahora mismo. El contrato de Viking especifica un pago de cien mil dólares en el momento de la firma, que Mercer ya ha realizado, y otros cien mil a la entrega del manuscrito, que entiendo que no se ha producido todavía.

Mercer se echó a reír.

—Ni siquiera he acabado el primer capítulo.

Todos rieron.

—Y otro pago final —continuó Steven— de cincuenta mil dólares en el momento de la publicación de la edición en tapa dura, cuando quiera que se produzca. Aquí tienes un cheque de veintiún mil doscientos cincuenta dólares.

Se lo dio a Lovely, que lo cogió con delicadeza y volvió a sonreír. Después de examinarlo detenidamente se lo enseñó a Naomi para que lo viera y ella dio su aprobación también.

—Lo voy a utilizar para arreglar un poco la isla —aseguró Lovely—. Y quiero empezar por el cementerio donde está enterrada mi gente. ¿Qué te parece, Steven?

—Creo que deberías esperar a que concluya el juicio.

Como te he explicado, existe la posibilidad de que perdamos y si eso ocurre, toda la isla quedará alterada por completo.

Sacudió la cabeza.

—Eso no va a pasar.

—Yo tampoco lo creo, pero mejor no nos precipitemos.

—Está bien. ¿Tú quieres más dinero?

Steven se rio entre dientes y negó.

—No, Lovely, ya me has pagado una provisión de fondos de cinco dólares y eso es lo que acordamos. A mí me paga mi organización sin ánimo de lucro.

—Voy a hacer una donación a tu fundación, Steven —anunció Mercer.

—Vaya, gracias.

—Yo también quiero hacer una entonces —dijo Lovely—. ¿Cuánto debería donar?

Steven levantó ambas manos.

—Pospongamos eso por ahora. Ya trataremos ese tema después. Hay otro asunto de dinero del que tenemos que hablar. Mercer, esto es confidencial, al menos por ahora, y creo que prefiero que no lo incluyas en el libro.

—¿Quieres que me vaya?

—No, solo que mantengas la confidencialidad. Lovely, Tidal Breeze te ofrece más dinero para que quites la demanda y renuncies a la propiedad de la isla.

La información le fue calando despacio.

—No me importa cuánto me ofrezcan. Es mi isla y le pertenece a mi gente y a mí.

—¿Quieres saber la cifra?

—No me importa. No voy a renunciar.

—Está bien, pero como abogado estoy obligado a decirte que Tidal Breeze ofrece medio millón de dólares para que lo dejes ahora.

Le daba igual que fueran cinco dólares que cinco millones. Su única reacción fue un asentimiento lento al oír la cantidad y después olvidarla. Steven estaba encantado con esa respuesta o falta de ella.

—Asumo que tu respuesta es no.

—Ya te he dicho que no.

—Bien. Dadas las circunstancias y con el contrato firmado y los trámites hechos, creo que Mercer y tú queréis pasar un par de horas hablando del pasado. Si no os importa, me gustaría quedarme durante vuestra conversación y tomar notas. Tengo que saber lo máximo posible. Las diligencias de obtención de pruebas empezarán pronto.

—Por mí no hay problema —aseguró Mercer.

Lovely se encogió de hombros y dijo:

—Eres un abogado y te he pagado cinco dólares, así que...

4

El presupuesto de Barrier Island Legal Defense Fund era tan limitado que Steven Mahon prefería no tener becarios. Nunca faltaban abogados estudiantes de Derecho jóvenes, inteligentes e idealistas que querían que su carrera, una vez finalizada la universidad, se desarrollara en las trincheras de la lucha por el medio ambiente, por suerte; él recibía cartas y currículos todas las semanas y se esforzaba por responderlas todas, pero no contrataba a nadie. El despacho que ocupaban su secretaria y él resultaba pequeño para ellos dos incluso. Había tenido algún que otro becario en varias ocasiones en el pasado, pero normalmente daban más trabajo que la ayuda que proporcionaban.

Pero Diane Krug no tenía intención de aceptar un no por respuesta. Dos años antes había ido en coche desde Knoxville a Camino Island con las maletas hechas dispuesta a trabajar, sin cobrar si era preciso. Recién finalizados sus estudios, huía de una mala relación sentimental y recientemente había heredado de manera inesperada quince mil dólares de una tía a la que no había prestado mucha atención y con la que, de repente, deseaba haber podido pasar más tiempo. Como le ocurría muchas veces, Steven se quedó encandilado antes de que pudiera negarse y Diane entró a formar parte de su mundo; tras dos semanas se estaba preguntando si podría dejarlo alguna vez. Se apropió de la mesita que había en la cocina y allí se sentaba. Si necesitaba intimidad, se iba a la biblioteca del condado. La secretaria estaba divorciada y vivía sola en una casita donde tenía un dormitorio de sobra. Diane se instaló allí y de inmediato empezó a fregar platos y limpiar ventanas.

Dado que era un litigante legendario, Steven no tenía tiempo ni paciencia para la monótona tarea de investigar. Así que le asignó encantado esas tareas a Diane, que disfrutó de ese reto y se presentó voluntaria para hacer algo más. Leía los documentos relacionados con los casos de Steven hasta altas horas de la noche y empezó a corregirlos también. Pasados seis meses sabía más de leyes medioambientales que la mayoría de los abogados con los que Steven había colaborado a lo largo de los años.

Tras haber diseccionado las memorias de Lovely por tercera vez, Diane preparó una lista breve de potenciales testigos. Dada la edad de la cliente, y sobre todo teniendo en cuenta la época en la que se desarrollaba su historia, no quedaban muchos testigos directos. Uno importante podría ser un hombre que se llamaba Herschel Landry, nacido en la zona, pero que se había mudado a otra parte. Según se decía en el último capítulo de *La oscura historia de Dark Isle*, Lovely se vio obligada a dejar su hogar en 1955 con su madre, que murió poco después. No quedaba nadie más en la isla. La mayoría de sus parientes estaban muertos y los demás se habían desperdigado. Cuando ella tenía veintitantos, empezó a hacer viajes a la isla periódicamente para cuidar del cementerio, sobre todo de las tumbas de sus padres y sus abuelos.

Herschel Landry era uno de los pocos hombres negros de Camino Island que tenía una barca. Décadas atrás había muchos pescadores negros, pero ellos también se habían diseminado. Herschel entonces estaba casado y tenía varios hijos. Lovely estaba separada de su marido y todavía sufriendo por la muerte de su único hijo. En su libro dejaba entrever que había habido un romance entre ellos, pero independientemente de la compensación que recibiera, lo importante era que él se ofrecía de modo voluntario a llevarla a Dark Isle una o dos veces al año y ella permanecía allí unas horas. De vez en cuando iba con ellos también un niño que se llamaba Carp. Lovely le pagaba un dólar por ayudarla a arrancar las malas hierbas del cementerio.

El apellido de Carp no se mencionaba en el libro, Lovely no lo recordaba ni consiguieron encontrarlo por ninguna parte. Pero Herschel, que tenía noventa y tres años, vivía en una residencia en New Bern, Carolina del Norte. Diane lo encontró por fin tras una ardua búsqueda por internet. Según su hijo, Loyd, que también vivía en New Bern, estaba en silla de ruedas y tenía días buenos y malos, lo que era de esperar en una persona de su edad. El hijo se fue de Camino Island de niño, cuando sus padres se divorciaron, y no recordaba que su padre hubiera tenido una barca.

Los abogados de la otra parte iban a cuestionar sin descanso la afirmación de Lovely de que ella nunca había abandonado del todo la isla. En su libro admitía que se fue de allí, al menos dejó de residir en ella. En la demanda aseguraban que nunca llegó a abandonarla del todo, sino que mantenía un contacto estrecho con su pasado, su gente y su legado.

Pero aparte de su propio testimonio, que además era difícil de demostrar, no había ninguna prueba y la otra parte argumentaría que se trataba de una declaración interesada.

Diane fue en avión a Raleigh y alquiló un coche para hacer el trayecto de dos horas hasta New Bern, junto al estrecho del río Neuse. Se encontró con Loyd en la puerta principal de la residencia y se tomaron un café mientras esperaban que la enfermera trajera a Herschel en su silla al vestíbulo. Estaba dormido cuando lo trajeron y no aparentaba menos de los noventa y tres años que tenía. La enfermera se fue y ellos siguieron hablando en voz baja mientras esperaban que despertara. Loyd le explicó muy serio que últimamente tenía muchos más días malos que buenos.

Diane no tenía muchas expectativas en cuanto a su testigo estrella potencial y su primera impresión fue muy decepcionante. Steven y ella no creían que Herschel pudiera viajar a Santa Rosa para testificar. Lo mejor que podían esperar era una declaración grabada en la residencia, con el pobre Herschel rodeado de una docena de abogados, que después pudieran reproducir en el juicio. Pero mientras lo veían dormir tranquilamente, ella dudó de que pudieran hacer esa declaración formal.

Loyd al final le tocó la pierna a Herschel y se la sacudió, y él se despertó. Habló un poco con él, para ayudarlo a poner el cerebro en funcionamiento, y el anciano empezó a mostrarse más comunicativo. No sabía en qué día ni en qué mes estaba y no recordaba qué había hecho el día anterior, aunque tenían que admitir que los días en la residencia debían de ser muy similares y fáciles de confundir.

Diane le preguntó por su juventud y los días tan lejanos que pasó en Camino Island, cuando pescaba con su padre y pasaba el rato entre las barcas que pescaban gambas, y de repente el anciano pareció cobrar vida. Sonrió, enseñando su dentadura postiza y se le vio un brillo en los ojos. Entonces le preguntó si recordaba a una chica que se llamaba Lovely Jackson, él se quedó pensando mucho rato y de pronto dio una cabezada.

No podía decirse que estuviera en condiciones de hacer una declaración, pensó Diane mientras aguardaba pacientemente.

Cuando volvió a abrir los ojos, ella le preguntó de nuevo, pero no obtuvo respuesta. Diane había estaba rebuscando en los registros históricos, los archivos parroquiales y los de los cementerios de la isla y había hecho una lista de afroamericanos que habían vivido en Camino Island a la vez que Herschel, y probó con ella. Le mencionaba un nombre, y si la respuesta era una mirada vacía, entonces le daba un poco más de información, si la tenía, y esperaba para ver si recordaba algo. El anciano lo intentaba, pero acababa negando con la cabeza.

Loyd se acercó a ella y le susurró:

—Hoy no es un buen día.

Tras una hora que se le hizo larguísima, Diane estaba a punto de rendirse y Herschel necesitaba echarse otra siesta. Pero su última pregunta fue:

—¿Y se acuerda de un niño que todo el mundo llamaba Carp?

Él se rascó la barbilla, asintió y sonrió.

—Oh, sí, a ese niño lo recuerdo —contestó con un hilo de voz—. Carp, sí.

—¿Trabajaba en su barco?

—Andaba siempre por los muelles, como muchos otros de su edad. Era un buen chico.

—¿Iba con usted a Dark Isle?

—¿Adónde? Sí, iba en la barca conmigo. Limpiaba el pescado y las barcas. Un buen chico.

Diane inspiró hondo y siguió preguntando:

—¿Y se acuerda de su nombre completo?

—Carp.

—¿Y su apellido?

—Era uno de los chicos de Marvin.

—¿Y quién era Marvin?

Un largo silencio cargado de expectación y entonces Herschel dijo:

—Marvin Fizbee. Un amigo mío. Ya me acuerdo.

En alguna parte de las profundidades de los registros históricos que había revisado Diane estaba segura de haber visto ese apellido tan peculiar: Fizbee. Lo escribió en un cuaderno, como si pudiera olvidar algo así, y continuó:

—¿Ese Carp era hijo de Marvin?

—¿Quién es Marvin?

Oh, Dios mío. Ni se podía plantear intentar que ese pobre anciano hiciera una declaración.

—Me ha dicho que Marvin Fizbee era su amigo.

—Sí, mi amigo. Y tenía muchos chicos. Carp era uno de sus chicos.

—¿Y Carp trabajaba en su barca a veces?

—Sí.

—¿Se acuerda del nombre completo de Carp? —insistió. Era una pregunta inútil, pero tenía que formularla otra vez.

Él negó con la cabeza y volvió a dormirse.

5

Durante el vuelo de vuelta a Jacksonville, Diane inició una nueva búsqueda por internet y encontró un montón de Fizbee en Lake City, Florida, a una hora al oeste de Camino Island. No había registros de que hubiera nadie con ese apellido más cerca. Ninguno de los que encontró se llamaba

Marvin ni tampoco Carp, aunque eso no la sorprendiera. Tras aterrizar, fue directa a Lake City, encontró al Fizbee más cercano y llamó a su puerta. Parecía que era un barrio de gente blanca. Fue la señora Fizbee la que abrió la puerta. Diane le contó que trabajaba para un abogado y que estaban buscando a un testigo para un caso y, gracias a su sonrisa y a su encanto, consiguió que la dejara entrar y la invitara a un té. La señora repasó todo el árbol genealógico, al menos el de parientes vivos, pero esa conversación tan agradable no le dio ninguna información. Entonces le explicó, lo más diplomáticamente posible, que en Camino Island hubo durante décadas unos cuantos Fizbee que eran negros. La señora Fizbee no se sorprendió, pero aseguró que nunca había conocido a ninguno de ellos.

Durante los días siguiente Diane siguió obstinadamente comprobando todas las pistas posibles en busca de algún Fizbee que fuera negro. Encontró algunos cerca de Columbus, Georgia, pero no tenían ninguna conexión con Camino Island. Se dio cuenta también de que a las personas negras no les gustaba la idea de hablar con una blanca que trabajaba para un abogado blanco, fueran cuales fuesen las circunstancias.

El rastro la llevó hasta otra familia cerca de Huntsville, Alabama, pero no pudieron ayudarla.

Si alguna vez hubo un niño que se llamaba Carp, en ese momento tendría que tener al menos setenta años y haría falta un milagro para encontrarlo.

6

Después de avisar con tiempo de sobra, la jueza Lydia Salazar convocó a los abogados para lo que describió como «una reunión de evaluación informal». Era la primera vez que los abogados se veían en una misma habitación. Hasta el momento todas las comunicaciones habían sido cordiales, lo habitual cuando el procedimiento estaba a cargo de la jueza Salazar. Steven Mahon era de la vieja escuela y aunque se había enfrentado a algunas de las empresas más grandes del país en unos pleitos muy reñidos, se enorgullecía de cumplir escrupulosamente las normas y tratar a sus oponentes con respeto. Pero había visto comportamientos muy desagradables por parte de otros abogados. Mayes Barrow era el abogado local de Tidal Breeze y era educado. También conocía a la jueza Salazar y sabía que no le gustaban los marrulleros. Su compañero procedente de Miami, Monty Martin, era el típico abogado de las empresas grandes, sorprendentemente pragmático, y parecía estar disfrutando del ambiente bucólico de ese antiguo juzgado. La Fiscalía General había enviado tres abogados, aunque solo hacía falta uno. Parecían muy confiados, sobre todo porque tenían la sensación de que la reclamación de propiedad del estado era la que tenía más opciones de prosperar.

Sentados detrás de todos los abogados estaban los ayudantes y secretarios. Diane Krug ya se había congraciado con la jueza Salazar y entraba y salía a voluntad. Se sentó en el lateral, en la zona del jurado, algo que ningún otro subordinado se atrevería a hacer. Detrás de la barrera de separación había varios espectadores. Sid Larramore, de *The Register*, se hallaba en la primera fila hojeando un periódico que no era el suyo. Había un alguacil dormitando en un rincón. La mesa del taquígrafo del tribunal se encontraba vacía, porque no era necesario hacer ningún registro oficial del procedimiento.

Como iba a ser un juicio sin jurado, el ambiente estaba relajado. Establecer el calendario sería menos complicado. La jueza Salazar entró desde detrás del estrado, sin toga, y saludó a todo el mundo. Les pidió a todos los abogados, los seis, que no se levantaran, que apagaran sus teléfonos y que se presentaran. Les dio la bienvenida y los hizo sentir cómodos.

El primer punto que tenía que tratar era cómo iban las diligencias de obtención de pruebas. Hasta el momento nadie tenía queja. El habitual montón de interrogatorios y solicitudes de documentos estaba cambiando de manos sin contratiempos. Las declaraciones juradas no habían comenzado todavía.

—Señoría —intervino Mayes Barrow—, nos gustaría empezar por la declaración de la demandante, Lovely Jackson. Nos parece lo más adecuado que ella sea la primera.

—Estoy de acuerdo. ¿Señor Mahon?

—Claro, señoría. ¿Les parece bien el jueves que viene a las nueve de la mañana?

Todos buscaron sus agendas. Era gente muy ocupada. Enseguida asintieron, principalmente porque querían una resolución rápida de la lucha por la titularidad de la propiedad. Si demandaban a Tidal Breeze, algo que ocurría a menudo, sus abogados eran los primeros que se dedicaban a retrasar y alargar. Pero Monty Martin tenía órdenes estrictas y directas de Wilson Larney de hacer lo posible para celebrar el juicio cuanto antes.

Steven se los quedó mirando un segundo y después continuó:

—Señoría, me gustaría pedirle que nos permita hacer la declaración de la señora Jackson en esta sala. Mi despacho está en una segunda planta y no es que sea muy espacioso, sinceramente.

—No creo que eso suponga ningún problema, señor Mahon. Esta sala ya se ha utilizado para las declaraciones en otras ocasiones. Hay sitio de sobra y pediré que se organice la seguridad. ¿Alguna objeción?

No surgió ninguna.

La jueza Salazar los sorprendió con la fecha del juicio. Como las diligencias de obtención de pruebas acababan de comenzar, el juicio todavía les parecía algo muy lejano. Pero ella les dijo que tenía un hueco de una semana a partir del lunes 18 de mayo y que había reservado tres días para ese juicio. Y que, como tenían tiempo de sobra, no iba a tolerar retrasos ni peticiones de aplazamiento. En otras palabras, que se pusieran manos a la obra y rapidito.

7

Tras la vista, Diane fue hasta The Docks y aparcó en la calle delante de la casa de la señorita Naomi. Lovely y ella la esperaban en el porche, disfrutando del precioso día y de la agradable brisa. Era la hora del té.

Diane sacó de una bolsa de papel marrón una botella de plástico con una infusión de hierbas, con azúcar, y tres galletas de coco grandes que había comprado en una pastelería del centro. Abrió la botella, lo sirvió en tres tazas de peltre, las mismas que usaban siempre. A Lovely le encantaban las galletas de coco y cuanto más grandes mejor.

Ella sabía que los abogados se iban a reunir con la jueza aquella mañana y estaban deseando enterarse de lo que había pasado. Diane le contó la reunión de cabo a rabo, le aseguró que las cosas habían ido bien y que habían programado su declaración para el jueves de la semana siguiente. Ya le había explicado antes el objetivo, la formalidad y la importancia de esas declaraciones, porque suponían un testimonio formal de los potenciales testigos que les permitía a los abogados saber más sobre la demanda que tenían entre manos. Ahí podían y debían preguntarle casi cualquier cosa, aunque no pareciera tener relevancia. Las declaraciones muchas veces eran expediciones de caza, pero no había que preocuparse. La preparación era importante y ellos se iban a asegurar de que Lovely estuviera lista. Steven iba a estar allí con ella. Él había presenciado muchas y podría mantener a los abogados de la otra parte a raya.

—¿Podemos hablar un poco más? —preguntó Diane.

—Ya estamos hablando —respondió Lovely con una sonrisa.

—Con la grabadora encendida.

—Supongo que sí. Haces muchas preguntas.

—Ese es mi trabajo. Estamos ensayando para la declaración y para el interrogatorio de todos esos abogados. Además, te servirá como entrenamiento para el juicio, que la jueza Salazar quiere celebrar en mayo.

Lovely le dio un mordisco a la galleta, sin dejar de sonreír.

—Pues manos a la obra, querida —dijo sonriendo.

Diane sacó una grabadora digital muy fina y la puso en la mesita redonda.

—La última vez que vine hablamos de tus abuelos. Recuerdas perfectamente a los cuatro.

—Oh, sí. Los padres de mi padre eran Odell y Mavis Jackson. Mis abuelos maternos eran Yulie y Essie Monroe. Ellos venían de una granja enorme en Georgia que se llamaba Plantación Monroe.

—¿Y eran esclavos fugitivos?

Hundió un poco los hombros y frunció el ceño, como si estuviera cansada de repasar siempre lo mismo.

—Diane, toda la gente que vivió alguna vez en Dark Isle eran esclavos o descendientes de los mismos. Nadie se trasladó allí porque quisiera vivir en la isla y tampoco es que mi gente quisiera a nadie nuevo. Ya faltaba comida muchas veces con la gente que había. La vida en la isla era dura. Las mujeres cuidaban de los niños, cultivaban verduras, limpiaban y esas cosas, y los hombres pescaban en el mar y vigilaban para que no hubiera problemas. Siempre estaban muy atentos. Cuando los niños cumplían diez años empezaban a enseñarles a vigilar el mar. Vivían con miedo de que los blancos volvieran cualquier día para causarles problemas.

—¿Y eso cambió cuando se abolió la esclavitud?

—Tardó mucho tiempo. Las noticias tardaban en llegar a la isla. Algunos de los hombres comerciaban con otros africanos que había en los muelles de Camino Island, y también en el otro lado, en el continente, en Wolf Harbor, pero no había mucho contacto.

—¿Por qué no?

—Porque tenían miedo de las enfermedades. Los blancos tenían todo tipo de enfermedades que los negros no necesitaban y no podían aguantar. Siempre existió el miedo de contagiarse de algo.

—¿Incluso cuando eras pequeña?

—Entonces, en los cuarenta y los cincuenta, no tanto. Pero con el cambio de siglo la viruela llegó a la isla y mató a la mitad de la población. Pasamos de cien a cincuenta. Todo el mundo perdió a alguien. Recuerdo que mis abuelos y mis padres hablaban de ello.

Diane tomó notas. Se preguntó una vez más cuántas cosas había olvidado Lovely y cuántas se había inventado.

7

Old Dunes

I

Al otro lado del río Camino y lejos de la isla, en dirección oeste, había una autopista flanqueada de centros comerciales, restaurantes de comida rápida, concesionarios de coches, lavado de automóviles, iglesias y enormes tiendas, la típica zona de expansión urbana estadounidense. Había grandes carteles en los que se anunciaban créditos baratos, abogados con el ceño fruncido y muchísimas urbanizaciones. La construcción estaba en el aire. Aparecían prácticamente de la noche a la mañana nuevas promociones, nuevos «barrios», nuevos residenciales para jubilados. Los carteles de las inmobiliarias copaban las intersecciones. Se veían por todas partes furgonetas de fontaneros, electricistas, techadores o de especialistas en climatización que no paraban de hablar de su profunda preocupación por el confort y la calidad de vida de los usuarios.

Más allá de la autopista principal y cerca de una bahía tranquila estaban construyendo una nueva urbanización; The Old Dunes Yacht and Golf Club la aprobó el condado un año antes y, como decía el anuncio: «El dinero nacía de la tierra». Estaban construyendo casas de lujo junto al mar. El campo de golf de dieciocho hoyos estaba casi terminado y ya habían empezado a construir varias hileras de casas caras. También estaban preparando un puerto deportivo con cincuenta atracaderos para barcos pequeños. Se oía por todas partes el ruido de martillos, taladros, motores diésel y gritos y risas de los cientos de operarios bien pagados.

Old Dunes era una nueva empresa de Florida cuyo representante legal era un bufete de Jacksonville. Su líder era un consejero delegado de Orlando que tenía que rendir cuentas a la oficina principal de Houston. A finales de octubre, la empresa privada de Texas le vendió Old Dunes a una sociedad fantasma bahameña, que a su vez se la cedió a otra entidad anónima con sede en el diminuto territorio caribeño de Montserrat. Esos tejemanejes financieros no eran nada extraño para Tidal Breeze. Wilson Larney y sus abogados fiscalistas superagresivos solamente habían perfeccionado ese juego de reventas y cesiones, maniobras más o menos legales en las que participaban empresas *offshore* y bancos bien dispuestos. Los beneficios que en última instancia lograra Tidal Breeze de Old Dunes quedarían lejos de las garras de Hacienda. De hecho, ni siquiera lograrían saber nunca la identidad de su verdadero propietario.

El movimiento y archivo de documentos en lugares lejanos era algo de lo que no se sabía nada en el condado de Camino. Allí se pagaban todas las tasas correspondientes y todo se hacía de forma abierta y clara. Los promotores compraban, vendían y revendían propiedades mientras se tomaban el café de la mañana y no pasaba nada. A veces salía un anuncio oficial microscópico en *The Register* o el periódico semanal del condado, pero nadie lo leía. Old Dunes solo era uno de los muchísimos proyectos nuevos que se estaban construyendo en el norte de Florida.

Lenny Salazar, el hijo de la jueza, tenía treinta y tres años, estaba casado y tenía dos hijos. Su familia vivía en una de las muchas comunidades a las afueras de Jacksonville. Durante los últimos cuatro años había trabajado mucho para levantar una empresa de construcción en serie de viviendas pequeñas. Había mucha competencia y los márgenes de beneficio eran pequeños. El sueño de Lenny era ir pasando gradualmente a la construcción personalizada, que resultaba mucho más lucrativa. Por desgracia, ese era el sueño de todos los contratistas pequeños y también de todos los albañiles de tres al cuarto con una furgoneta y un martillo.

Lenny ganaba dinero porque estaba pendiente de todo cada día. Llegaba temprano para recibir a los subcontratistas y trabajaba hasta tarde limpiando las obras. En el negocio, su reputación no hacía más que mejorar porque entregaba a tiempo y pagaba siempre. Así estaba atrayendo a mejores subcontratistas, que eran la clave del éxito del negocio.

Su proveedor de ladrillos era un comercial que se llamaba Joe Root, un veterano en el negocio. Root había visto a miles de constructoras llegar y desaparecer con las épocas de bonanza y crisis en el mundo inmobiliario de Florida y creía que Lenny tenía la inteligencia suficiente para destacar entre sus rivales. Lo encontró subido a una escalera, trabajando con la cuadrilla que estaba haciendo la estructura, y lo saludó. Root se pasaba de vez en cuando por las obras para ver a sus clientes. Lenny lo acompañó a la acera y los dos se sentaron a la sombra del único árbol que estaba a la vista.

—Acabo de volver de Camino —anunció Root— y me han hecho un pedido enorme: ocho toneladas de ladrillos blanco Florida. ¿Has oído hablar del proyecto Old Dunes?

—No sé, quizá —dijo Lenny. Es que había muchísimas urbanizaciones por ahí.

—Materiales caros, casas de un millón de dólares, campo de golf y todo el rollo. En una bahía nada más pasar el puente, cerca de la antigua Harbortown.

—Conozco la zona.

—Están buscando contratistas. Es una empresa de Texas, creo. Buena reputación por el momento. Hasta ahora me han pagado todas las facturas a tiempo.

—¿Qué están construyendo?

—Chalets, entre doscientos y trescientos metros cuadrados. Muchos.

Lenny estaba interesado.

—¿Y habría trabajo para mí?

—Tal vez, conozco al tío que lo lleva. Toma su tarjeta. —Root le dio una tarjeta que ponía DONNIE ARMANO, DIRECTOR DE PROYECTO, OLD DUNES, más una dirección de Jacksonville y un teléfono.

—Avísame si quieres que te recomiende —dijo Root—. Están construyendo como locos y no es esta mierda mediocre que haces aquí.

La conversación pasó enseguida a centrarse en el fútbol universitario. Lenny era fan del equipo University of Florida, universidad de la que era un orgulloso licenciado, mientras que Root era aficionado del equipo de Florida State University. Los dos equipos estaban sufriendo un poco, pero se iban a enfrentar en la final de la temporada. A ninguno le gustaban los equipos de Georgia o Alabama, así que estuvieron un rato hablando mal de ambos.

Cuando Root se subió a su coche y se fue, Lenny llamó a Donnie Armano de Old Dunes. Dejó caer el nombre de Joe Root. Donnie fue muy agradable. Esa tarde, Lenny dejó la obra pronto, condujo treinta minutos hasta Old Dunes y se tomó una cerveza después del trabajo con Armano en su cómoda oficina situada en una caravana. Se estrecharon las manos cuando llegaron a un acuerdo. Una semana más tarde firmaron los contratos. Dos semanas y apareció en la obra el equipo de cimentación de Lenny para preparar las bases.

Se esforzó por contener la emoción y el entusiasmo. Su pequeña empresa acababa de dar un gran salto hacia arriba y no iba a estropear esa oportunidad. Con un poco de suerte para acompañar a su formidable capacidad de trabajo, podría estar desarrollando sus propios proyectos dentro de pocos años.

3

Aquel día de otoño perfecto, Mercer y sus doce alumnos estaban disfrutando de una clase en el exterior en la zona de césped de The Grove de Ole Miss, bajo unos robles de doscientos años. La temperatura rondaba los quince grados y se veían caer unas hojas de color dorado. Por allí cerca había otros grupos cuyos profesores habían cedido a la tentación del buen tiempo y abandonado los edificios. Colocaron mesas de pícnic, carpas, estrados e incluso una caseta y se acomodaron bajo los antiguos árboles. The Grove se estaba preparando para otro fin de semana de fútbol en el que veinte mil fans lo llenarían para celebrar otra fiesta épica. Tal vez el marcador dijera que los de Ole Miss habían sido derrotados, pero en lo que nunca perdían era en la celebración previa al partido.

El reto literario del día era mirar alrededor, a ese entorno tan tranquilo y hermoso, y crear una trama con un conflicto importante en menos de mil palabras. Y era necesario que tuviera principio y final. Mercer quería verdadero dramatismo, quizá incluso violencia. Estaba cansada de la autocompasión y ombliguismo aburridísimos que siempre dominaban lo que sus alumnos escribían.

Mientras ellos tecleaban en sus portátiles, ella miraba el suyo. Diane estaba en el juzgado de Santa Rosa, preparándose para la declaración de Lovely. Mercer querría estar allí. Y Thomas se encontraba en casa, ya de vuelta tras sus aventuras en busca de su submarino y con ganas de pasar tiempo con su mujer. No había dado todavía con el submarino ruso, pero en su opinión ya estaba cerca.

Mercer había escrito dieciocho mil palabras y se había vuelto a atascar. Incluso estaba pensando en borrar todo lo que había escrito hasta el momento. Thomas lo iba a leer esa mañana y ella no tenía muchas ganas de oír sus comentarios.

A las diez, las once en Santa Rosa, Diane le escribió un email: «Lovely está aquí, preparándose. Por ahora bien. Te cuento cuando termine».

4

Entró en el juzgado sonriendo, radiante de pies a cabeza y vestida con una túnica roja con vuelo. El obligatorio turbante era verde lima y había conseguido colocárselo formando un cono muy apretado que subía en espiral a la altura de su coronilla.

Ningún juez de Florida permitía que se llevaran sombreros ni gorras en sus salas y Steven Mahon ya tenía la vista puesta en el juicio, por eso tenía previsto hablar con la jueza Salazar sobre el modo de vestir de Lovely antes de que empezaran. ¿Qué daño podría suponer dejar que Lovely llevara uno de sus muchos turbantes durante el juicio? En sus más de cuarenta años como litigante feroz nunca había tenido que pelear por un turbante.

Pero ya se preocuparía por eso después.

Le señaló a Lovely una silla junto a una mesa larga que habían colocado delante del estrado. Normalmente le habría presentado a los abogados de la otra parte, pero ella le dejó muy claro que no quería conocerlos; ellos habían contado mentiras sobre ella y su isla y no deseaba ser simpática con ellos. Se sentó en un extremo de la mesa, saludó educadamente a la taquígrafa que estaba a su lado y fulminó con la mirada a los abogados contrarios. Un secretario del juzgado le ofreció café de una enorme cafetera. A continuación entró la jueza Salazar, sin toga, y saludó a todo el mundo.

Detrás de la barrera, en la primera fila, estaba Sid Larramore, de *The Register*. No solía permitirse la entrada de público en las declaraciones y a la jueza Salazar no le gustó su presencia. Se conocían bien y lo llamó para tener una breve conversación con él en susurros. Sid sonrió, asintió y salió de la sala a regañadientes. Había un guardia en el pasillo, al otro lado de la puerta, para evitar que entrara nadie que no estuviera invitado.

Diane estaba sentada sola en la zona del jurado, escribiendo en su ordenador. Iba tras la pista de otro fantasma de The Docks: el supuesto hijo de un pescador que se pasó la vida en uno de los barcos que pescaban gambas y que consiguió que pusieran su foto en una primera página en 1951. Ella había revisado todos los ejemplares de *The Register* de los últimos noventa años y ya sabía más de la historia de la gente de la isla, los negros y los blancos, que la señora que dirigía la sociedad histórica. Pero todavía no había logrado encontrar el niño que se llamaba Carp. Tenían que dar con ese hombre o con otro testigo que pudiera entrar en un juzgado dentro de unos meses y verificar la historia de Lovely de que había estado visitando periódicamente la isla durante años. El asunto del abandono del lugar se estaba volviendo cada vez más complicado de negar.

Cuando la jueza Salazar hizo las comprobaciones pertinentes, anunció:

—Estaré en mi despacho si surge algún problema. Como acordamos, tienen hasta las doce y media, a continuación habrá un descanso para comer y luego podrán continuar hasta las dos de la tarde. Pero la declaración puede extenderse todo el tiempo que quiera la señora Jackson. Si no terminan en el día de hoy, retomaremos a las diez de mañana.

Steven estaba siendo más cauto de lo normal por la edad avanzada de su clienta. Les había advertido a los otros abogados que podía cansarse con facilidad y que no toleraría agresividad en las preguntas ni ningún tipo de acoso. Aunque no estaba preocupado. Hacía cuatro meses de la presentación de la demanda y ya conocía a sus oponentes lo bastante bien como para saber que eran profesionales que jugaban respetando las reglas.

Por fin, cuando todo el mundo ocupó su lugar, sirvieron el café, cerraron la puerta y la testigo estaba más que preparada, tanto que ya parecía incluso aburrida, Steven comenzó.

—Bien, creo que ya podemos empezar.

Lovely inspiró hondo y miró a su público. Steven Mahon muy cerca; a su lado, Mayes Barrow y Monty Martin, de Miami. Al otro lado de la mesa estaban los tres abogados de la Fiscalía General. Detrás de ellos había varios ayudantes y asistentes. La señorita Naomi se encontraba en la primera fila. Había un buen grupito de gente para escucharla.

La testigo juró decir la verdad. Steven hizo sus consideraciones preliminares y le cedió la palabra a Mayes Barrow, que la miró con una sonrisa sincera.

—Señora Jackson, ¿cuándo nació usted?

—El 7 de abril de 1940.

—¿Y dónde?

—En Dark Isle, aquí cerca.

—¿Tiene usted certificado de nacimiento?

—No.

—¿Puede decirme por qué no?

—Era un bebé. No podía ocuparme del papeleo.

La respuesta fue tan ocurrente que no pudieron evitar sonreír. No solo había roto el hielo, lo había fundido por completo. Los abogados contrarios se dieron cuenta por primera vez que de que esa testigo les iba a dar mucho trabajo.

Mayes, que era bueno en lo suyo, recuperó el hilo rápido.

—Está bien. ¿Quién era su madre?

—Ruth Jackson.

—¿Cuántos hijos tuvo?

—Dos. Yo fui la primera. Después llegó un hermano menor que murió cuando tenía unos tres años. Yo no lo recuerdo. Se llamaba Malachi.

—¿Sabe cuándo nació su madre?

—Sí.

—¿Y cuándo fue?

—En 1916. El tercer día de enero.

—¿Y dónde nació?

—En el mismo lugar donde nacieron todos.

—¿Dónde?

—En Dark Isle.

—¿Y cuándo murió?

—El 1971, el 14 de junio.

—Parece usted muy segura de esas fechas.

—¿Cuándo es el cumpleaños de su madre?

Mayes sonrió, encajó el golpe de nuevo y se recordó que debía concentrarse en las preguntas.

—Por lo que dice, solo tenía cuarenta y dos años cuando murió.

—Así es.

—¿Dónde murió?

—Aquí, en Santa Rosa, en el hospital.

—¿Puedo preguntarle cuál fue la causa de su muerte?

—¿Me está preguntando si puede hacerme una pregunta?

—No, disculpe. ¿Cuál fue la causa de la muerte de Ruth?

—Tenía cáncer.

—¿Dónde vivía usted cuando ella murió?

—En The Docks, en el mismo sitio donde vivo ahora, solo que a la vuelta de la esquina, con una amiga que nos acogió cuando tuvimos que dejar la isla.

—¿Y cuándo salieron de la isla?

—Cuando yo tenía quince años. En el verano de 1955.

—¿Y por qué se fueron de allí?

Lovely se quedó callada un momento y se miró la túnica. Después, sin levantar la vista, contestó:

—Éramos las últimas que quedábamos. Todos los demás habían muerto. La vida era demasiado difícil y no podíamos seguir viviendo allí. Un día vino Jimmy Ray Bone a la isla. Tenía una barca y se acercaba de vez en cuando para comprobar que estuviéramos bien. Nos dijo que ya era hora de que nos fuéramos y que había encontrado un sitio donde podíamos vivir en la ciudad. Se quejó de que estaba cansado de tener que ir a vernos y que todos los que nos conocían creían que ya era hora de que dejáramos la isla. Así que mi madre y yo recogimos nuestra ropa y nuestras cosas, que no eran muchas, y él nos ayudó a guardarlas y subirlas a la barca. Después esperó mientras íbamos al cementerio a despedirnos de nuestra gente. Fue muy difícil después de tantos años. Estábamos tristes, llorábamos y mi madre empezó a hablar en una lengua que yo no entendía. Le estaba diciendo adiós a sus padres y abuelos, a todos hasta Nalla, una de sus antepasadas. Todos estaban y están enterrados allí. —Se detuvo y levantó la vista—. Lo siento, señor Barrow. Creo que no he contestado a su pregunta.

Su abogado le había dicho más de una vez que no debía contar nada por su propia voluntad. Que respondiera claramente, si era posible, y que no añadiera nada más. Y si no entendía la pregunta, que no dijera nada. Steven intervendría para aclararle las cosas.

—No se preocupe, sí que la ha respondido —dijo Mayes—. Hablemos ahora de su padre.

5

En la genealogía invirtieron dos horas. Sin tener que consultar ninguna nota, Lovely recordó los nombres de muchos de sus antepasados, además de los años que vivieron aproximadamente. No recordaba todas las fechas de nacimiento y defunción, pero eso era algo que tampoco recordaría nadie.

Su memoria era impresionante y el señor Barrow le preguntó que si usaba alguna vez algún tipo de apuntes para refrescarla. Ella explicó que en el pasado tuvo cuadernos y diarios, y que los utilizó cuando escribió el libro, pero que ya no sabía dónde estaban o que quizá los había perdido.

A la hora de la comida, Bruce invitó a Lovely, a la señorita Naomi, a Steven y a Diane a la cafetería que había en la planta de arriba de Bay Books. Los acomodó en una mesa en un rincón y los dejó para que pudieran hablar de la declaración. Steven le susurró que Lovely lo estaba haciendo bien por el momento: estaba serena, segura y era creíble. Pero ya empezaba a parecer fatigada.

6

En los viejos tiempos, las declaraciones las «tomaba» un taquígrafo del tribunal utilizando el método de taquigrafía rápida escrita a mano de toda la vida empleando la máquina estenográfica más moderna. Después de tomar las notas, el taquígrafo las pasaba a un lenguaje legible transcribiendo cada palabra. Los abogados entonces tenían que esperar semanas para tener una copia de la declaración o cualquier procedimiento judicial.

Pero en la actualidad la tecnología estaba tan avanzada que las voces de los testigos y los abogados se grababan e imprimían de inmediato. Una declaración no era oficial hasta que la revisaba y la firmaba el testigo, pero no era raro que un abogado consiguiera que el taquígrafo le enviara por email una copia preliminar de, por ejemplo, una declaración de cien páginas a las pocas horas de haber escuchado el testimonio.

Diane ya tenía una copia en sus manos a las cinco de la tarde del día de la declaración de Lovely y, aunque técnicamente no debía compartirla con nadie hasta que se oficializara, se la envió a Mercer. Esa noche intercambiaron opiniones. Cuanto más hablaban, más preocupadas estaban. Había muchas discrepancias entre el libro de Lovely y su declaración: fechas, nombres y acontecimientos incorrectos.

Steven y Diane le habían pedido a Lovely que releyera su libro para refrescarse la memoria, pero no sabían si lo había hecho. Resultaba evidente que no. Había autopublicado el libro diez años antes, al menos cincuenta años después de abandonar la isla cuando era adolescente, y era obvio que su memoria estaba fallando. Pero ¿qué persona de ochenta años recuerda todos los nombres de varias generaciones de antepasados sin consultarlas? Lovely lo había intentado, pero había demasiados errores.

En otro momento de su declaración Lovely describía el cementerio donde estaban enterrados los muertos de Dark Isle. Era una zona grande y cuadrada, en «un terreno alto», rodeada de una valla hecha de pesados troncos unidos con cuerdas y tallos de enredadera. Allí había muchas tumbas, algunas incluso del siglo XVIII. ¿Dónde iban a enterrar a la gente si no?, preguntó ella. Como no había rocas ni piedras en la isla, la única manera de marcar las tumbas era poner pequeñas cruces de madera con los nombres tallados. Con el tiempo, los nombres se borraron y las cruces se pudrieron y desaparecieron, pero los huesos seguían enterrados en la tierra. Cuando era niña vio cómo los hombres construían un ataúd sencillo para su abuelo y lloró cuando vio cómo lo metían en la tierra. Sabía exactamente dónde estaba. Todas las personas de la isla asistían a todos los entierros, incluso los niños más pequeños. A ellos les enseñaban lo que era la muerte desde la más tierna infancia. En África no se temía a la muerte y los muertos muchas veces volvían en forma de espíritus o incluso fantasmas.

En el juicio, el estado y también Tidal Breeze intentarían desacreditar su historia y afirmarían que no había ninguna prueba de nada de lo que ella había dicho en su libro ni en el juzgado. No había registros de que nadie hubiera vivido jamás en Dark Isle. Tampoco pruebas de que hubiera existido un asentamiento, edificios, carreteras, un cementerio ni nada. Solo aparecía todo eso en las sospechosas historias de esa anciana.

En su opinión, Lovely era una oportunista que estaba siendo utilizada por otras personas para presentar una petición falsa. Los abogados de Tidal Breeze habían hecho suficientes comentarios de pasada para que Steven Mahon supiera ya que sospechaban que su fundación y él se habían aprovechado de las afirmaciones de Lovely porque ese era el modo más fácil de bloquear la construcción del resort.

Cuando Mercer leyó la declaración por segunda vez, se le hizo un nudo en el estómago. Había demasiadas incongruencias entre lo que Lovely había escrito y lo que recordaba ahora. Los abogados la iban a hacer pedazos en el juicio.

7

Una ventaja de enseñar escritura creativa era que podía evitar hacer exámenes finales. Si Mercer quería, y siempre lo hacía, tenía la posibilidad de pedirles un último relato de, por ejemplo, tres mil palabras, con entrega el 1 de diciembre. Después ya no tenía más que leerse los malditos textos y poner una nota. El 2 de diciembre Thomas y ella salieron de Oxford para pasar un mes de vacaciones en la playa. Ella seguía decidida a pintar la casita para ahorrarse los veinte mil dólares, pero su marido no parecía muy convencido.

Thomas no se veía subido a una escalera, ni sujetando una brocha bajo el sol durante un mes. Tenía muy poca experiencia con ese tipo de trabajo de rehabilitación, si es que se podía llamar así, y llevaba tiempo pensando en cómo escaquearse. De hecho, todavía no había encontrado el submarino ruso, pero había unos registros en el Instituto Naval de Annapolis que le vendría bien revisar. Empezó a escribir el artículo muy despacio y las cosas no habían mejorado después.

Por suerte, se puso a llover en cuanto llegaron a Camino Island y lo de la pintura resultó imposible. Hacía muchos años que nadie decoraba la casita en Navidad y Mercer insistió en que pusieran un árbol, unas luces y unas cuantas guirnaldas. Invitaron a Myra, Leigh, Bruce y Noelle a una larga cena y dos noches más tarde asistieron a la que daba Amy Slater en un caserón. Fueron a la librería todos los días para tomar *caffè latte* mientras leían la última tanda de relatos de los alumnos de Mercer.

En cuanto el cielo se despejó, Mercer anunció que había llegado la hora de ponerse a pintar. Arrastró a Thomas a la ferretería y se pasaron dos horas eligiendo el color. «¿Y por qué no la dejamos en blanco?», preguntó él más de una vez, pero cuando ella lo miró con un ceño muy profundo decidió callarse y se dedicó a estudiar unas trampas para ratones. Por fin Mercer se decidió por el «azul tiza» que, en opinión de su marido, se parecía demasiado al blanco, pero no hizo ningún comentario. Compraron los veinticinco litros que tenían en el almacén y pidieron veinticinco más. El vendedor les avisó de que necesitarían dos manos para protegerla del aire del mar y Thomas se preguntó cuántas veces habría dicho eso para vender más pintura. Pero se mordió la lengua y se dedicó a meterlo todo en el coche: pintura, brochas, rodillos, cubetas, mangos extensibles, lija, una lijadora, sellador, pistola selladora, rasquetas, lonas y dos escaleras de tijera. Nunca había utilizado esas herramientas ni materiales parecidos y dudaba de que su mujer lo hubiera hecho alguna vez.

La factura de su primer cargamento ascendió a tres mil dólares y Thomas se preguntó una vez más si de verdad iba a ser más barato que lo hicieran ellos.

A la mañana siguiente se levantaron temprano y encontraron el cielo despejado y una temperatura de unos diez grados. El tiempo perfecto para pintar, según Mercer, que por fin admitió que su única experiencia con una brocha había sido cuando le dio unos retoques a un destartalado apartamento que tuvo en Chapel Hill. Pero de repente se había convertido en una experta. Decidió que debían empezar por la parte delantera, la que daba a la calle y en ese momento estaba en sombra. Thomas se limitó a gruñir y a sacar el material.

8

La isla ya tenía la decoración navideña y las temperaturas más bajas contribuían a aumentar el espíritu de esas fiestas. Cuando el hombre del tiempo de Jacksonville dijo en su pronóstico que había riesgo de leves nevadas dos días después, toda la isla se volvió loca y se preparó para una ventisca. Las tiendas de alimentación estaban llenas de gente frenética, muerta de miedo por si no tenían comida suficiente. Una pareja de jubilados de Minnesota sacó su soplador de nieve, llamaron a un periodista de *The Register* y lograron salir en la primera página.

En Bay Books hacían una fiesta todas las Nochebuenas por la tarde, con mucha comida y bebida para todos los públicos. Santa Claus estaba allí escuchando peticiones de última hora, posando para las fotos y preocupado porque le diera tiempo para prepararse para su gran noche. Los niños estaban encantados amontonando libros para que se los compraran sus madres. Bruce, Noelle y el personal llevaban jerséis de temática festiva y gorros de reno mientras pululaban entre la gente. Como estaba prácticamente garantizado que iba a nevar, y sería la primera Navidad blanca en la historia de la isla, todos los clientes se habían puesto tantas capas de ropa como si fueran a esquiar a Vermont.

¿De verdad estaban en Florida?

El momento álgido era una lectura en la cafetería de la planta de arriba a las cuatro de la tarde, donde celebraban normalmente las firmas. Bruce apartó todas las mesas contra la pared y consiguió meter allí doscientas sillas. Tres escritores locales y dos alumnos de instituto leyeron historias navideñas originales.

Mercer, la más conocida de todo el grupo y la favorita de la gente, leyó un relato que llevaba varios años escribiendo.

Se titulaba *Casi una blanca Navidad* y prometió que estaba basado en hechos reales. En él contaba que pasaba todos los veranos en la isla con su querida abuela Tessa, que vivía allí el resto del año sola. Por diferentes razones su infancia no había sido siempre agradable y, cuando estaba en el colegio, solo soñaba con que llegara el siguiente verano para ir con Tessa. Sin duda los momentos más felices de su infancia fueron en esa playa con su abuela. Una Navidad, su madre enfermó y la ingresaron en el hospital y la casa estaba triste. Mercer y su hermana convencieron a su padre para que las llevara a Camino Island a pasar las fiestas. Tessa las recibió encantada e inmediatamente se pusieron a decorar el árbol y realizar los rituales habituales. Dos días antes de Navidad, el tiempo se volvió frío y ventoso y se decía que podía nevar, algo que Tessa, que llevaba mucho tiempo viviendo en la isla, no había visto nunca allí.

—Igual que ahora —comentó Mercer dirigiéndose al público. Ese día en Santa Rosa hacía siete grados y mucho viento, y la posibilidad de nieve se reducía por momentos, pero nadie acababa de creérselo.

Pero volviendo al relato... En Nochebuena, Tessa llevó a las niñas a la iglesia, a la misa vespertina. Cuando salieron, miraron al cielo oscuro, pero no había nieve. A la hora de acostarse leyeron cuentos, prepararon los regalos y dejaron galletas y leche para Santa Claus. A primera hora de la mañana de Navidad miraron por la ventana, rezando para que hubiera un manto blanco, pero no lo encontraron.

Mientras comían tortitas y salchichas, Tessa les dijo que, según los más viejos de la isla, caía una gran nevada una vez cada cincuenta años, aunque nunca habían tenido nieve en Navidad. Las niñas estaban decepcionadas, pero vivían en Memphis, así que estaban acostumbradas a los inviernos templados. Después de desayunar se abrigaron bien y siguieron a

Tessa por la pasarela hasta la playa. Tenía que ir a comprobar los nidos de tortuga. Cuando llegaron, no vieron nada raro. La marea estaba alta, el viento era fuerte y empujaba las olas hacia la playa. Una densa capa de espuma blanca cubría toda la arena e incluso llegaba a la primera fila de dunas. El viento azotaba la espuma hasta convertirla en pequeñas nubes y espirales que envolvían la playa. Las niñas chillaban mientras le daban patadas a la espuma e intentaban cogerla, sin éxito. La playa estaba tapizada de espuma hasta donde alcanzaba la vista.

Tessa se quedó parada, abrió los brazos y dijo: «Mirad, niñas, es casi una blanca Navidad al final».

Los nidos de tortuga tendrían que esperar porque las tres volvieron corriendo a la casita a buscar la cámara de Tessa.

Thomas le dio a Mercer una foto en blanco y negro ampliada de ella y su hermana metidas hasta las rodillas en algo que parecía nieve. Se la mostró al público y dijo:

—Día de Navidad de 1997. Aunque no os lo creáis, esta de aquí es la playa que hay al final de esta calle.

El público contempló la foto y se la fue pasando.

—¿Y cuánto duró la nieve? —preguntó Bruce.

—Un par de horas —confesó Mercer y todos se echaron a reír.

—Pero tengo pruebas de que hubo una gran tormenta de nieve aquí hace muchos años —continuó ella—. De hecho, una chica que vivía en la zona en aquella época sigue aquí y me contó que la nieve casi le llegaba a las rodillas.

Se quedó callada, mirando a la gente. Era obvio que nadie la creía. Le hizo un gesto a Lovely para que se levantara de su silla en la primera fila y se uniera a ella allí delante.

—Amigos, esta es Lovely Jackson, que vive en The Docks —presentó Mercer—. Algunos ya la conocéis porque hace unos diez años publicó un libro en el que contaba su vida. Y hoy os va a contar una historia.

Lovely sonrió y miró al público con calma, como si se subiera a un escenario cada noche.

—Gracias por invitarme, Mercer, y gracias a Bruce Cable por dar esta estupenda fiesta. —Hablaba despacio, con elocuencia, y marcando cada sílaba. Miraba las caras de la gente, preocupándose de hacer contacto visual, y le sonrió a Diane, que estaba en la tercera fila.

—Yo nací en Dark Isle en 1940, así que tengo ochenta años y seguramente soy la persona más mayor de esta sala. Cuando tenía unos cinco años, una gran tormenta azotó la isla. Era invierno y, como todos sabéis, aquí a veces hace frío. En 1945 no teníamos radio y nunca habíamos oído hablar de la televisión. No había electricidad en mi isla. Así que no sabíamos nada del pronóstico del tiempo y tampoco nos preocupábamos por ello. Simplemente nos enfrentábamos a las cosas según venían. A última hora de una tarde hacía mucho frío y empezó a nevar. Mis padres, que tendrían unos treinta años, nunca habían visto la nieve. Estaban muy emocionados, como estamos nosotros ahora, viéndola caer, pero la nevada empeoró. Se fue volviendo cada vez más fuerte y los copos más grandes. Enseguida el suelo quedó cubierto y la nieve empezó a acumularse. Éramos muy pobres y siempre íbamos descalzos, así que no nos quedó más remedio que entrar en la casa donde nuestros familiares estaban alimentando un fuego y preparando la cena. Mi abuelo se llamaba Odell Jackson y nos contó la historia de la primera y única nevada que él había visto. Sucedió cuando él tenía unos quince años, así que sería más o menos 1890. Nevó solo lo justo para cubrir el suelo y a la mañana siguiente salió el sol, y la nieve se derritió muy rápido. A él no le gustaba la nieve, ni tampoco al resto de mi gente, porque éramos todos descendientes de esclavos africanos y en el sitio de donde venimos no nieva.

El público escuchaba en silencio, embelesado con cada

palabra. Mercer estaba muy sorprendida de la presencia y los ademanes de Lovely. Seguramente nunca había hablado ante una audiencia tan grande, pero se la veía cómoda, serena y ni mucho menos intimidada.

—A la mañana siguiente —prosiguió—, cuando nos levantamos y miramos por la ventana, nos quedamos asombrados por la nieve. Había dejado de caer y el cielo estaba despejado, pero todo estaba cubierto por una hermosa capa blanca y era como si una nube grande y gorda se hubiera posado sobre la isla. Salimos afuera. Todavía hacía mucho frío. Como ya he dicho, era muy pequeña, solo cinco años, y la nieve me llegaba casi a las rodillas. Seguramente aquella fuera la mayor nevada que hemos tenido aquí. —Le sonrió a Mercer, asintió mirando al público y dijo—: Gracias por escuchar mi historia y por invitarme. Que tengan todos una feliz Navidad.

Un niño de diez años muy emocionado levantó la mano y Lovely le sonrió.

—¿Y vino Papá Noel ese año? —preguntó.

Lovely se rio bajito y su sonrisa creció.

—No teníamos Papá Noel en Dark Isle. Aunque no está muy lejos de aquí, era otro mundo. La habitaban antiguos esclavos, la mayoría procedentes de las plantaciones de Georgia. Hablaban inglés y muchos eran cristianos, así que hacíamos una pequeña ceremonia navideña todos los años en nuestra capilla. Pero, como ya he contado, éramos muy pobres y no había regalos ni nada por el estilo.

Los niños se miraron sin poder creérselo. Mercer intervino, aprovechando la oportunidad:

—Si alguien quiere saber más sobre la historia de Lovely, me permito sugeriros que leáis su libro, donde cuenta la fascinante historia de cómo era su vida en la isla.

9

Después de la fiesta, Mercer, Thomas y Diane se trasladaron a un bar cercano, a dos manzanas de Main Street. Diane prefirió quedarse en la isla a pasar la Navidad en vez de volver a casa, a Tennessee. Mercer la invitó a cenar en su casa esa noche, donde ya tenía preparada una olla de gumbo.

Thomas trajo una botella de vino desde la barra y sirvió tres copas.

—Es posible que haya un problema —anunció Diane.

—La tormenta de nieve —dijo Mercer.

—Sí, es una buena historia, pero creo que no encaja. Cada vez que nieva por aquí se monta una buena, ¿no? Pues según *The Register*, la última nevada considerable aquí se produjo en 1997. Hay una foto en la primera página. En el artículo se enumeraban las anteriores nevadas importantes que ha habido en Camino Island. El récord se produjo en 1932, ocho años antes de que naciera Lovely. La oficina encargada de los informes del tiempo registró oficialmente casi trece centímetros, y no creo que eso fuera suficiente para que le llegara a las rodillas a una niña. Evidentemente también entonces salió en la primera página y en el periódico había una gran foto de los montones de nieve junto al muro este de almacén ferroviario. El Renfrow's Café tiene esa foto ampliada y colgada en la pared al lado de la cocina. También está registrado el acontecimiento en varios libros de historia local.

—Y no recuerdo que Lovely contara esa historia en sus memorias —añadió Mercer.

—Otro problema. No está ahí, aunque tampoco es que tuviera que estar. Como autora de sus memorias ella podía incluir lo que le diera la gana. No hay normas al respecto, la verdad.

—Supongo que así es.

—Pero cualquiera diría que se trata de una buena historia que merecía la pena que la incluyera.

—Tal vez se le olvidó —aportó Thomas.

—Sí, y no pasa nada por eso, si no fuera porque Lovely se está olvidando de demasiadas cosas. He estudiado su declaración, palabra por palabra, y la he comparado con sus memorias. Tengo gráficos, hojas de cálculo y líneas temporales y hasta ahora he encontrado una docena de incoherencias, discrepancias o como queráis llamarlo. Nombres, fechas, acontecimientos...

—¿Dudas de su historia? —preguntó Mercer.

—Al menos de una parte sí. Al margen de que tiene ochenta años y le falla la memoria, es natural. El problema, y se trata de uno importante, es que los abogados de la otra parte encontrarán, si no lo han hecho ya, las mismas incoherencias. Y Lovely no puede entregar las notas que utilizó cuando escribió el maldito libro. Sus memorias pueden hacerle mucho daño al caso.

—Pero no dudas de la historia que tiene que ver con Dark Isle, ¿no? —quiso asegurarse Mercer.

—No. Eso es creíble, si la jueza quiere creérselo. El problema es que admite que tuvo que irse o abandonar la isla en 1955. Y hasta ahora no hemos podido encontrar a nadie que verifique su testimonio sobre que ha vuelto periódicamente allí para arreglar el cementerio.

—Para mí, que no soy abogado —añadió Thomas—, el mayor problema es que ella no hizo nada durante más de setenta años, solo ha reaccionado cuando han aparecido los promotores que quieren la isla. Entonces va corriendo al juzgado a solicitar la propiedad. ¿Por qué no lo hizo hace décadas si le preocupaba de quién era el lugar?

—Seguramente porque no se sentía amenazada —explicó Mercer.

—Tal vez, pero ¿por qué le importa ahora? No quiero ser cruel, pero tiene los días contados. Ha tenido una vida buena y tranquila en The Docks. ¿Por qué le iba a interesar a estas alturas lo que pase con la isla?

—Bueno, sus antepasados están enterrados allí —aportó Diane.

—¿Estás segura? Si lo estaban, ya no quedará nada. Lo que no se llevó por delante Leo, lo arrastraron las olas al mar.

Mercer enarcó ambas cejas y miró a su marido.

—¿Es que a ti no te importa lo que pase con la isla?

—Claro que sí. No quiero que construyan en ella. Me gustaría que la conservaran como está y que les hicieran un monumento conmemorativo a los esclavos.

—Pues no hay muchas posibilidades de que eso ocurra ahora en Florida —reconoció Diane.

Los tres bebieron y suspiraron. Otro grupo de gente con ganas de fiesta entró y una ráfaga de aire frío se coló en el bar. A Thomas, que era de Ohio y llevaba sandalias sin calcetines, lo sorprendía tanta emoción por el frío y la posibilidad de que nevara.

Cuando el ambiente se calmó un poco, Diane le dijo a Mercer:

—Las dos hemos pasado muchas horas con Lovely, pero todavía no nos ha dado ni la más mínima pista sobre esas notas. Hace poco dijo que las había utilizado para escribir sus memorias, pero ahora no sabe dónde están. ¿Te las ha mencionado en algún momento?

—No. Le he preguntado dos veces, pero no he conseguido nada. ¿Son importantes?

—No lo sabré hasta que no las vea. Se asustó cuando entendió que se las tendríamos que entregar a la otra parte. Le pregunté una vez a la señorita Naomi incluso, pero ella asegura que no sabe absolutamente nada de eso.

—¿Estás segura de que quieres verlas? —quiso saber Thomas.

—No. Steven y yo hemos hablado mucho de ello. Si las vemos, tendremos que enseñárselas a Tidal Breeze. ¿Y si están llenas de incoherencias? ¿Y si entran en conflicto con las memorias o con la declaración? Hay muchas posibilidades de que solo sirvieran para empeorar las cosas.

Cuando terminaron la botella, todos estuvieron de acuerdo en no beber más. Se reunieron de nuevo en la casita de Mercer, donde les esperaba la olla de gumbo. Ella encendió la cocina y untó mantequilla en una baguete mientras Diane revolvía la ensalada y Thomas escogía otro vino.

Querían quedarse hasta la medianoche, pero no lo consiguieron. A las once, Thomas salió al patio para ver si había nieve, pero no. Mercer y él se retiraron al dormitorio mientras Diane se envolvía en una manta y se tumbaba en el sofá.

10

A media mañana el cielo estaba despejado, había salido el sol, Papá Noel había pasado y se había ido, y todo había vuelto a la normalidad en el norte de Florida.

La jueza Salazar vivía sola en una urbanización privada a más de diez kilómetros al oeste de Camino Island, en el continente, junto a un pequeño lago, en una zona que pocos años antes era más bien rural, pero que en la actualidad tenía las carreteras atascadas siempre. Sus vecinos se quejaban todo el tiempo, ¿pero no eran ellos parte del problema?

Tenía cincuenta y siete años y la habían elegido en una votación reñida siete años antes. La reelección se encontraba a la vuelta de la esquina y ya estaba temiendo tener que pasar por otra campaña. Como la mayoría de los jueces, creía que lo de elegir a los magistrados no era una buena idea. Prefería ser nombrada durante un periodo de cuatro años y después otro. Pero las elecciones no se podían evitar y ella no quería agobiarse por la siguiente. Tenía una larga lista de casos pendientes. Le gustaba su trabajo y los abogados que se presentaban en su juzgado tenían buena opinión de ella.

Su primer marido hacía mucho que ya había desaparecido y no lo echaba de menos ni lo más mínimo. Su hijo, Lenny, vivía solo a treinta minutos y ella lo veía con su familia a menudo, sobre todo desde que su mujer, Alissa, y él habían tenido a sus dos hijos. La jueza Salazar seguía muy sorprendida por lo rápido que había quedado prendada por esas dos personitas que, de repente, ocupaban todos sus pensamientos. Cuando llegaron todos para la comida de Navidad, su abuela Sally, como la apodaban con cariño, ya los esperaba con otra ronda de regalos y juguetes. En pocos minutos su salón se convirtió en un caos con papeles, envoltorios y cajas por todas partes y Sally estaba en el suelo, en medio de todo, pasándoselo en grande y reviviendo los días en que sus hijos quedaban atrapados por la magia de la Navidad. Cuando logró organizarlos un poco, se sentaron a leer cuentos junto al árbol, les dio galletas de jengibre y sacó más regalos para abrir.

Los adultos contemplaban a los niños con un vaso de sidra caliente y hablaban del tiempo. La nieve se había acercado más de lo que esperaban. Se habían producido ventiscas puntuales en el sur de Georgia, lo bastante cerca para crearles esperanzas para el próximo año. Alissa era de Maryland y echaba de menos alguna que otra nevada, aunque no quería volver allí. Enseñaba en un colegio y se había tomado un par de años de permiso para criar a sus hijos. Su economía no pasaba por sus mejores momentos, pero le traían buenas noticias. Lenny por fin había conseguido dar un salto en el negocio de la construcción y tal vez las cosas estaban a punto de cambiar por completo.

Lydia había leído algo en el periódico o en internet sobre Old Dunes, pero no le prestó mucha atención. Una urbanización más no era algo que alcanzara los titulares en su mundo. Para ella lo importante era que Lenny había firmado un contrato para construir al menos ocho casas de lujo en la segunda fase de Old Dunes. La enorme obra lo iba a mantener ocupado durante años mientras seguía ampliando su empresa. Eran muy optimistas en cuanto a su futuro y ya hablaban de mudarse más cerca de la zona de construcción.

¡Y también de Sally!

Tras una larga comida que consistió en pavo, crema de patatas y relleno, subieron a los niños al coche y, con Sally sentada en la parte de atrás entre ellos, condujeron unos kilómetros hacia el este, hacia la costa. La entrada a Old Dunes estaba bloqueada por una puerta, pero Lenny tenía un pase electrónico, que acercó al sensor. Ya hacía varios meses que habían asfaltado las calles. Las aceras y las alcantarillas estaban terminadas. Había docenas de edificios en varias fases de construcción: apartamentos, casas, chalets independientes, enormes mansiones, una plaza central flanqueada de futuras tiendas, el muelle y el puerto deportivo. Lenny les iba señalando cosas aquí y allá, disfrutando de saberse parte de un proyecto tan impresionante. Se detuvo muy orgulloso delante del primer edificio que estaba construyendo, una casa enorme que en el mercado costaría casi un millón de dólares. Y habría muchas como esa, estaba seguro.

Con los dos niños dormidos a su lado, Sally no pudo evitar quedarse impresionada. Su hijo se había esforzado muchísimo por levantar su pequeño negocio de construcción de la nada. Y de repente estaba construyendo casas de un millón de dólares. Y ella iba a poder pasar más tiempo con sus nietos.

11

Como habían avanzado muy poco con la pintura, Mercer no quiso perder más días, aunque fuera Navidad. Thomas se negó y amenazó con hacer huelga. Su teléfono decía que ahí fuera la temperatura era de ocho grados, dos menos de lo que él podía soportar. En vez de discutir, decidieron irse a dar un largo paseo a la playa y disfrutar de la tarde.

Los días se estaban volviendo más cálidos. Ya pintarían antes o después. ¿Qué prisa tenían? Habían ido a la playa de vacaciones, ¿no?

8

Influencia deshonesta

El primer lunes de marzo, la jueza Salazar celebró su reunión de repaso trimestral para revisar casos pendientes, poner fechas a las vistas y a los juicios y comprobar el estado de las muchas tutelas y custodias que tenía en su jurisdicción. Como todo estaba ya digitalizado y disponible en internet, la reunión era más un ritual, una vuelta a una época más sencilla en la que a los abogados les gustaba reunirse en su gran sala una mañana de lunes, temprano, para tomar café y pasteles, intercambiar cotilleos y hacerse los importantes. La jueza Salazar todavía esperaba que acudieran, aunque ya la asistencia no era obligatoria. Después de cada reunión los abogados y los jueces se iban al final de la calle, a un reservado en la parte de atrás de un restaurante elegante y hacían su visita trimestral formal al bar. A continuación algunos pasaban a una taberna que había al otro lado de la calle para otra versión de la reunión.

Cuando la jueza Salazar anunció su demanda «*In re* petición de la señora Lovely Jackson», Steven Mahon y Mayes Barrow se levantaron. Había unos cuantos espectadores que observaban la escena con poco interés.

Sid Larramore, de *The Register*, estaba pendiente en la

primera fila. En ese momento aquel era el pleito más interesante de la isla, pero no había podido añadir nuevo material a la historia desde hacía un par de meses. Las cartas al editor habían dejado de llegar y habían perdido fuerza. Unas cuantas personas estaban a favor de Panther Cay por el impulso económico que suponía, aunque no lo decían muy alto, porque Camino Island seguía siendo un lugar conservador en el que la mayoría de la gente pertenecía a una iglesia y aseguraba que asistía regularmente. El juego era algo que no se veía con buenos ojos. ¿No traería eso prostitución y drogas? La mayoría se oponían a más urbanización salvaje en la zona, al menos eso creía Sid.

Los abogados estuvieron de acuerdo en que las diligencias de obtención de pruebas iban bien y no preveían que surgiera nada que pudiera interferir o retrasar el juicio, que habían programado para el 18 de mayo.

La jueza Salazar les dio las gracias y pasó al siguiente caso. La mañana fue pasando muy despacio. Steven se quedó por allí porque tenía intención de asistir a la comida, a la que solo iba una vez al año. A las once y media la juez levantó la sesión y animó a los abogados a verse en el restaurante del final de la calle.

En la cola del bufé, Steven estuvo siguiendo a la jueza y por suerte encontró un sitio a su lado para sentarse. Con treinta abogados en un solo comedor habría conversación de sobra. La mayoría hablaban mientras comían sobre el último caso interesante que tenían o sobre el baloncesto universitario. El orador invitado era un abogado de Jacksonville que estaba hasta arriba de casos de inmigración y que consiguió mantener la atención de la audiencia durante diez minutos. Por desgracia continuó hablando otros treinta. En cuanto acabó, su público básicamente huyó en estampida.

La jueza Salazar se giró hacia Steven y preguntó:

—¿Tienes prisa?

—No, tengo un lunes muy tranquilo.

—¿Te apetece un café?

—Claro. Voy a por uno.

—Negro, por favor.

—Me apetece un trozo de tarta de caramelo. ¿Tú quieres algo?

—Me parece buena idea. Pero que sea muy pequeño.

Cuando se vació el comedor, los dos giraron sus sillas para quedar frente a frente y se tomaron el postre. Tras dos bocados, ella dijo:

—He revisado todo lo que tengo sobre la demanda de Dark Isle y la historia de Lovely me resulta confusa. He leído su libro y he estudiado las declaraciones y seguro que tú también eres consciente de que hay muchas discrepancias.

Steven esperaba poder hablar aparte con su señoría para tratar la necesidad de visitar la isla. Su idea era contratar expertos para encontrar el cementerio y, si así era, intentar tomar muestras de los restos humanos que pudieran utilizarse para extraer ADN. Si el de los huesos coincidía con el de Lovely, no habría duda de que al menos las partes más importantes de la historia eran ciertas. Steven seguía creyendo a Lovely, aunque Tidal Breeze y sus abogados estaban generando muchas dudas. Pero una expedición de ese estilo necesitaba de la cooperación de la jueza.

Sin embargo, lo que acababa de decir era una bola con efecto que no se esperaba. No había precedentes de que una jueza quisiera hablar en privado con un abogado sobre un caso pendiente de juicio. Él se había pasado la mayor parte de su carrera en tribunales federales y solo había llevado unos pocos casos en juzgados locales, pero nunca había encontrado a un juez federal que considerara ni remotamente hablar sobre una demanda. Tal vez las reglas eran diferentes en Main Street, pero él no lo creía.

Atónito y cauto, no se le ocurría qué responder.

—Bueno, tiene ochenta años y seguramente su memoria ya no es lo que era.

—¿Crees de verdad que vivió allí? ¿Y todo eso sobre su familia? Lo que me preocupa es que no solicitó la propiedad de la isla hasta que aparecieron los promotores. Si nos creemos su historia, ha esperado más de sesenta años. ¿Y cómo se le ha podido ocurrir contratar a un abogado especialista en medio ambiente?

Estaba claro que su señoría no se creía la historia de Lovely. Steven estaba asombrado y buscó desesperadamente algo que decir que resultara inofensivo. No quería llevarle la contraria, pero tenía curiosidad por saber adónde quería llegar la jueza.

—Yo sí la creo. ¿Por qué si no se iba a meter en esta lucha una mujer de su edad?

—Por dinero, tal vez.

—No estoy muy seguro de que sea adecuado que estemos hablando de esto —interrumpió Steven.

—Tienes razón. No debería haber sacado el tema. Es que me preocupa, eso es todo.

Steven le dio un bocado grande a la tarta y masticó despacio. Pasaron los segundos. No se le ocurría nada adecuado que decir en ese momento, pero como ella tenía ganas de hablar, él decidió darle más cuerda.

—Hagamos como si nunca hubiéramos tenido esta conversación —pidió ella.

—Claro.

Eso no era probable. La jueza Salazar ya había tomado una decisión sobre la cuestión. Y para empeorar las cosas, Steven tenía la clara y preocupante impresión de que ella sospechaba que él y otros amantes de la naturaleza estaban utilizando a Lovely como primera línea de defensa contra Panther Cay.

Nervioso y con la mente a mil por hora, se excusó y se dirigió a la salida de una manera un poco forzada. Ella lo acompañó, sintiéndose incómoda. Steven giró la esquina y desapareció en un callejón. Cuando calculó que ella había tenido tiempo suficiente para caminar hasta el juzgado, volvió a su despacho. Diane estaba en la mesita de la cocina.

—No te vas a creer lo que me acaba de pasar —dijo él.

Ella lo miró interesada.

—Estás pálido —respondió.

—Vamos a dar una vuelta en coche.

2

Noelle lleva más de quince años vendiéndole muebles y elementos de decoración antiguos de la Francia provenzal a Aurelia Snow, una señora encantadora amiga suya que vivía a cuatro manzanas en una de las bonitas villas victorianas del centro de Santa Rosa. Su casa era la única que Noelle deseaba y creía que pronto saldría al mercado, pero Bruce había dejado claro que no tenía intención de mudarse. Prácticamente todas las alfombras, lámparas de mesa y de araña y muebles venían de la Provenza a través de Noelle's Antiques, en Main Street, al lado de Bay Books. La casa estaba llena de armarios, mesas de cata, divanes, camas con cuatro postes, vitrinas, aparadores, tocadores y muchas cosas más, todas seleccionadas por Noelle para cada habitación y rincón de la casa. El proyecto había sido un reto muy gratificante y Aurelia y ella habían hecho varios viajes a Francia a lo largo de los años para buscar las piezas más adecuadas.

Aurelia, por desgracia, estaba decayendo. Su paso se había vuelto más lento porque tres años antes, con setenta y siete, había tenido que ponerse una prótesis de cadera. Un año después, de rodilla. Y últimamente tenía un tobillo rígido. La artritis estaba empeorando. Evitaba las escaleras y la verdad es que estaba cansada de tener que cuidar de tantas cosas. Llevaba viviendo sola más de un año, desde que metió a su marido rico en una residencia. Cuando decidió vender la casa victoriana, Noelle fue la primera persona a la que llamó. Quería vender la mayoría de las antigüedades francesas que había comprado y Noelle estaba encantada de hacerlo por ella.

Aurelia se iba a comprar una casa que no tuviera escaleras y quería también que Noelle se ocupara del diseño de interiores y de la decoración. Se llevaría todos los muebles que pudiera, pero la mayoría de su colección simplemente no iba a caber.

En cuanto pusieron el tejado y levantaron las paredes, Aurelia decidió que había llegado la hora de empezar a redecorar. Noelle fue al otro lado del río, a una urbanización nueva que se llamaba Old Dunes, para echar un vistazo. Cuando cruzaron las puertas y condujeron por las calles llenas de vida, las dos se quedaron impresionadas por la magnitud de la construcción.

—¿Estás segura de que quieres vivir aquí? —preguntó Noelle, evidentemente abrumada por la extensión de aquello.

—Sí, ya me he hecho a la idea. Quedará bien cuando acaben de construirlo todo, ¿no crees?

—No sé. Va a ser un cambio muy drástico.

Encontraron las calles donde estaban construyendo las casas nuevas. Un cartel muy llamativo anunciaba: CASAS DE LUJO A PARTIR DE 950.000 DÓLARES.

Bruce creía que la casa victoriana de Snow iba a salir al mercado con un precio de unos cuatro millones. A Aurelia le iba a caer un montón de dinero del cielo y ella, que era consciente de ello, le había dicho a Noelle más de una vez:

—Tanto dinero y nada en lo que gastarlo. Barry ha perdido la cabeza y yo no puedo ir ya a ninguna parte.

—Búscate un hombre más joven —le aconsejó Noelle y no era del todo una broma.

Una cuadrilla de pintores estaba trabajando en el exterior del número 416, el de Aurelia. Salieron del coche y esquivaron con cuidado las escaleras y las lonas. Cruzaron la puerta y se encontraron con un hombre joven muy amable que se presentó como Lenny Salazar, el contratista. Durante una hora estuvieron mirando los planos, midiendo paredes y mirando por las ventanas. Lenny era un hombre con mucho trabajo, tuvo que responder a varias llamadas, darles órdenes a sus operarios e incluso tuvo que ausentarse quince minutos, pero se mostró muy complaciente y dispuesto a mover paredes o puertas y cambiar los planos. Incluso señaló un aseo y dijo que podía eliminar una esquina e instalar ahí una pequeña sauna al lado del cuarto de la colada.

El resto era obvio. Aurelia se mudaba a un sitio más pequeño; su casa de tres plantas tenía más de mil cien metros cuadrados y esto era un chalet de una sola planta de doscientos treinta y cinco. Pero a Noelle de todas formas le apetecía mucho esa tarea. Cuanto más caminaba Aurelia por esos suelos desnudos, más antigüedades se quedaban por el camino y Noelle estaba encantada de comprarle y revender todo lo que ella no quisiera.

Cuando acabaron, Lenny las acompañó afuera, les dio su tarjeta y les dijo que podían hacer la entrega cuando Aurelia quisiera. La casa estaría acabada dentro de sesenta días y podría mudarse cuando a ella le viniera bien. La anciana miró a su alrededor, con todo el ruido que había allí (el rugido de los camiones de cemento, el golpeteo de los martillos, el chirrido de las sierras y los gritos de los operarios) y decidió que no tenía mucha prisa.

—Creo que voy a esperar unos meses antes de mudarme. Esto está en pleno apogeo —dijo.

Lenny se echó a reír.

—Sí, señora, tiene usted razón. Hay dieciséis casas en esta calle y después pasaremos a la siguiente.

—¿Cuántas han vendido ya?

—Más o menos la mitad.

Aurelia se rio.

—¿Y tengo derecho de veto sobre mis nuevos vecinos? —exclamó.

Lenny soltó una carcajada.

—Le aseguro que son todos muy agradables.

—Seguro. No tengo prisa. Me va a hacer falta por lo menos un año para vender mi casa.

3

Cuando Steven quería escapar de su despacho, su opción favorita era dar un largo paseo por Main Street hasta una cafetería. Normalmente pasaba por Bay Books y saludaba al personal. Si estaba Bruce, como solía ocurrir, cotilleaba un rato con él.

Ese día lo encontró en su despacho, examinando un libro antiguo con una lupa.

—Tengo cosas que contarte —anunció Steven, que era la frase en clave con la que en realidad quería decir: «Vamos a comer a un sitio tranquilo».

Bruce sonrió y contestó:

—Qué coincidencia. Yo también.

Quedaron a mediodía del día siguiente en una pizzería que había a la vuelta de la esquina. Estaban a principios de marzo y soplaba el viento. Nadie se atrevía a comer en una terraza. La carta de vinos dejaba mucho que desear, así que pidieron agua con gas.

Después de rogarle confidencialidad, sabiendo que Bruce sabía ser discreto cuando era necesario, Steven le contó la perturbadora conversación que había tenido la semana anterior con la jueza Salazar.

—Estuvo completamente fuera de lugar —aseguró Steven—. Ningún juez, sea grande o pequeño su juzgado, debería hablar de una demanda con uno de los abogados sin que estén presentes los de la otra parte. Muchos estados tienen leyes que prohíben a los abogados importunar, influenciar o buscar el favor de un juez. En el Derecho consuetudinario, que heredamos de los ingleses, incluso hay un término acuñado para eso: «influencia deshonesta». Es ilegal y, sin duda, poco ético intentar influir en un juez de esa forma.

—Pero no has sido tú el que ha intentado ejercer esa influencia —replicó Bruce.

—Exacto. No entiendo por qué ha pensado que necesitaba informarme de que mi caso está cogido con pinzas. ¿Qué gana ella con eso? Estoy desconcertado. Solo llevo aquí seis años y casi no he ido a juicio, pero he hablado con los abogados locales que trabajan mucho en su tribunal y parece que es famosa por ser un poco bocazas. Tienen buena opinión de ella y hay muy pocas quejas al respecto, pero algunas veces deja caer algún comentario cuando no le gusta una demanda, un testimonio o un testigo. Aunque supongo que eso da igual. Lo que importa es que se decante a favor de Panther Cay.

—¿Y si lo denuncias?

—Solo empeoraría las cosas. Como sabes, no hay jurado; ella es la única que va a tomar la decisión. El veredicto es solo cosa suya. Siempre podemos apelar, pero los tribunales de apelaciones de Florida rara vez contradicen a los tribunales de la Cancillería en asuntos de este tipo. Ella tiene un poder enorme y su veredicto tendrá mucho peso en cualquier apelación.

—Me cuesta creer que haya sacado ese tema en una comida en un bar.

—Bueno, la comida ya había terminado y estábamos solos. Pero ha sido bastante raro. Me ha dado la clara impresión de que se arrepentía de haberlo dicho.

—Menos mal. Al menos sabes a qué atenerte. ¿Puedes pedirle que se recuse?

—Eso no suele funcionar. De hecho, con frecuencia tiene el efecto contrario. Cuando le pides a un juez que se recuse, ¿a que no sabes quién tiene que tomar la decisión? El propio juez. Si dice que no, tienes que enfrentarte a un juez que está muy molesto contigo.

Llegó la pizza y los dos comieron.

—¿Y qué tenías que contarme tú? —preguntó Steven.

—No es nada comparado con lo tuyo. Solo un cotilleo que, por extraño que parezca, tiene que ver con su señoría. ¿Conoces a Aurelia Snow, que vive en la casa victoriana azul grande que hay en Elm Street?

—Creo que no.

—Una señora muy simpática. Su marido está en una residencia de ancianos o algo así y ella quiere comprarse una casa más pequeña, vender el caserón y mudarse. Quería que Noelle le comprara un montón de antigüedades francesas que ha ido coleccionando a lo largo de los años. Fue con ella a ver su casa nueva ayer. Está en Old Dunes, la última urbanización que están construyendo en la bahía.

—Estoy al tanto de todo. Pensamos en intervenir, presentar una demanda, intentar pelear, pero no encontramos nada que pudiéramos utilizar. Otra urbanización más, una de las muchas, y decidimos guardarnos nuestra munición.

—Para ir contra Panther Cay.

—Para esa y para la que venga después. Esto es Florida.

—Y a mí me encanta. Aquí se venden más libros per cápita que en ningún otro estado. No lo olvides. La población está un poco envejecida y le gusta leer.

—Yo te he comprado cientos de libros el año pasado. Y en tapa dura, sin descuento.

—Y te adoro por ello. Estoy seguro de que tienes unas estanterías preciosas.

—Cierto. ¿Y el cotilleo?

—Bueno, el mundo es un pañuelo. El tipo que está construyendo la nueva casa de lujo de la señora Snow es precisamente Lenny Salazar, el hijo de la jueza.

—No sabía que tenía un hijo. Está divorciada, ¿no?

—Sí, hace mucho tiempo. No vive en la isla, así que no sé mucho sobre ella.

—¿Y adónde quieres llegar con esa información?

—A ninguna parte. Eso es cosa tuya. Yo solo soy un librero de una ciudad de provincias. —Dio un bocado y masticó—. Pero me pregunto quién será el propietario de Old Dunes.

—Me parece que un promotor de Texas.

—Tal vez, pero quizá no. La primera mención en el periódico decía que era una empresa de Houston con una sede en Tallahassee. He llamado a Sid, de *The Register*, y no sabe gran cosa. Puede que merezca la pena investigar un poco.

—Espera... ¿No estarás pensando que puede tratarse de Tidal Breeze?

Bruce asintió.

4

A las cuatro de la tarde, Steven volvió a la librería acompañado por Diane. Encontraron a Bruce en el almacén de la parte de atrás, embalando libros sin vender para devolverlos al distribuidor, una tarea desagradable que no quería delegar. Todavía abría personalmente cada caja de libros nuevos que llegaba y los colocaba en las estanterías con una enorme confianza en que se venderían, se leerían y se disfrutarían. Seis meses después tenía que enviar algunos de vuelta, con todo el dolor de su corazón y aceptando su derrota.

Steven y Diane pidieron expresos en la cafetería de arriba y esperaron a Bruce en una mesa un poco apartada en un rincón. Cuando subió las escaleras, pidió un *caffè latte* y se sentó.

—Tiene que ser algo muy serio —saludó con una sonrisa.

—Diane ha encontrado una pista —anunció Steven.

—Todavía no es una gran pista —reconoció Diane—. El terreno en el que está Old Dunes lo compró hace cinco años una empresa de Houston que ha creado una filial en Florida. Ya había hecho otros negocios en la zona, sobre todo en la zona de Naples. Alquiló una oficina en Orlando y se puso manos a la obra, consiguió todos los permisos y concesiones, y prometieron ser unos ciudadanos buenos y productivos. Hasta ahora no hay ninguna queja sobre ellos. Esos texanos tienen buena reputación en cuanto a la construcción de calidad de urbanizaciones, hoteles, campos de golf y todo lo demás. Es una empresa privada y no hay mucha información en los registros públicos, pero he investigado sus otros proyectos y me he dado cuenta de que por lo general prefieren construir, mantener la propiedad y gestionarla directamente. No suelen revender. Pero en septiembre del año pasado le vendieron Old Dunes a una empresa radicada en las Bahamas. El nuevo dueño, Hibiscus Partners, hizo todo el papeleo correspondiente. Pero no he podido encontrar absolutamente nada sobre esta nueva empresa. Como todos los paraísos fiscales *offshore*, en Bahamas se mantiene una gran privacidad por un precio considerable, claro. A principios de octubre, Hibiscus vendió Old Dunes a Rio Glendale, y ahí todo se vuelve aún más opaco. Rio Glendale tiene su sede en la diminuta isla caribeña de Montserrat, un paraíso fiscal muy conocido para radicar empresas fantasma y así evadir impuestos.

—Nunca había oído hablar de Montserrat —reconoció Bruce.

—Se anuncia en revistas de viajes y nada más.

—¿Dónde está?

—Es un territorio británico, algo más allá de Nevis y St. Kitts.

—Perdona por tener que preguntar.

—La mayoría de la isla la destruyó hace unos años un volcán.

—¿Y a eso lo llaman paraíso?

—Es imposible consultar ningún registro de la isla, igual que ocurre en otros lugares caribeños similares.

—¿Otro callejón sin salida entonces?

—Tal vez. —Diane estaba en su elemento, retirando una capa tras otra de la cebolla—. No te sorprenderá saber que Tidal Breeze tiene un largo historial de problemas con el fisco. He encontrado dos artículos de periódico en los que hablan de peleas con Hacienda. En ambos casos se llevaron a cabo investigaciones en las Bahamas y las islas Caimán.

—Es posible que Tidal Breeze comprara Old Dunes a través de Rio Glendale y lo mantenga todo *offshore* —apuntó Steven.

—¿Y esa extraña conspiración tiene algún motivo? —preguntó Bruce, que estaba haciendo cuanto podía para seguir el hilo.

—¿Has oído hablar de la «influencia deshonesta»?

—Desde la comida de hoy no.

—Bruce, estamos soñando despiertos, especulando, jugando a preguntarnos «¿y si...?». Panther Cay será muchísimo más rentable para Tidal Breeze que Old Dunes, pero... ¿y si a Tidal Breeze se le ha ocurrido que así puede conseguir las dos cosas? Estaría utilizando Old Dunes para atraer a Lenny Salazar, que podría influir en su madre.

—Estás disparando a ciegas con esto, Steven.

—Cierto, pero como ya he dicho, solo estamos jugando, al menos por ahora. —Steven miró a Diane y asintió.

—Me he pasado dos horas estudiando permisos de obras, tanto en el condado de Camino como en el de Duval —prosiguió Diane—, algo que no le recomiendo a nadie. Durante los tres últimos años Lenny Salazar ha construido catorce dúplex en Duval, casas financiadas por el gobierno, de un valor medio de doscientos mil dólares. También se ha encargado de un pequeño complejo de apartamentos y un centro comercial. Es un tío cumplidor, siempre tiene trabajo y una buena reputación en su oficio. El septiembre pasado es cuando pasa a trabajar en Old Dunes y a construir casas que valen mucho más. He llamado a su oficina diciendo que buscaba contratista y me han dicho que el señor Salazar estaba demasiado ocupado para devolverme la llamada.

Bruce bebió su café, miró a Steven y a Diane y se encogió de hombros.

—Vale. Me he leído un millón de novelas de misterio y siempre me ha encantado una buena trama —reconoció—. Con lo que tenéis no llegaríais ni al capítulo tres, pero al menos hay bastantes sospechas sobre la mesa para que yo pasara unas cuantas páginas más. ¿Qué es lo que vais a hacer a continuación?

—Pues la trama se complica un poco más —aseguró Diane—. Como todas las empresas extranjeras, así como todas las de fuera del estado, están obligadas a tener un agente registrado aquí en Florida. Igual sucede en casi todos los demás estados. Hay docenas de empresas que no hacen más que ser agentes de otras, tramitar papeleo y darles una dirección en el lugar. Supone un gran negocio, en especial en Miami, con tantas empresas sudamericanas que trabajan en ese estado. Rio Glendale utiliza una agencia registrada en Coral Gables. Hasta ahora he encontrado otras dos empresas *offshore* propiedad de Tidal Breeze que están registradas en la misma dirección. Así que la conocen bien. Es verdad que hay literalmente decenas de miles de entidades y que podría ser pura coincidencia, pero sigo investigando. Me parece un tanto sospechoso.

—Vale. Eso me haría leer un poco más. ¿Y ahora qué?

—No estoy seguro —contestó Steven—. La única forma de saber quién es el propietario de Old Dunes es demandar a la empresa, llevarlos a juicio y obligarlos a divulgar la identidad del propietario.

—Se me ocurren varios abogados de por aquí que están especializados en pleitos de mentira —comentó Bruce.

Los tres se rieron. Cuando Bruce paró, preguntó:

—¿De qué tipo de pleito hablamos?

—No tengo ni idea —afirmó Steven—. No es mi especialidad. He pensado en rebuscar algo más e intentar encontrar cualquier infracción de las normas de la Agencia de Protección del Medio Ambiente, ir corriendo al tribunal federal y acosarlos un poco. Pero la verdad es que no tengo ni ganas ni tiempo. Y de todas formas sería una posibilidad remota, incluso en el mejor de los casos.

—Yo he comprobado todas las demandas y pleitos que se han puesto contra Old Dunes hasta el momento —anunció Diane.

—Es cuestión de tiempo —dijo Steven—. Todas las grandes obras atraen pleitos. Facturas impagadas, petición de embargo de los subcontratistas o trabajadores que sufren accidentes; algo que pasa todos los días.

—¿Es así de sencillo? ¿Se les puede demandar y descubrir a los dueños reales?

—Normalmente sí. No siempre es fácil, pero las reglas de las diligencias de obtención de pruebas son flexibles y permiten a las partes hacer todo tipo de preguntas. La verdadera titularidad se pone sobre la mesa y los juzgados quieren saber la identidad real de los participantes. Solo necesitamos un demandante.

5

Gifford Knox no era ajeno a los pleitos. Durante más de veinte años, desde que empezaron a venderse cantidades impresionantes de ejemplares de sus libros, había participado en muchas luchas medioambientales por toda la Costa Este. Cuanto más vendía, más dinero donaba a sus asociaciones conservacionistas favoritas. Había testificado en dos juicios que pretendían detener a promotores que amenazaban su adorado Low Country. Su testimonio nunca fue crucial ni revelador, pero sí estupendo para protagonizar artículos de primera página.

Tampoco se había opuesto nunca a montar un escándalo para frustrar la construcción de una urbanización y hostigar a alguien que contaminaba. Lo de hacer un montaje y provocar un escándalo fue idea de Bruce. Esperó dos días hasta que la temperatura de Santa Rosa fue bastante más alta que la del deprimente Charleston y llamó a Gifford para invitarlo a ir a la isla de visita una semana. El momento era perfecto. Su última esposa, Maddy, y él estaban aburridos en su barco atracado en Charleston Harbor. El tiempo de principios de marzo era ventoso y desagradable y unos días bajo el sol les pareció una idea estupenda.

Y lo del escándalo le pareció aún mejor. Bruce tuvo la precaución de mantener a Steven al margen de todo aquello. Si salía mal, no quería que nadie cuestionara la ética del letrado. No había nada ilegal en su estratagema, pero Steven no necesitaba que el colegio de abogados estatal lo pusiera en la palestra por alguna molesta cuestión de ética. Bruce asumiría toda la responsabilidad. Como era librero, no tenía por qué tener ningún tipo de ética. Y Gifford, como escritor, mucho menos.

El vendedor, Arnold, se encontró con ellos en Model Home. Y les mostró un vídeo muy atractivo que revelaba la profundidad y la belleza de Old Dunes. Todo lo que cualquiera podría querer y solo a treinta minutos del aeropuerto internacional de Jacksonville. Todos miraron los planos, prestando especial atención a las supermansiones frente al mar. Gifford, que se había presentado solo como Giff, aunque daba igual, porque aunque era uno de los diez escritores que más vendían en el país vivía en un anonimato casi total, igual que los otros nueve, hizo preguntas sobre el coste final por metro cuadrado y cosas por el estilo. Maddy y él habían echado un vistazo al lugar y sabían que se estaban construyendo tres de esas mansiones enormes. Arnold dijo que ya habían vendido dos. La tercera era una casa perfecta como inversión, que enseguida se convirtió en la favorita de Maddy, la que tenía que ir a ver.

Diane había tenido que rebuscar mucho en los archivos, pero sabía que todas las parcelas de la urbanización seguían siendo propiedad de Old Dunes, así que la empresa tendría que presentarse como defensa en cualquier pleito.

Giff y Maddy siguieron a Arnold hasta la primera línea de playa y aparcaron junto a la acera. Entraron en la casa, que ya tenía la estructura y el tejado e incluso ya estaban poniendo los ladrillos de un muro exterior. Ambos hicieron muchas preguntas sobre si podrían cambiar el diseño. ¿Podían mover alguna pared en esa fase? ¿Y las ventanas y las puertas? Es que el patio era muy estrecho. A veces tenían que gritar por encima del ruido, los martillazos y el chirrido de la sierra. La escalera hasta la parte de arriba no eran más que unos escalones de obra temporales, muy poco firme y sólida, seguramente no lo bastante fuerte para soportar el paso constante de gente que subía y bajaba, por lo que subieron las escaleras despacio. Gifford sacudió el pasamanos y vio que se movía un poco. Inspeccionaron los tres dormitorios de arriba, pusieron problemas también con la distribución del baño principal y no les gustó la ventana en saliente. Cada vez que ponían algún problema, Arnold les aseguraba que todo se podía cambiar. Como la casa tenía un precio de tres millones, ya casi estaba rozando su comisión.

Cuando acabaron arriba, volvieron abajo. Primero Arnold, después Maddy y Giff el último. Él inspiró hondo, le dio un buen tirón al pasamanos, lo rompió y cayó hacia delante, gritando mientras lo hacía. Maddy se puso a gritar también y consiguió frenar su caída al pie de la escalera. Mientras caía, Giff se dio un golpe en la cabeza sin hacerse daño de verdad. Se quedó despatarrado al pie del último escalón, cubierto de serrín y aparentemente inconsciente. Arnold iba de acá para allá llamando a los trabajadores a gritos. Alguien contactó con emergencias. Maddy se inclinó sobre su marido, que no respondía.

Lo metieron en una ambulancia; sus constantes vitales eran normales y ninguno de los dos médicos encontró huesos rotos, pero tenía un chichón sobre la oreja izquierda. Se había dado un golpe en la cabeza, era evidente. Y también que estaba inconsciente.

Cuando por fin se despertó, una hora después, le latía la cabeza, tenía una jaqueca horrible y la visión borrosa. El médico le dijo que las pruebas de imagen estaban bien y le dio unas pastillas para el dolor. No, no quería volver a casa. Maddy insistió en que lo dejaran allí en observación. Al día siguiente lo comprobaron todo y parecía estar bien, aunque se quejaba de dolor de cabeza, visión borrosa y un extraño pitido en el oído. Arnold fue un par de veces a verlo y a disculparse. Maddy le dijo que ya se había dado cuenta de que la escalera era inestable. Aunque era raro que ninguno de los operarios se hubiera fijado ni quejado, pensó Arnold.

Tras dos días por fin le dieron el alta y volvió a casa de Bruce, donde comieron muy bien en la galería, con el acompañamiento de dos botellas de vino. A veces a Gifford le costaba comer por las carcajadas que estaba soltando. A Maddy le había parecido un actor horrible. Todos se partieron de risa cuando describieron al pobre Arnold dando vueltas por allí con el móvil en la mano, intentando conseguir una ambulancia que se lo llevara de allí, totalmente atacado solo de pensar en perder su comisión.

Horas más tarde, un perito del seguro de Old Dunes llamó para ver cómo estaba Gifford. Él siguió quejándose de dolores de cabeza que no se le quitaban, momentos de ceguera e incluso un par de convulsiones leves, entre otras cosas. Prometió llamar a ese hombre después de ir a ver a un especialista de Charleston.

Una semana después puso una demanda en el tribunal federal de Tallahassee. Su abogado era un tío de Charleston con el que había colaborado en muchas de sus hazañas y también había pisado los tribunales con él en varias ocasiones. Él no sabía nada del montaje, pero sospechaba por culpa de las facturas médicas que no hacían más que crecer. Su cliente parecía estar perfectamente normal, o al menos como siempre, aparte de las supuestas migrañas y convulsiones. Gifford admitió que el principal propósito de la demanda era sacar a la luz a los verdaderos dueños de Old Dunes. Adjuntó a la demanda varios interrogatorios estándar y varias solicitudes de documentos que le proporcionarían información interesante.

6

Dos días después de que pusiera la demanda, Bruce quedó con Steven y Diane para tomar una copa a última hora de la tarde en el Pirate's Saloon. Les dio a ambos una copia de la demanda, que no tenía más que tres páginas, y vio cómo iban poniendo caras de sorpresa a medida que leían.

Steven sonreía cuando terminó.

—¿Y qué hacía Gifford Knox buscando casa nueva en Old Dunes?

—Justo eso. Igual que cualquier otra persona.

—¿Y se ha comprado alguna?

—Todavía se lo está pensando, pero tiene dudas. No le pega mucho el sitio.

—Creía que vivía en un barco —replicó Diane.

—Así es. Pero van a hacer un bonito puerto deportivo junto a la urbanización, así que tendrá sitio para amarrarlo. Las nuevas urbanizaciones le provocan mucha curiosidad.

—Aquí hay gato encerrado —aseguró Steven sin dejar de sonreír.

—Seguro.

—¿Y qué tal va su recuperación?

—Mejorando. Maddy dice que no va a sufrir daños cerebrales permanentes.

Steven dejó su copia en una silla vacía y se echó a reír.

—Eso ha sido cosa tuya, ¿no?

—¿Mía? —protestó Bruce con una sonrisa—. No hace falta gran cosa para animar a Gifford a meterse en una buena pelea. Tú mismo dijiste que la única forma de «levantar el velo corporativo», como se suele decir, era demandar a la empresa y conseguir los papeles. Bueno, pues ya tienes la demanda y el abogado de Gifford está siguiendo el rastro.

—Estupendo.

—Sabía que te iba a gustar. Si Tidal Breeze es el propietario de Old Dunes, ¿qué pasará?

—Tendré una conversación con la jueza Salazar y le explicaré que tiene un conflicto de intereses muy importante. Su hijo hace negocios con uno de los participantes en el pleito. La presionaré para que se recuse. Si se niega, consideraré ir al colegio profesional del estado. Eso resultaría muy embarazoso para ella.

—¿Crees que ella sabe quién es el dueño de Old Dunes? —quiso saber Diane.

Steven negó con la cabeza.

—Es poco probable, al menos a estas alturas. ¿Cuántos nombres de empresas relacionadas con Tidal Breeze has visto?

—Docenas.

—Eso es. Esa gente es escurridiza, astuta y muy hermética. Tienen muchos abogados y asesores fiscales y operan en muchos lugares aquí y *offshore*. No, seguro que no tiene ni idea. Pero puede que llegue el momento en que Tidal Breeze crea que es necesario presionar un poco.

—Sigue siendo todo una gran especulación —señaló Bruce.

—Lo es. Pero nos estamos acercando a algo grande, gracias a Gifford Knox y su torpeza.

—¿Qué? Pero ¿es que no has leído la demanda? No ha

pasado porque él fuera torpe. Las escaleras eran de mala calidad, defectuosas y parte de un entorno de trabajo inseguro.

—Estupendo —repitió Steven.

7

—¿Por qué no hacen más que salirnos demandas por todas partes? —preguntó Wilson Larney mientras miraba al mar por la ventana—. Se suponía que esto iba a ser mucho más fácil. Interesarnos, soltar un poco de pasta, comprar a todo el mundo y empezar a construir. No me puedo creer que ya estemos casi en abril y sigamos atascados en los juzgados.

Uno de los abogados, Pete Riddle, dijo:

—No es más que una caída en una de las casas nuevas. El hombre tiene unas cuantas lesiones, pero nada grave. Le he dicho a la compañía de seguros que llegue a un acuerdo y rápido. Los abogados del demandante están investigando las sociedades *offshore*.

—¿Y el tipo que se ha hecho daño es un escritor famoso o algo así?

—Sí —contestó Dud Nash, el otro abogado—, se llama Gifford Knox. Un escritor de novela negra muy bueno. Lo he leído.

—No he oído su nombre jamás —reconoció Wilson.

Dud pensó que eso era porque no había abierto un libro desde el instituto.

Wilson estaba frustrado, pero nunca se enfadaba. Su padre, Rex, el fundador, era una persona que se exaltaba con facilidad y empezaba a soltar maldiciones y a tirarles cosas a sus subordinados. Wilson, mucho más profesional y más rico, creía que lo mejor era mantener siempre la calma. Pero resultaba evidente que empezaba a perder la paciencia con el lento progreso de Panther Cay. Quería tener el mayor casino del norte de Florida y estaba convencido de que le arrebataría muchos clientes a los de Atlanta.

—¿Cuándo es el juicio? —preguntó.

—El día establecido: el 18 de mayo —contestó Riddle—. No hay nada que justifique retrasarlo.

—Y ya le hemos ofrecido a la anciana medio millón, ¿no?

—Sí —confirmó Dud—. Y lo ha rechazado.

—¿Nunca ha tenido ni un centavo, vive de una pensión y ha rechazado medio millón en efectivo?

—Así es.

—Vale. Ofrecedle un millón si se retira. ¿Entendido?

Jeff sonrió y dijo:

—Sí, jefe. Así lo haremos.

—Los chicos de Tallahassee ya tienen financiación para construir el puente. Ciento sesenta millones de dólares. Los bancos han aprobado nuestra primera batería de préstamos para la construcción, doscientos millones. ¿A qué demonios estamos esperando?

8

En los seis meses que llevaba en la isla, Diane había conocido a más gente que Steven en los seis años que llevaba viviendo allí, aunque su intención no era competir. Tenía facilidad para recordar nombres, así que la gente se acordaba de ella. Pasaba por la librería prácticamente todos los días para saludar a Bruce y a todos los que trabajaban allí y charlaba con ellos unos minutos. Conocía a los camareros de las cafeterías, a las camareras de los restaurantes y a los dependientes de las tiendas de ropa. Iba a ver a Sid a *The Register* como mínimo una vez a la semana para cotillear. También pasaba mucho tiempo en el archivo, leyendo ejemplares antiguos. Apuntaba todos los nombres que creía que le podían servir algún día. Flirteaba con los policías que patrullaban las calles, los ayudantes del sheriff y los capitanes de los barcos de alquiler del puerto. Repasaba la lista de casos del tribunal y estaba al día de todos ellos. Y había coqueteado con algunos de los abogados, aunque las cosas no fueron a más.

También había pasado tanto tiempo con Lovely que se habían hecho muy amigas. Diane las invitó a la señorita Naomi y a ella a un nuevo restaurante del centro, uno que no conocían. Comieron tranquilamente y se lo pasaron tan bien que pronto repitieron. Lovely le pidió que se sentara en el porche con ella a tomar té con hielo. La anciana le contaba muchas historias que no conocían y entonces Diane la interrumpía y le decía:

—Esa es nueva. ¿Te importa si se la cuento a Mercer?

Siempre estaban hablando de Mercer. Diane se lo contaba todo, tanto si le había pedido permiso a Lovely como si no. De vez en cuando surgía el tema del dinero en medio de la conversación, pero Lovely no hablaba mucho de eso. Pero, con el tiempo, Diane empezó a sospechar que ella no dependía completamente del cheque de su pensión. Llevaba una vida sencilla y no gastaba en casi nada. Había comprado su casa quince años antes y no tenía hipoteca. Su única extravagancia era la ropa, esas túnicas, turbantes y pañuelos tan coloridos. Aunque siempre se mostraba reticente a dar información, al final admitió que pedía la ropa a una tienda de Queens y le enseñó un catálogo para que lo hojeara. Se llamaba Kazari African Boutique. Había muchas páginas llenas de fotos de vestidos y túnicas africanas muy alegres y no eran nada baratos.

—Debes de tener un armario impresionante —comentó Diane, una forma de suplicar que le dejara echar un vistazo.

—No está mal —respondió Lovely, pero no le abrió la puerta para enseñárselo.

Una vez, en el porche, Diane estaba tomando notas mientras repasaban la vida laboral de Lovely. Ella no dudaba con las fechas, pero, como ya habían comprobado, esos datos resultaban ser bastante flexibles. Después de que abandonara Dark Isle cuando tenía quince años, se mudó a Santa Rosa y empezó a ir al instituto. Su madre y ella prácticamente se morían de hambre, así que las dos trabajaban donde podían, sobre todo en las fábricas de conservas. Cuando Lovely tenía veintipocos, empezó a trabajar como gobernanta en varios hoteles junto a la playa. Eso no era inusual: muchas mujeres negras trabajaban en resorts, hoteles, apartamentos y casas elegantes. Ya con cincuenta y cinco consiguió un trabajo mejor en una de las grandes mansiones, una victoriana, en el centro de Santa Rosa. La propietaria, la señora Rooney, era la viuda de un hombre mayor que había muerto años antes. La señora era «del norte» y tenía una forma diferente de ver las relaciones interraciales. Lovely y ella se hicieron muy amigas y confiaban la una en la otra. La señora exigía que ella llevara el uniforme de ama de llaves todos los días y nunca se le habría ocurrido cenar con ella en un restaurante, pero las cosas estaban empezando a cambiar.

Cuando la señora Rooney murió, le dejó algo de dinero a Lovely. Ella no le había dicho nunca a nadie cuánto y tampoco se lo iba a decir a Diane, por mucho que intentara sonsacárselo. La señorita Naomi le dijo que nunca había oído hablar de eso.

Aquello explicaba en parte por qué a Lovely no le llamaba la atención el dinero. Cuando Steven y Diane se reunieron con ella en el despacho de Bruce y le dijeron que había un millón de dólares sobre la mesa, ella los miró con el ceño fruncido.

—Ojalá dejaran de ofrecerme dinero. No estoy en venta —fue su reacción.

Y eso era justo lo que Steven quería oír.

9

Cuando se acercaron las vacaciones de primavera, Mercer fue dejando caer pistas de que quería volver a la isla y pintar el interior de la casa. Como ya tenían el exterior perfecto, había que hacer algo con el resto. Hacía décadas que nadie pintaba las paredes. Ya tenían todo lo necesario (brochas, escaleras, cubetas, rodillos, lonas...; todo menos pintura) y cierta experiencia, después de pintar la parte de fuera. Seguro que lo de dentro sería más fácil, pensó.

Thomas quería ir a esquiar a Utah. Lo había mencionado un par de veces, pero aparentemente nadie le había prestado atención. Una misteriosa llamada de su editor de *The Atlantic* captó su atención. Le dijo que lo necesitaban en Nueva York para revisar las últimas correcciones de su artículo sobre el submarino perdido. Él se fue y Mercer condujo las diez horas de trayecto hasta la playa con la única compañía del perro. La familia isleña se alegró de verla. Y ella necesitaba un poco de tranquilidad para escribir y trabajar en su libro. Thomas, que no había demostrado tener mucho talento con las brochas, se había escaqueado del trabajo manual y el perro podría ocupar su lado de la cama.

Mercer y Diane hablaban por teléfono por lo menos una vez al día. También se escribían correos y mensajes constantemente, y estaban deseando verse en la isla. Aunque fuera ayudante legal, o secretaria o lo que fuera que hiciera en esa mesita en la diminuta cocina de Barrier Island Legal Defense Fund, se suponía que debía respetar una estricta confidencialidad sobre su trabajo. Pero no lo hacía. Al menos no cuando quería hablar con Mercer sobre la demanda de Dark Isle. Steven Mahon le había dado permiso, más o menos. Los dos pensaron que, como Mercer estaba escribiendo un libro que analizaba en profundidad el tema, se enteraría de todo antes o después. Podían confiar en ella. Lovely también les dio su aprobación a las dos mujeres para hablar de su vida y de la demanda.

Su primera noche en la isla, Diane llegó a la casita con una pizza y una botella de vino tinto barato. Hablaron sin parar durante tres horas y vieron una película. Diane durmió en el sofá. A la mañana siguiente se levantó pronto, preparó una cafetera y se puso a leer el primer borrador de Mercer.

10

Noelle preparó la cena para Mercer la noche siguiente y se la comieron en la galería con Steven y Diane. Sorprendentemente con muy pocas florituras, Bruce le contó a Mercer la historia de cómo Noelle había encontrado a Lenny Salazar cuando visitaba la nueva casa de una clienta. Si Lenny tenía una conexión financiera directa con Tidal Breeze, algo que todavía no se había demostrado, Steven aseguró que iría a por la jueza.

Mercer escuchó embelesada, aunque Diane ya le había contado todos los detalles. Bruce era un conversador estupendo, sobre todo después de tomar un poco de vino. No había nada que le gustara más que una larga cena «en el porche» con sus amigos escritores y otros admiradores. Como siempre, Noelle habló poco. A ella le gustaba escuchar a los demás y solo hablaba si tenía algo que añadir.

Mercer parecía encantada con los nuevos giros que estaba

dando la historia. Había escrito cincuenta y una mil palabras, más o menos la mitad del libro. Pero lo más importante era que ya había dejado de pensar en abandonarlo. Le gustaba lo que había escrito hasta el momento y sabía que lo mejor estaba por venir. No solo tendría suficientes páginas, sino que las tramas secundarias estaban empezando a despegar. Diane había devorado el borrador en tres horas y dijo que se leía como un *thriller* de misterio.

—¿Cuándo voy a poder verlo? —preguntó Bruce.

—¿Cuando termine tal vez? —contestó Mercer.

—Vamos… Me intriga tu primera obra de no ficción, que además es uno de mis fuertes.

—Tú eres especialista en todo.

—No, no es cierto. No leo poesía. Creo que deberías dejarme leer la primera mitad con el boli rojo en la mano.

—Me lo pensaré.

—Que es una forma educada de decirme que no.

—Lo voy a pensar. La primera mitad todavía necesita mucho pulido.

—No estoy de acuerdo —contradijo Diane—. Yo me lo he leído esta mañana, antes de desayunar. Es increíble. La parte sobre los antiguos esclavos de Dark Isle es totalmente fascinante.

—Gracias.

Bruce sirvió más vino.

—Vamos, Mercer —insistió—. Si quieres que venda tu libro, tengo que leerlo.

—Y lo leerás. En cuanto lo acabe.

—¿Y eso será cuándo?

—Depende de la historia. Si Barrier Island Legal Defense Fund gana el pleito sobre la titularidad de la propiedad de Lovely, tendremos un final feliz este verano. ¿No es así, Steven?

—Supongo que sí. Pero siempre quedará la posibilidad de una apelación. Y eso tardará un año, tal vez año y medio.

—El tiempo medio que lleva una apelación de un Tribunal de la Cancillería en Florida es de catorce meses.

—Mi perfecta asistente —reconoció Steven señalándola con la cabeza.

—Pues yo no puedo esperar tanto —replicó Bruce.

—Ya tendrás otros libros que leer mientras esperas —repuso Mercer.

—¿Estás de broma? —intervino Noelle—. Ahora mismo está leyendo tres a la semana.

—Es parte de mi trabajo —dijo Bruce con una sonrisa—. Leer buenos libros y beber vino excelente.

11

Había multitud de bufetes de abogados en Londres que se especializaban en evasiones de impuestos en el Caribe y otro tipo de maniobras financieras *offshore*. El abogado de Gifford en Charleston encontró uno que también tenía un diminuto despacho en Montserrat. Por una cantidad de dinero, que nunca quedó claro si eran honorarios legales o no, el abogado accedió al registro gubernamental de empresas extranjeras e individuos que afirmaban que residían en la isla. Rio Glendale era una de las ocho mil setecientas que había. En su acta de constitución, que era algo estrictamente confidencial según las leyes de la isla, estaban las firmas de Nate Gooch, una de los socios júnior de Pete Riddle. La mitad de las acciones de Rio Glendale estaban en manos de Delmonte Land y la otra mitad las tenía Sandman Ventures. Las dos empresas eran propiedad de una filial de Tidal Breeze con sede en Boca Ratón. Y todas esas empresas eran de titularidad privada y las gestionaban Wilson Larney y su familia.

Se habían esforzado por montar ese juego del escondite, pero pecaban de falta de creatividad. Aunque la verdad era que Wilson y su gente nunca creyeron que les iban a demandar por nada que tuviera que ver con Old Dunes. Los verdaderos profesionales del negocio operaban a través de Singapur y Panamá y no dejaban ni el más mínimo rastro.

12

A mediados de abril, un mes antes del juicio, Steven solicitó una reunión con la jueza Salazar en su despacho, que estaba en el mismo pasillo que la sala de vistas. El propósito era hablar del juicio y decidir quién testificaría y en qué orden. Antes de ponerse con eso, Steven dejó desconcertada a la jueza al decir:

—Señoría, tengo que comunicarle una noticia que le va a resultar muy preocupante.

—De acuerdo —respondió ella con cara de confusión.

—Nos hemos enterado de que su hijo, Lenny, está construyendo casas en Old Dunes.

—Y le va muy bien.

—Sí. El problema es que Old Dunes es una propiedad oculta de Tidal Breeze Corporation de Miami.

Reaccionó con un shock auténtico. Inspiró, exhaló y parecía a punto de decir algo en respuesta, pero no le salieron las palabras. Su instinto le decía que debía creérselo porque Steven Mahon nunca diría algo así si no tenía pruebas fehacientes. Entonces el abogado puso una carpeta en la mesa.

—Ahí están todos los documentos que lo demuestran —anunció—. Tiene varias conexiones con el Caribe, algo que es habitual para Tidal Breeze. La empresa es de titularidad privada y muy hermética.

—A mi hijo le va muy bien y estoy muy orgullosa de él.

—Como debe ser. No hay nada en esa carpeta que diga nada en contra de su hijo. Y asumo que él tampoco conoce la identidad del verdadero propietario.

—Lo dudo mucho. Nunca hemos hablado del tema. No tengo ni idea, la verdad.

—Claro que no. Tidal Breeze se ha tomado muchas molestias para esconderse detrás de unas cuantas de sus empresas fantasma en paraísos fiscales, algo que ya había hecho antes.

Ella se quitó las gafas y se masajeó las sienes. Steven dejó que sufriera un poco.

—Esto es por lo del restaurante, ¿no? —dijo—. El mes pasado. Dije cosas que no debería después de la comida.

—Rotundamente no, señoría. —Claro que era por eso. Por supuesto que habló de más y lo hizo entrar en pánico y buscar la forma de conspirar para librarse de ella en el juicio. Ese comentario sobre un pleito importante pendiente fue un momento de descuido innecesario de una juez respetada. ¿Y qué había conseguido con esa revelación? Nada, a menos que en el fondo quisiera ayudar a Tidal Breeze; algo que Steven no había creído ni por un momento. Era obvio que no tenía ni idea de que la empresa había hecho esas maniobras para hacerse con la propiedad de Old Dunes.

—La verdad es que hablé de más y me he arrepentido desde entonces. No es nada propio de mí, ¿sabes?

—Soy consciente.

Ella recuperó la compostura.

—Tengo la mente abierta, Steven, y estoy dispuesta a escuchar a todas las partes.

«Ni mucho menos tiene la mente abierta».

—La verdad, señoría, es que consideramos que no es buena idea. Dijo usted lo que dijo y no hay duda sobre lo que piensa. Lo mejor será que se aparte.

—¿Estás sugiriendo que me recuse?

—Exacto. Usted no cree en el testimonio de nuestra clienta y testigo estrella. Señoría, ya ha tomado una decisión.

—No es cierto.

—No quiero discutir con usted, señoría. Si se niega a recusarse por propia voluntad, tendré que pedírselo formalmente al tribunal. La mejor forma de arreglar esto sin levantar polvareda es recusarse ahora. Podrá hacerlo sin especificar la razón. Solo tiene que escribir una página pidiendo al Tribulan Supremo que nombre a un juez especial para este caso.

—¿Y si no lo hago?

—Correrá el riesgo de pasar vergüenza. Presentaremos una petición de recusación alegando que tiene usted un importante conflicto de intereses, aunque inicialmente no especificaremos cuál es. La noticia aparecerá en primera plana. Si nos niega la moción, presentaremos una apelación. Y, señoría, con el debido respeto, también presentaremos una queja ante la Comisión de Ética Judicial. Más noticias que pueden ocupar primeras páginas.

Enrojeció de ira y estuvo a punto de responder, pero prefirió inspirar hondo antes de decir:

—Es una maniobra bastante agresiva, Steven. Estoy sorprendida.

—Yo me quedé igual cuando me di cuenta de que ya había tomado una decisión sobre la demanda.

—Cometí un error. Y tú lo estás cometiendo al intentar obligarme a apartarme del juicio.

—Estoy protegiendo a mi clienta, nada más. Y aprendí a ser así de agresivo cuando demandé a Exxon y DuPont. Déjelo ahora, señoría, antes de que esto tenga más repercusión. Hoy todavía puede controlar los daños, mañana tal vez no. Sé que se presentará a la reelección el año que viene.

—No te atrevas a mezclar la política en esto, Steven. Yo no me pongo a contar votos antes de emitir una sentencia.

—Claro que no. Pero los votantes no ven con buenos ojos a una jueza con un importante conflicto de intereses. Y una queja por conducta poco ética. Panther Cay no cuenta con mucho apoyo en la zona, mientras que usted tiene una reputación intachable, ¿para qué arriesgarla?

Ella volvió a quitarse las gafas y se limpió los ojos cansados con un pañuelo. Por fin se rindió y preguntó:

—¿Tidal Breeze era el promotor original de Old Dunes?

—No. La empresa consiguió meterse en el negocio en septiembre. Era una trampa, señoría. Una maniobra muy elaborada para utilizar a su hijo para ejercer presión sobre usted. Panther Cay vale mucho más que Old Dunes para Tidal Breeze. ¿Y por qué no hacerse con los dos?

—Mi hijo no ha hecho nada malo.

—Y yo ni he dicho eso ni lo he sugerido.

—Quiero que quede al margen de esto.

—Entonces recúsese.

—Déjeme pensarlo. Esto ha sido todo muy repentino.

—Esperaré veinticuatro horas, señoría, y después presentaré una petición de recusación.

—Estás forzando la mano, Steven.

—He aprendido de los mejores.

—No voy a olvidar esto.

—Ni yo tampoco.

13

A mediodía del día siguiente, la jueza Salazar presentó la documentación al secretario y envió copias a todos los abogados. Sin explicar cuál era la razón, se recusaba en ese pleito y le pedía al Tribunal Supremo que nombrara a un juez especial para ocuparse de él. Como la recusación era pública, no se molestó en informar a la prensa. Cuando Sid Larramore de *The Register* se enteró de las noticias, dos días después, la jueza Salazar estaba fuera de la ciudad tomándose unas cortas vacaciones.

9

La excavación

Para alejarse de los votantes que le habían dado la espalda y le habían arrebatado su puesto, Clifton Burch y su mujer se mudaron de la zona residencial de Orlando a la ciudad de St. Augustine, mucho más tranquila y junto al Atlántico. Había tenido el honor de servir como juez de distrito durante catorce años y sus compañeros y los abogados que se presentaban ante él lo tenían en muy alta estima. Durante su última campaña lo había sorprendido el feroz ataque de un desconocido juez conservador, que llenó internet y la televisión de anuncios en los que aseguraba que el juez Burch era «blando con los delincuentes». No era cierto y su historial hablaba por sí solo. Pero ese tipo de anuncios funcionaban muy bien cuando conseguían confundir y asustar a los votantes. Su repentino e imprevisto retiro fue traumático al principio, pero enseguida se dio cuenta de que podía mantenerse igual de ocupado sustituyendo a otros en juicios por todo el estado. El Tribunal Supremo siempre estaba buscando jueces jubilados a los que recurrir en casos importantes de los que huían los jueces locales. Al juez Burch, que tenía setenta y seis años, pero estaba en una forma estupenda, pronto se le conoció en los círculos jurídicos como el hombre al que recurrir, porque era organizado, eficiente, imparcial y no tenía problema en resolver ni la más espinosa de las disputas. No sabía nada sobre el juicio ni había oído hablar nunca de Dark Isle, Panther Cay, Tidal Breeze ni Barrier Island Legal Defense Fund. Recibió la llamada del secretario del Tribunal Supremo de Florida a las nueve y media de la mañana del martes 21 de abril, y a mediodía ya había hablado con todos los abogados y estaba revisando los alegatos. Prometió leer todas las declaraciones, revisar las diligencias de obtención de pruebas y ponerse al día para el fin de semana. Durante los últimos tres años había juzgado dos pleitos sobre titularidad de propiedades y conocía bien la ley. No era complicada. El juicio estaba programado para el 18 de mayo y no tenía por qué haber ningún retraso.

Steven estaba encantado con el nombramiento del juez Burch. Le caía bien Lydia Salazar, pero estaba comprometida, y no se arrepentía de haber conspirado para quitársela de en medio. Llamó a Gifford Knox a Charleston y le dio las gracias de nuevo por haberse lesionado. Gifford soltó una carcajada y prometió que iba a navegar hasta la isla inmediatamente para celebrarlo.

Hablaron de nuevo de dinero para la expedición a la isla. Gifford donó cinco mil dólares más, con lo que la cantidad total ascendía a quince mil. Steven había pasado la gorra entre «los verdes» y sus organizaciones sin ánimo de lucro y había conseguido veinticinco mil dólares. Bruce Cable había puesto diez mil dólares también.

Mercer añadió otros cinco mil y estuvo quejándose de que ese «proyecto Lovely» se estuviera convirtiendo en un agujero negro donde no hacían más que poner dinero.

La idea fue de Diane. Al principio el objetivo era visitar Dark Isle con un grupo de expertos, encontrar el cementerio que Lovely describía, localizar las tumbas, sacar unos cuantos huesos y hacer pruebas de ADN.

Tidal Breeze había elegido la defensa de negarlo todo y aseguraban que la historia de Lovely era inventada y que nunca había vivido en la isla. Y hasta el momento la otra parte no había podido encontrar ninguna prueba de lo contrario. Una vinculación de ADN con los antepasados de la familia Jackson acabaría con los argumentos de la empresa y supondría un daño importante a su credibilidad.

Diane convenció a Steven antes de Navidad y, aunque le preocupaba el coste, le dio luz verde para seguir adelante con cautela. Aunque ser cauta no era lo suyo, intentó actuar con moderación. Encontró el African Burial Project de Baltimore y pagó cien dólares para hacerse miembro. Su misión, según decían en su web, era localizar y conservar los lugares de enterramiento de los africanos esclavizados y reivindicar sus vidas, sus luchas y sus contribuciones. La mayoría de su obra se centraba de la mitad del Atlántico hacia el norte. Como era de esperar, los antiguos estados esclavistas, donde había muchos más cementerios perdidos, hasta entonces no habían mostrado mucho interés en el trabajo del African Burial Project. La asociación sin ánimo de lucro ni siquiera tenía presencia en el estado de Florida.

Pero eso estaba a punto de cambiar. Diane hizo tres viajes a Baltimore, un viaje de doce horas en coche de ida y otras tantas de vuelta, pagándose sus propios gastos. Utilizó su encanto para conocer y establecer una relación cordial con la directora ejecutiva, una antigua profesora de Derecho que se llamaba Marlo Wagner. Marlo se leyó el libro de Lovely en una noche y se quedó prendada de la historia al instante. ABP no contaba con un gran presupuesto, pero sí que tenía contactos en el mundo de la arqueología. Marlo conocía a muchos investigadores que no hacían otra cosa más que buscar huesos y cementerios antiguos que se suponía que nadie debía encontrar.

Además, Diane había hecho varias visitas durante el invierno a la Florida State University de Tallahassee. El doctor Gilfoy, el director del Departamento de Antropología, le explicó, más de una vez, que en su presupuesto no había dinero para hacer «una gran excavación» en un sitio como Dark Isle. Sus colegas, sus alumnos y él preferían ir a excavar a sitios más exóticos, como Egipto o China. Pero el doctor Gilfoy y unos cuantos arqueólogos jubilados de todo el estado tenían una pequeña empresa al margen de la universidad a la que tal vez sí le interesara el asunto. Diane le entregó todos los mapas, las fotos y los datos históricos que tenía, y el profesor por fin le explicó un día durante una comida que para un proyecto así haría falta un equipo de arqueólogos y alumnos que pasarían entre cinco y siete días en el lugar de la excavación, y eso tenía un coste que rondaría los treinta mil dólares. Hacía falta un buen fondo de contingencia porque el equipo no sabía a lo que se iba a enfrentar, sobre todo tras el paso del huracán Leo. Aunque hubiese existido, había muchas posibilidades de que la tormenta tropical se hubiera llevado por delante ese cementerio.

Mientras Steven tiraba de sus contactos en la comunidad conservacionista, Diane siguió intentándolo por otros lados con una determinación inquebrantable, recortando presupuestos y suplicando descuentos hasta que, por fin, reunieron suficiente dinero y talento para realizar el proyecto. Un equipo de tres arqueólogos de un socio de la ABE y otro igual de la empresa del doctor Gilfoy, en Tallahassee, pasarían varios días en la isla excavando en el cementerio, si lograban encontrarlo. Se le harían pruebas de ADN a todos los restos óseos en un laboratorio genético de Austin.

Steven contactó con el juez Burch y le contó su plan. Como Dark Isle no era oficialmente propiedad de nadie, la aprobación del tribunal no era necesaria, pero Steven creía que lo mejor para la demanda era informar de ello a todos los abogados.

Obviamente Tidal Breeze puso objeciones. En una videoconferencia, el juez Burch informó de repente a Mayes Barrow, Pete Riddle y Monty Martin de que sus objeciones les parecían frívolas, que solo le hacían perder el tiempo y que no tenía paciencia para esas tácticas. Tras la reprimenda, acabaron la videoconferencia lo antes posible e informaron a Wilson Larney. Cuando Steven y Diane colgaron, chocaron los cinco. Les gustaba ese juez. Les había dado luz verde y quería un informe en cuanto dispusieran de él.

3

El último obstáculo era Lovely Jackson. Como admiraba a Bruce y se sentía cómoda en la librería, Diane tomó la decisión de organizar otra reunión ahí. Como siempre, la llevó en coche hasta allí la señorita Naomi. Y como era habitual, Lovely se había engalanado con una túnica y un turbante coloridos. Bruce sirvió el café y les ofreció galletas de avena, las favoritas de ella. Después se quedó allí, en su despacho, porque Diane y Steven pensaron que era posible que necesitaran ayuda. Le iban a proponer algo que todavía no le habían mencionado a su clienta.

Steven empezó haciendo un resumen de la demanda, o «caso judicial» como lo llamaba él, para ponerla al día. El juicio tenía que empezar dentro de pocas semanas, después de meses de declaraciones, papeleos y demás. Por fin había llegado la hora de la verdad. En opinión de Steven, Tidal Breeze y los otros «malos» habían hecho muy bien su tarea de sembrar dudas sobre las afirmaciones de Lovely de que ella era la última y legítima propietaria de la isla. La mejor forma de demostrar que se equivocaban era ir a la isla, encontrar el cementerio y con suerte localizar los restos de sus antepasados. Ella le había asegurado varias veces a Diane que sabía exactamente dónde estaba enterrado cada uno.

Para explicarle a Lovely el milagro de las pruebas de ADN, semanas antes Diane empezó a contarle las historias de dos hombres a los que encarcelaron por error y tuvieron que permanecer en prisión muchos años, con muy pocas esperanzas de que los liberaran, hasta que los abogados convencieron a los jueces de que permitieran que se hicieran pruebas de ADN a unas muestras ocultas. Las pruebas demostraron que los hombres eran inocentes y sirvieron para identificar al verdadero culpable. A Lovely le encantó la historia, así que Diane le contó otra. Y otra más. Después le contó la de Thomas Jefferson y Sally Hemings, una de sus esclavas, y los seis hijos que tuvieron antes, durante y después de su presidencia. Durante décadas los historiadores blancos negaron que el presidente Jefferson hubiera mantenido a la señora Hemings como su amante, a pesar de que había muchos testimonios que lo demostraban. Pero las pruebas de ADN resolvieron el problema en 1998, cuando se demostró la conexión genética entre uno de los descendientes del presidente y otro de ella.

Diane le explicó que podría ser necesario que utilizaran el ADN para ganar su demanda de titularidad.

Lovely pareció intuir lo que estaba por venir y se puso a negar con la cabeza. Cerró los ojos y dijo:

—No puedo hacer eso.

Nadie dijo ni una palabra, porque no sabían qué decir.

—No puedo —repitió y abrió los ojos—. Nalla maldijo la isla cuando llegó. Empapó la playa con la sangre de Monk, el hombre blanco que la violaba en el barco. El que la dejó embarazada y con un hijo que era solo medio negro. En África, en su poblado natal, Nalla era una alta sacerdotisa de los espíritus africanos y curandera, era como la médica del pueblo. Hacía lo mismo en Dark Isle, y después de ella su hija, su nieta y todas las demás mujeres de la familia, las siete, hasta llegar a mí. La maldición de Nalla sigue en la arena de la playa de Dark Isle. Ningún hombre blanco ha pisado esa playa y vivido para contarlo.

Bruce y Steven se miraron. Ellos también habían oído la leyenda de la maldición, claro, pero eran demasiado sesudos para creérsela. Pero al oír a Lovely describirla, les pareció más plausible.

—Muchos hombres blancos han ido a la isla y no ha sobrevivido ninguno —insistió Lovely—. Los espíritus siguen allí y me contaron las historias. Oigo la voz de Nalla y de mis familiares. Sé que la maldición continúa ahí, en la arena. No se debe molestar a los espíritus.

El silencio se alargó mientras los blancos que había en la sala reflexionaban sobre lo que acababa de decir. La señorita Naomi se sentó junto a Lovely y le dio una palmadita en el brazo, pero parecía tan perpleja como los demás. Diane, que era incapaz de mostrarse tímida, fue la primera en hablar.

—¿Y la maldición afecta a las mujeres blancas?

Otro silencio prolongado mientras Lovely reflexionaba mirando al suelo.

—No lo sé. Se lo preguntaré a los espíritus.

Bruce no se había acercado nunca a Dark Isle y después de aquello tampoco es que tuviera ganas de hacerlo. Miró otra vez a Steven y le quedó claro que él pensaba lo mismo.

—Como sacerdotisa, ¿tienes el poder de levantar la maldición? —siguió preguntando Diane.

—No lo sé. No se ha hecho nunca. Le preguntaré a los espíritus. —Miró a la señorita Naomi y dijo—: Quiero irme a casa ya.

4

Pasaron dos días sin que supieran nada de Lovely. Diane llamó a la señorita Naomi dos veces, pero no obtuvo respuesta. Tuvo una larga conversación con Marlo Wagner y le explicó la situación. Al principio Marlo no se tomó en serio lo de la antigua maldición africana, pero lo reconsideró cuando se dio cuenta de que Diane y los demás sí le tenían miedo. La leyenda de Dark Isle incluía muchas historias de intrusos blancos que habían muerto de forma misteriosa. Marlo también recordaba algo que había leído en un libro sobre misticismo africano: la maldición se levantaba con la muerte de la curandera bruja, mística, sacerdotisa, o lo que fuera.

Diane le aseguró que Lovely era creíble. Verla y oírla los había convencido a todos.

—Casi podíamos sentir esos espíritus en la habitación —aseguró.

Así que empezaron una búsqueda de arqueólogos negros. Marlo conocía a dos que habían ayudado a African Burial Project y prometió llamarlos de inmediato.

Diane llamó al doctor Gilfoy de la FSU y le describió el giro de los acontecimientos. Él también se burló de la idea de la maldición, sobre todo si hablaban de una que se había lanzado hacía doscientos sesenta años. No le intimidaba lo más mínimo y estaba deseando ir a la isla a acometer la excavación.

5

Mientras tomaba un café, Bruce le dijo a Steven que tenía una nueva estrategia jurídica.

—¿Y desde cuándo te dedicas tú al asesoramiento legal? —preguntó Steven.

—Bueno, yo asesoro en muchos temas. La idea es la siguiente: quitad la demanda, dadle a Tidal Breeze luz verde y dejad que invadan la isla. Eso molestará a Lovely y a sus espíritus y se cargarán a unos cuantos arquitectos y operarios. Cuando Tidal Breeze empiece a perder gente, se olvidarán de todo, huirán y la isla estará salvada.

—Pues ya lo había pensado. Pero ¿y si no es más que una leyenda? ¿De verdad crees que una antigua maldición africana pesa sobre la isla?

—No, pero no tengo intención de pisar ese sitio. ¿Y tú?

—Soy abogado, no arqueólogo. Yo me voy a quedar aquí. Pero Diane está deseando meterse de lleno en ello.

—¿Y si Lovely dice que no?

—Iremos a juicio igualmente. Lo del ADN es una posibilidad remota de todas formas. Es difícil que encuentren unos huesos antiguos después de tantos años y sobre todo tras el paso de Leo.

—¿Y qué posibilidades hay sin las pruebas de ADN?

—Cincuenta-cincuenta. Nuestro mayor problema sigue siendo el mismo. Lovely admite que abandonó la isla hace sesenta y cinco años.

<h2 style="text-align:center">6</h2>

La señorita Naomi llamó por la noche. Diane estaba cuidándole la casa a Mercer, algo que hacía cada vez más a menudo.

—Hola, señorita Naomi.

—Lovely quiere hablar con usted por la mañana en su porche. Solo nosotras tres.

—Allí estaré. ¿A qué hora?

—A las diez. Y le agradecería que trajera galletas de coco.

—Lo haré.

El porche era tan estrecho que los dedos de los pies de las tres casi se tocaban. Tomaron café, comieron galletas y hablaron del tiempo hasta que Lovely dijo:

—Si yo voy, no pasará nada.

Diane esperó a que dijera algo más, pero no continuó.

—¿Quieres ir a la isla? —preguntó.

—Eso es. Si voy, puedo levantar la maldición. Y no encontrarán el cementerio sin mí.

—A ver si lo he entendido bien. ¿No pasará nada porque el equipo vaya a la isla, todos ellos, los blancos incluidos, pero solo si vamos contigo?

—Sí. Yo tengo que ir.

—¿Y puedo ir yo también?

—Quiero que vengas. Los espíritus están conmigo y saben que la gente buena está intentando ayudarme.

—Vale. ¿Cuándo podemos ir?

—El miércoles de la semana que viene habrá luna llena. Iremos a medianoche.

—¿A medianoche?

—Sí.

7

La gran barcaza se utilizaba para las excursiones al atardecer, cruceros con barra libre, fiestas privadas y visitas turísticas alrededor de Camino Island. Steven consiguió que su propietario se la alquilara durante una semana, supuestamente con descuento, por dos mil quinientos dólares. El equipo llegó al puerto principal de la isla la tarde del 22 de abril y empezó a cargar el equipo y los suministros en la embarcación.

El grupo consistía en dos hombres y una mujer, socios de African Burial Project. Los tres eran negros, gracias al encanto y la habilidad de Marlo Wagner, y los dirigía un tal doctor Sargent, director del Departamento de Antropología de la Howard University de Washington. La verdad era que cuando se corrió el rumor por las redes asociadas de que estaban preparando esa expedición, a Marlo le llegaron montones de solicitudes de voluntarios. Con buena disposición y una dosis de humor explicó que en este caso se buscaban expertos en tumbas negros por razones que se explicarían más adelante. Básicamente porque la excavación podía resultar peligrosa para los blancos. La mayoría de los arqueólogos, negros y blancos, se conocían y muchos habían trabajado juntos.

El equipo de blancos lo dirigía el doctor Gilfoy, que años atrás había estudiado con el doctor Sargent en Cornell. Los seis tenían doctorados y habían hecho trabajo de campo, aparte de la docencia. El doctor Sargent había publicado dos libros sobre enterramientos africanos perdidos y se le consideraba un experto en la materia.

Cuando anocheció, llegó Bruce Cable con Claude, del catering Cajun Caterer, y una caja de vino. La cena se sirvió bajo la carpa de la barcaza y el equipo degustó gumbo, jambalaya y *étouffée* de cangrejos. No escatimaron con el vino, la cerveza y las historias. Todos tenían alguna que contar y eran oradores experimentados que habían vivido experiencias increíbles en excavaciones en junglas, montañas y desiertos de todo el mundo. Con el paso de las horas, quedó claro que el doctor Sargent contaba las mejores historias y tenía una mayor experiencia en enterramientos africanos. Por ello, sin que diera la impresión de ser avasallador ni ambicioso, tomó el mando gradualmente. Había muchos egos en esa mesa, pero todos estaban acostumbrados al trabajo en equipo en lugares difíciles.

A las diez de la noche, como estaba previsto, Diane y Mercer llegaron con Lovely Jackson, que había decidido abandonar por un día sus túnicas y turbantes coloridos y llevaba unos vaqueros viejos, botas y una camisa de color caqui que era tres tallas más grande de lo que necesitaba. Todo aquello era por ella, así que se tomó su tiempo para saludar a todo el equipo, que por su parte se mostró encantado de conocerla.

Mercer había pedido una semana de permiso en la universidad, algo que a su decano no le gustó, pero tampoco es que tuviera elección. Ella tenía un importante contrato editorial, algo con lo que los otros profesores solo podían soñar.

Se reunieron alrededor de la mesa y revisaron mapas y fotos aéreas de Dark Isle, antes y después del huracán Leo. Lovely nunca había visto la isla desde el aire y tardó un poco en orientarse. Señaló una pequeña cala donde había un muelle para amarrar las barcas. Estaba en la parte este de la isla, frente a Santa Rosa, pero Leo se la había llevado por delante. Había un corto trayecto entre el muelle y el asentamiento. El cementerio estaba en la parte oeste de la isla, en un promontorio que era el punto más alto del lugar.

Los arqueólogos habían parcelado cada metro cuadrado de la isla, o al menos todo lo que se veía desde el aire. La densidad de la jungla y los daños que había provocado Leo habían hecho que no se viera ningún resto del asentamiento. Señalaron aquí y allá en varios mapas, le preguntaron a Lovely, pensaron un poco más y por fin idearon un plan.

A las once Ronnie, el capitán del barco, arrancó los motores. Bruce y Steven ayudaron a apartar la barcaza del muelle y se despidieron.

—Si no os vuelvo a ver, no os preocupéis que no enviaré un equipo de rescate —gritó Bruce.

Todos se echaron a reír.

Avanzando por las aguas tranquilas bajo la luna llena, las cosas se fueron calmando según iban dejando atrás Santa Rosa y Dark Isle apareció ante ellos. Veinte minutos después de abandonar el puerto, Ronnie bajó las revoluciones y apagó los motores.

—Hay un metro y medio de agua aquí, ¿está bien?

—Sí —contestó Diane.

Bajaron una barca auxiliar por la parte de estribor y Ronnie la soltó de la barcaza. Diane fue la primera en subir y necesitó un instante para encontrar el equilibrio. Mercer fue la segunda.

—Cuidado —le dijo a Lovely, a quien Ronnie estaba ayudando a bajar y tenía cogida del brazo. La barca se tambaleó y Lovely se ladeó, pero Diane la agarró y la ayudó a sentarse en el banco. Ronnie le pasó a Diane tres bolsas de lona grandes y dijo:

—La corriente os llevará hasta la orilla, pero hay un remo también por si lo necesitáis.

La barquita se fue alejando de la embarcación más grande. Diane encendió una linterna y examinó la playa, que estaba a unos treinta metros. La orilla y en general toda la isla estaba oscura como la boca del lobo. Se dio la vuelta y examinó con el haz de luz lo que tenía detrás para ver la barcaza, como si quisiera asegurarse de que la embarcación y el equipo seguían allí. Todos estaban apoyados en la barandilla, observando como hipnotizados. La luna salió de detrás de una nube e iluminó la orilla. Mercer cogió el remo, una herramienta que no sabía usar, y consiguió salpicar un poco con él. No tenía muy claro si sus esfuerzos servían de algo, pero sí que parecía que la barquita se iba acercando a tierra.

Lovely estaba sentada en la proa, mirando hacia delante, en silencio, inmutable mientras la barquita avanzaba despacio. Cuando era niña jugaba mucho en el agua, pero nunca había estado en un barco. Eso era un trabajo para los hombres: pescar peces y gambas y negociar con los comerciantes en The Docks y alrededor de las fábricas de conservas. Ella había aprendido a nadar y no le tenía miedo al agua, pero todo eso había pasado hacía mucho tiempo. Pensó en Nalla y en su violenta y horrible llegada a la playa. Tras un naufragio, desnuda, hambrienta y traumatizada primero por la travesía y después por la tormenta. Nunca dejaba de acordarse de ella.

Diane tenía un nudo en el estómago y no recordaba haber estado tan asustada en la vida, pero también notaba que la adrenalina recorría sus venas. Estaba justo donde quería estar y confiaba en que Lovely la protegiera. Mercer dejó el remo e intentó disfrutar del momento.

El fondo de la barquita rozó la arena. Las olas iban a morir suavemente a la playa. Lovely empezó a desatarse las botas, se las quitó y se remangó los vaqueros hasta las rodillas. Sus primeras palabras tras mucho rato de silencio fueron:

—Quedaos aquí hasta que os llame. Y apagad las luces.

Pasó despacio una pierna por encima de la borda y bajó al agua. Solo le llegaba un poco por encima de los tobillos. Cogió una de las bolsas de lona y examinó la playa. Se puso a caminar hacia ella despacio y no tardó en pisar la arena húmeda.

Las nubes se movían. Cuando la luna asomaba, Diane y Mercer la veían con claridad. Cuando desaparecía, solo podían distinguir a duras penas su silueta.

Lovely avanzó hasta quedar a medio camino de las dunas, se detuvo y encontró el sitio adecuado. De la bolsa sacó una pequeña antorcha con un palo largo y lo clavó unos quince centímetros en la arena. Cuando se quedó fija, sacó otra y la colocó a unos tres metros de la primera. Sacó un mechero.

Las mechas de algodón estaban empapadas en alcohol de quemar y prendieron enseguida. Las dos antorchas resplandecieron en la oscuridad.

De pie entre ambas, Lovely levantó los dos brazos y los extendió hacia los lados. Habló tan bajo que casi ni ella era capaz de oírse e invocó al espíritu de Nalla. Cuando este acudió, invocó a Candace, Sabra, Marya, Adora, Charity y Essie; todas las abuelas de su familia materna. Después llamó a su madre, Ruth. Cuando todos los espíritus estuvieron reunidos, rezó para que Nalla acabara con la maldición.

Desde la barca, Diane y Mercer la observaron fascinadas y sin decir una palabra. Se habían mostrado escépticas, como mínimo, pero en ese momento lo que tenían delante era sin duda algo real.

Desde la barcaza, todo el equipo miraba con la boca abierta las antorchas lejanas y a Lovely entre ellas. Eran arqueólogos experimentados que habían viajado por todo el mundo y visto muchas cosas, pero nunca volverían a presenciar una escena como aquella.

El lejano sonido del trueno los trajo de vuelta a la realidad bruscamente.

8

Lovely volvió a la barca y le dijo a Diane que avisara a la barcaza de que la isla ya era segura.

Ronnie arrancó otra vez el motor solo para conseguir un poco de impulso, después lo apagó y lo elevó. La barcaza se acercó despacio y encalló en la arena al lado de la barquita. Pero nadie parecía estar deseando bajar.

—Creo que deberían salir los blancos primero —sugirió el doctor Sargent.

—Mejor vamos detrás de vosotros —replicó el doctor Gilfoy.

—Tenemos que ir todos hacia Lovely uno por uno, pasar entre las antorchas y entonces ella dirá una oración. Después estaremos protegidos —afirmó Diane.

—¿Estás segura? —preguntó Gilfoy.

—No, pero vamos a hacer lo que dice Lovely. Seguidme.

Una tormenta eléctrica apareció sobre Cumberland Island, al norte. Los truenos cada vez eran más fuertes, pero todavía estaban lejos.

Todos caminaron un poco por la playa y se pararon junto a Lovely. Diane fue la primera en colocarse entre las antorchas y miró a Lovely, que le puso la mano izquierda en el hombro, cerró los ojos y murmuró algo. Diane no tenía ni idea de qué había dicho y no se sintió diferente cuando terminó de recitar la oración. Mercer fue la siguiente que se sometió al mismo ritual.

Ordenadamente, sin prestarle atención a la tormenta, Lovely fue bendiciendo a los seis arqueólogos, uno por uno. Después les explicó que la isla ya era segura para ellos y que podían ponerse a trabajar.

La primera orden que se dio fue la de descargar la barcaza. Ronnie permanecería en ella. Gilfoy le preguntó a Lovely:

—¿Él puede bajar a la isla?

—Mejor que se quede en el barco.

—Está bien.

Montaron el campamento cerca de las antorchas, a unos treinta metros de la orilla, lo bastante lejos para no tener que preocuparse cuando subiera la marea. El doctor Gilfoy y el doctor Sargent estuvieron de acuerdo en que lo mejor era acampar en la playa, lejos de los peligros de la jungla. Gilfoy estuvo a punto de morir cuanto tenía treinta años, tras la picadura de una cobra en la India, y prefería evitar tener más encuentros con serpientes venenosas. Sargent sabía que muchas islas desiertas de Low Country estaban llenas de serpientes de cascabel diamantinas orientales. Él había visto unas cuantas de un tamaño impresionante disecadas y expuestas en una vitrina.

El equipo empezó a montar las tiendas mientras los demás iban y venían desde la barcaza trayendo los suministros. Cuando lo descargaron todo, Ronnie se despidió, les deseó suerte y dijo que lo llamaran si necesitaban algo. No dejaba de vigilar la tormenta mientras se alejaba.

El equipo había pensado en ir y venir todos los días desde la isla con la barcaza. Alojarse en un hotel bonito de Camino Island y comer en sus restaurantes sería mucho más agradable, pero a los arqueólogos les gustaban más los viajes en los que tenían que llevar el papel higiénico en la mochila. Estaban deseando experimentar la emoción de sobrevivir a una tormenta. En una excavación les gustaba dormir en el suelo y cocinar en una fogata. Los seis disfrutaban al contar esas largas historias de las grandes excavaciones de sus vidas, expediciones duras que los habían alejado del mundo moderno.

Diane y Mercer compartían una tienda grande, la tienda de las chicas, con Lovely y la doctora Pennington, una investigadora de la Howard University y una veterana de varias excavaciones en enterramientos africanos. Tenía cuatro catres con colchones hinchables. A las dos y media se fueran a dormir y apagaron las luces. Se oían murmullos en las otras dos tiendas mientras los demás se acomodaban. Todo estaba tranquilo y en silencio hasta que cayó un rayo cerca, seguido por un trueno. Entonces empezó a caer la lluvia.

9

A ratos era fuerte e implacable y no paró hasta el amanecer, cuando por fin se atrevieron a salir, con los ojos enrojecidos por la falta de sueño, para evaluar los daños y preparar café. Obviamente todo estaba empapado, pero el campamento había aguantado. La tienda donde guardaban los suministros era de una lona más resistente y una estructura más fuerte y estaba en perfectas condiciones. Pronto hubo una cafetera calentándose sobre un mechero Coleman. La mañana estaba nublada y hacía fresco. El pronóstico decía que no iba a llover y la temperatura máxima sería de unos veintiséis grados, un tiempo perfecto para excavar, pero las nubes no acababan de alejarse e interferían en la cobertura de los móviles, que era inestable incluso cuando había buen tiempo. También el funcionamiento de internet era errático.

Tres «exploradores» se fueron a echar un vistazo, mientras los demás preparaban el desayuno y hacían inventario del equipamiento. Lovely consiguió dormir hasta las ocho de la mañana a pesar del ruido. Cuando salió de la tienda, cogió la taza de café que le tendía Diane y se lo agradeció. Después le dijo al resto que se había dado cuenta de algo durante la noche. Estaban buscando el cementerio, no el asentamiento, y acababa de recordar que el cementerio estaba más cerca del puerto, al otro lado de la isla. Sacaron otra vez los mapas para estudiarlos. Los exploradores volvieron con caras muy serias e informaron de que iban a tener que levantar bastante peso.

—Llevaos las motosierras —aconsejó uno.

Mientras se tomaban el desayuno de avena instantánea y plátanos, decidieron que era mejor utilizar el barco. Llamaron por radio a Ronnie y le pidieron que volviera a la isla. Llegó una hora después y dijo que el pronóstico más actualizado del tiempo hablaba de cielos cubiertos, pero nada de lluvia. Cargaron comida y equipo en la barcaza y Ronnie dio la vuelta a la isla hacia la bahía que estaba a menos de un kilómetro y medio del continente. El doctor Gilfoy señaló y dijo:

—Ahí es donde el estado quiere construir un puente si se aprueba lo de Panther Cay.

A las once y media, el grupo cargó un montón de equipo (tres palas plegables, palas de mano, cinceles, dos motosierras, dos machetes, gafas protectoras, lonas, un botiquín, un arma corta, cámaras, bocadillos y agua) y se dirigió a la jungla en busca de un sendero que Lovely estaba segura de que lograrían encontrar. Pero no pudieron.

Diane y Mercer se quedaron en la barcaza con Lovely, bajo una carpa, y se prepararon para pasar el rato. Ronnie colgó tres hamacas y las invitó a relajarse. Habían hablado mucho sobre la resistencia de Lovely y la cantidad de «caminos agrestes» que podía recorrer. Estaba en buena forma para sus ochenta años, pero sin duda no podía abrirse paso en medio de una jungla. La intención inicial era hallar el cementerio sin su ayuda y, cuando lo hicieran, ver si podía llegar hasta allí para ayudarlos a localizar las tumbas.

Mercer se desperezó en una hamaca, abrió un libro y se quedó dormida enseguida. Diane se puso los auriculares y se echó una cabezadita. Lovely estaba sentada en una silla en la cubierta, a la sombra, y miraba hacia el agua, perdida en sus recuerdos.

10

El equipo volvió intacto cinco horas después. No habían encontrado ni rastro de nada que se pareciera remotamente a un sendero y pronto se percataron de que tendrían que crearlo ellos. Esa era la mala noticia. La buena era que los tres blancos seguían con vida. La protección contra la maldición de Lovely estaba funcionando.

Habían visto tres cascabeles y matado dos. Hasta el momento no había señales de panteras ni linces. A veces las nubes de insectos eran tan densas como la niebla. Los mosquitos eran enormes, pero no podían con su repelente. Los daños que había causado Leo eran peores de lo que esperaban. Miles de árboles habían sido desgajados y arrastrados hasta amontonarlos como si no fueran más que pilas de troncos. La isla tenía poco más de un kilómetro y medio de ancho y habían conseguido abrirse camino a lo largo de un tercio de esa distancia tal vez. Pero todavía no habían visto nada que pareciera creado por un humano.

Ronnie arrancó y dieron la vuelta a la bahía para regresar a la parte que daba al océano. Los dejó en la playa y se despidió. Se repartieron cervezas frías para todos, menos para Lovely. Hicieron una fogata en un agujero y el equipo se preparó para descansar. Estaban exhaustos, así que decidieron cenar bocadillos e irse a dormir temprano.

11

Las panteras esperaron a que la isla estuviera completamente a oscuras de nuevo. Como si estuvieran ejecutando una coreografía, una se situó cincuenta metros por encima de la isla por el norte y su compañera al sur. La primera emitió un rugido grave que se fue volviendo más fuerte y que sonaba como si estuviera a punto de atacar.

Solo pasaron segundos hasta que recibió la respuesta desde el otro lado. Un aullido potente que atravesó la noche y asustó al equipo que dormía. Cuando oyó la respuesta que venía del sur, Diane se sobresaltó y estuvo a punto de chillar.

Las panteras siguieron con su conversación, gritándose la una a la otra mientras empezaban a encenderse linternas en el interior de las tiendas.

Aunque un arqueólogo tenga miedo, lo oculta. De modo que los seis se incorporaron en sus camastros y escucharon, obviamente desconcertados. Diane se cubrió la cabeza con la sábana. Mercer apenas se atrevía a respirar. La doctora Pennington solo esperaba el siguiente aullido. Pero Lovely apoyó los pies en el suelo cubierto por la lona y sonrió.

Más rugidos poderosos de panteras en rápida sucesión.

—¿Qué es eso? —preguntó Diane, asomándose un poco desde debajo de las sábanas.

—Dos panteras —dijo Lovely con total tranquilidad—. Macho y hembra. ¿Nunca has oído rugir a una pantera?

—No, por raro que te pueda parecer.

—Yo las oía todo el rato cuando era pequeña.

—¿Qué hacen?

—Más bien qué van a hacer —aclaró la doctora Pennington—. Es la época de apareamiento, ¿no, Lovely?

—Creo que sí. Es primavera. Ya estaban aquí antes. Pero es mejor no molestar a una pantera, sobre todo en esta época del año.

—¿Y las estamos molestando nosotros? No parecen muy contentas.

—Es su isla —respondió Lovely—. No, no les gusta que estemos aquí.

Eran casi las dos de la madrugada. Las tres tiendas tenían las cremalleras cerradas y nadie se atrevió a salir. Pasaron varios minutos con todos ellos nerviosos, esperando más ruidos o, peor, un ataque. Pero las panteras se fueron.

Les costó dormir, pero lo consiguieron. No habían pegado ojo la noche anterior y su primera incursión en la jungla los había agotado. Pronto volvieron a dejarse llevar por el sueño. Estaban totalmente ajenos a todo cuando una pantera se acercó a medio metro del camastro del doctor Gilfoy y gruñó desde el otro lado de la lona. Había otra frente a la puerta de la tienda de las chicas y rugió en respuesta. Una más estaba arañando la puerta de la tienda de los suministros.

Y siguieron toda la noche así. Las panteras fueron a ver a sus visitantes varias veces al abrigo de la oscuridad. Sus tiendas les producían curiosidad y las atraía el olor de la comida.

12

Cuando salió el sol, el doctor Sargent y el doctor Gilfoy estaban sentados en la arena junto a la orilla, tomando café de la primera cafetera del día y hablando en voz baja. Les preocupaba que ese proyecto fuera una pérdida de tiempo. No habían dado con nada que les diera la más mínima esperanza, ni en las pilas de desechos ni en lo más profundo de la jungla. Nada indicaba que alguna vez hubo humanos allí. Solo se veían las habituales latas de cerveza y botellas de plástico que traía la marea, pero nada más. Ni trozos de cristal o papel, tablas, tallas de madera, trozos de tela o piedras pulidas... Ni una pista de lo que normalmente descubrían cuando buscaban una civilización perdida.

Después de día y medio en la jungla, estaban desanimados. Pero eso no era nada nuevo para ellos. Habían planificado siete días para el proyecto y calculado el presupuesto para ese tiempo, y ellos nunca huían de un reto. Todos habían leído el libro de Lovely y creían su historia. Las pruebas que no se había llevado por delante la tormenta seguían enterradas en la isla y estaban decididos a sacarlas a la luz.

Necesitaban esos huesos.

Durante el desayuno consultaron más mapas y fotos aéreas, todas anteriores al huracán, y por lo tanto obsoletas. Tomaron la decisión de no contar con la barcaza ese día y abrirse paso por la jungla desde la parte que daba al océano. Metieron el equipo en las mochilas y salieron del campamento justo pasadas las nueve. Diane y Mercer después ordenaron el lugar y se relajaron bajo la carpa con Lovely. La cobertura de los móviles y de internet seguía siendo inestable.

Diane dejó su libro y preguntó:

—¿Cuántas veces piensas en Nalla?

Lovely sonrió.

—Todo el rato. Siempre creímos que las otras mujeres y ella llegaron a la costa más o menos por esta zona hace doscientos sesenta años. —Miró hacia el mar como si estuviera buscando un barco—. Una esclava, embarazada de un hombre blanco, capturada y trasladada con cadenas antes de enviarla al otro lado del océano, como un animal. Creo que la tormenta fue una suerte, ¿no os parece?

—No lo llamaría yo así.

—Yo creo que tuvo suerte de encontrar esta isla. Aquí no eran esclavos. Lucharon y mataron a los blancos que vinieron a capturarlos y se protegieron entre ellos.

—Pero ahora los blancos han vuelto —apuntó Mercer.

—Sí, y esta vez están utilizando el dinero, los abogados y los tribunales, no las armas, para hacerse con la isla. Pero vamos a ganarles, ¿a que sí, Diane?

—Eso es lo que yo creo.

Lovely cogió su bastón.

—Vamos a pasear por la playa mientras está nublado.

La arena estaba más firme junto al agua y todas se quitaron las botas. Lovely tenía el bastón en la mano derecha y apoyaba la izquierda en el brazo de Mercer.

Pero caminar era agotador y tuvieron de dar la vuelta. De

nuevo en el campamento, oyeron el lejano chirrido de una motosierra.

13

Lo que daba más miedo de una cascabel diamantina no eran sus colmillos venenosos, sino el cascabel. Ese sonido solo significaba una cosa: la serpiente te había visto u oído antes que tú a ella y estaba enfadada, asustada y lista para protegerse. Si tenías suerte y la veías poco después de oír el cascabel, podías apartarte y dejarle espacio. Pero cuando lo oías y no encontrabas a la serpiente, ahí sí que te podías asustar.

Después de oír el cascabel dos veces, pero no llegar a verla, el equipo tenía ya los nervios de punta. Pararon a beber agua y se sentaron en el tronco de un roble caído, escuchando a las serpientes. El doctor Gilfoy dio un trago, se limpió la boca con la manga y vio algo en una pila de ramas podridas a unos nueve metros. Era un destello como de metal. Con una pala en la mano se acercó al montón y lo removió. Con cuidado levantó un trozo de tabla de medio metro, parcialmente podrida y cubierta de barro.

—¡Es una bisagra! —anunció emocionado. Los otros cinco se acercaron para inspeccionar el hallazgo. Acababan de localizar el primer rastro de civilización.

—Un pernio de siete centímetros y medio de una puerta —anunció uno.

—Hierro forjado antiguo —dijo otro.

—¿Podría ser la bisagra de un armario?

—No, tiene más de siete centímetros. Es demasiado grande.

—Remate de punta de aguja. Definitivamente es de una puerta.

—¿Y qué antigüedad?

—Cien años.

—Sí, principios del siglo xx.

Se la fueron pasando para que todos pudieran tocarla. Un diamante de color raro no habría resultado tan precioso para ellos.

—Pues ya sabemos con seguridad que hace un siglo hubo una vivienda cerca y era lo bastante avanzada para tener bisagras de hierro en las puertas —anunció el doctor Sargent—. Y si miramos la línea de árboles, está claro que aquí empieza a elevarse el terreno. Lovely dijo que el cementerio estaba en el punto más alto de la isla. Si esta es la zona de las casas, ¿las tumbas estarán ahí arriba?

—Es posible —dijo la doctora Pennington.

—Vamos a probar.

Durante una hora cortaron la maleza para abrir un camino hasta la cumbre de un leve promontorio y se detuvieron en un pequeño claro cubierto de malas hierbas y unos densos matorrales. Lovely aseguraba que no había árboles en el cementerio. Ese claro en la jungla podría ser el lugar. Siguieron cortando y desbrozando durante una hora más, pero no vieron nada y pararon para comer.

El doctor Sargent se fue detrás de un grueso árbol para orinar. En una zona donde había unos cuantos árboles jóvenes se fijó en una hilera de hendiduras, cubiertas de hierba, separadas más o menos por medio metro unas de otras. Lovely aseguró que no había lápidas para marcar las tumbas, porque no había piedras ni rocas en la isla, por lo que cada tumba estaba marcada con una pequeña cruz de madera con el nombre del difunto tallado.

—Creo que pueden ser las tumbas —aventuró Sargent.

Y empezaron a cavar.

14

Como no les quedaban muchas horas de luz, decidieron dejarlo por ese día y volver al campamento. Lo último que necesitaban era preocuparse de acabar perdidos en la oscuridad. Dejaron las motosierras, las palas y otras herramientas bajo un árbol, cubiertas por una lona azul. Se llevaron los machetes y el arma para enfrentarse a las cascabel. El doctor Gilfoy tenía una pequeña lata de pintura naranja y fue marcando los árboles en el camino de vuelta. Ahora que sabían cómo llegar, solo tardaron treinta minutos en regresar.

Se preguntaban si Lovely podría hacer ese camino, pero ella insistió en estar presente en el cementerio si encontraban esos huesos. Tenían instrucciones clarísimas de no sacar nada de las tumbas si ella no estaba presente. Si no los espíritus podían enfadarse.

Tras una ronda de cervezas, cenaron estofado de carne de lata y galletitas para el queso, y después acercaron las sillas a la fogata. No eran las ocho de la tarde todavía, demasiado temprano para irse a dormir, aunque necesitaban recuperar algo de sueño desesperadamente. Todos se habían pasado el día bromeando sobre las panteras que no les habían dejado dormir la noche anterior. Seguro que los dejaban en paz esa noche.

El doctor Gilfoy les preguntó a los otros arqueólogos afroamericanos por otros enterramientos de esclavos en los que habían trabajo y entonces contaron varias historias. El doctor Sargent era quien había estado presente en el que seguramente era el descubrimiento más famoso. En 1991, en Lower Manhattan, un constructor estaba preparando el terreno para la construcción de un nuevo juzgado federal y descubrió las tumbas de varias docenas de esclavos, todos en ataúdes de madera. Hubo una gran controversia desde diferentes ámbitos y tuvieron que retrasar la construcción. Los arqueólogos acudieron al lugar y encontraron todavía más tumbas. En total, los historiadores estimaban que habría entre quince mil y veinte mil afroamericanos enterrados allí, y no en una fosa común, sino en ataúdes individuales. Algunos eran libertos, pero la mayoría eran esclavos. La mitad eran niños, una evidencia de la alta tasa de mortalidad infantil. Contabilizaron un total de cuatrocientos diecinueve ataúdes, con sus nombres, y se erigió un monumento en su memoria. El juzgado federal se construyó en otro emplazamiento.

Lovely les contó la historia de la muerte y entierro de su padre. Estaba en su libro y todos los que había alrededor del fuego la habían leído. Jeremiah murió en 1948. Metieron su cadáver en un ataúd que había construido su hermano, que era carpintero. Y ella nunca olvidaría cómo fue el momento en que lo bajaron al fondo de la tumba.

Como la de los demás, miraba hacia el este, donde estaba el océano y su hogar en África.

—Lo encontraremos mañana —prometió Sargent.

15

La noche era tranquila y silenciosa y no la interrumpieron ni las tormentas ni los animales salvajes. Se levantaron al amanecer; estaban deseando empezar un largo y productivo día con las palas. El desayuno consistió de nuevo en avena con fruta y mucho café cargado. El plan era que Lovely saliera temprano con ellos y supervisara la apertura de las tumbas. Si necesitaba descansar, la mitad del equipo acompañaría a la anciana, a Diane y a Mercer de vuelta al campamento.

Cuando entraron en la jungla, ella se quedó asombrada y triste por la destrucción que tenía delante.

—No me lo puedo creer —murmuraba una y otra vez.

Se detuvieron junto al montón de madera y desechos. El doctor Gilfoy le enseñó la bisagra y el trozo de la puerta a la que pertenecía.

—¿Es posible que el asentamiento estuviera por aquí?

—No lo sé —contestó, desconcertada—. Está todo muy diferente, tan destruido. —Se quedó pensando un momento mientras miraba a su alrededor—. Quizá. Sí, es posible que las casas estuvieran aquí. El cementerio debería estar por allí. —Y señaló en la dirección correcta.

Cuando el terreno empezó a ser más empinado, a Lovely le costó mantener el equilibrio. Se apoyó en Mercer y en el bastón y fue avanzando poco a poco. Tres de los arqueólogos iban delante de ella, despejando el camino y buscando serpientes. Los otros tres los seguían detrás pacientemente.

Lovely había hecho una lista de los antepasados que tenía enterrados en la isla. Eran setenta y tres en total, aunque algunos estaban enterrados en otros sitios. Un tío abuelo se había distanciado de la familia por una historia de amor y se fue del asentamiento. Su gente y él tenían su propio cementerio. Cuando era niña conocía otras ubicaciones de enterramientos más pequeños en diferentes puntos de la isla. Doscientos años antes, a los muertos se los enterraba en tumbas poco profundas y sin ataúd.

Se detuvieron donde habían estado trabajando el día anterior, en el claro. Ya habían quitado las malas hierbas, las enredaderas y el resto de la maleza.

—Hemos encontrado unas cuantas tumbas aquí —explicó el doctor Sargent—. ¿Te suena algo?

Ella sacudió la cabeza y se limpió las mejillas.

—Tenemos que empezar por alguna parte, Lovely.

—No sé. Es que nada está igual —dijo.

Quitaron la lona azul y cogieron las palas y las herramientas. Colgaron la lona para que los protegiera del sol y les diera sombra y Lovely se sentó debajo. Estaba abrumada y emocionada, así que la dejaron tranquila.

La hilera de hendiduras en la tierra parecía la mejor zona para comenzar a cavar. En media hora desenterraron unos huesos demasiado pequeños para ser de un adulto, que además no estaban intactos. El cráneo estaba aplastado y le faltaban los pies. Estaban a menos de medio metro de la superficie y no había ataúd. Lovely apartó a todo el mundo y se arrodilló al lado de la tumba. Colocó las manos sobre los huesos, sin tocarlos, cerró los ojos y murmuró una oración. Entonces miró las otras hendiduras y dijo:

—Ya lo recuerdo. Las tumbas de los niños, enterrados mucho antes de mi época, cuando no utilizaban ataúdes. —Se levantó, miró alrededor y señaló—. Poco después de que muriera Nalla, hubo unas fiebres en la isla que mataron a la mayoría de los niños. Los enterraron aquí, uno al lado del otro, en tumbas poco profundas porque tenían que hacerlo deprisa. —Señaló de nuevo y continuó—: Mi gente está allá, en aquella esquina del cementerio.

En ese espacio había un grupo de arbustos espinosos y enredaderas, donde seguro que se ocultaban serpientes. El equipo dejó las palas y se puso manos a la obra con los machetes, las desbrozadoras y las motosierras. Durante dos horas estuvieron cortando maleza, robles jóvenes y densos arbustos, y lo tiraron todo a un rincón donde, con suerte, no tendrían que volver a tocarlo. Cuando el terreno estuvo limpio y despejado, estudiaron la tierra y hablaron acerca de la distribución del cementerio. En un punto había un pequeño desnivel que, cuando lo examinaron con detenimiento y lo analizaron los expertos, les pareció que estaba fuera de lugar, así que se pusieron a trabajar con las palas. El suelo arenoso era blando y no resultaba difícil cavar en él, aunque eso no fuera necesariamente algo bueno. Si encontraban restos humanos, seguramente estarían hechos un desastre. La humedad propiciaba un deterioro más rápido del cuerpo humano y estropeaba los rastros de ADN.

Cuando llevaban casi un metro, una de las palas golpeó algo sólido. Era madera. Cuatro de ellos se pusieron a cavar con energía, pero también con cuidado, y pronto sacaron una esquina de lo que identificaron como un ataúd. Era antiguo, seguro; la parte superior estaba podrida y los lados se habían hundido. Cuando le quitaron toda la tierra posible, empezaron a encontrar huesos tirados por allí.

Los expertos establecieron el tamaño de la ola provocada por el huracán Leo, que azotó Camino Island, en más de ocho metros. Como Dark Isle no tenía habitantes, allí no se midieron los vientos ni la profundidad de la ola. El leve promontorio en el que trabajaban estaba a unos seis metros sobre el nivel del mar, y habían asumido que toda la isla quedó bajo el agua durante la tormenta. Viendo los montones de árboles podridos, no costaba creer que una ola enorme lo hubiera arrasado todo.

Al revisar los restos óseos, los arqueólogos estuvieron de acuerdo en que el agua de la inundación había empapado el ataúd.

Lovely se acercó a los huesos, recitó una oración que era totalmente indescifrable para el resto del grupo, y volvió a la sombra de la lona. A mediodía ya estaban exhaustos y muertos de hambre y decidieron regresar al campamento. Lovely necesitaba echarse una siesta.

16

A continuación abrieron una segunda y una tercera tumba. Los ataúdes también estaban podridos y los huesos desperdigados dentro. No habían enterrado nada de valor o de interés con los cadáveres. Lovely los bendijo a todos y se apartó para que el equipo reuniera los huesos, los limpiara, examinara los fragmentos, buscara pistas y lo grabara y fotografiara todo. Cuando empezó a atardecer, cubrieron la zona de trabajo con más lonas azules y volvieron al campamento.

17

El cementerio era el sueño de cualquier arqueólogo. Había muchas tumbas con ataúdes antiguos llenos de restos humanos y resultaba tentador olvidarse de su misión, que era vincular alguno de esos huesos con el ADN de Lovely. Después de tres días sin parar de cavar se dieron cuenta de que podían seguir así durante semanas.

Pero Lovely ya estaba lista para irse. Todo el mundo quería ducharse y comer caliente. Cuando por fin acordaron que ya tenían suficientes pistas, el doctor Sargent llamó a Ronnie para que viniera con la barcaza.

18

Seis días más tarde, Steven recibió una llamada del laboratorio de ADN de Austin. De las ocho muestras (cinco huesos y tres dientes) que habían sacado de cuatro ataúdes diferentes, seis no tenían suficiente tejido para compararlas con la muestra de sangre de Lovely. Los huesos y los dientes se habían conservado en condiciones deplorables y habían sufrido el efecto del calor y de la humedad. Aunque habían estado a un metro bajo tierra durante décadas, tal vez siglos, se habían degradado. Los otros dos huesos, ambos trozos de mandíbulas, sí que tenían suficiente tejido para la comparación.

Las malas noticias eran que no coincidían con Lovely. Si sus antepasados estaban enterrados en Dark Isle, no había pruebas biológicas de ello que pudieran presentar en el juzgado.

10

El juicio

I

Gifford Knox, que supuestamente todavía sufría jaquecas y convulsiones y estaba en pleno tratamiento prolongado de rehabilitación, llegó a Camino Island en barco tres días antes del juicio con intención de crear problemas. Su plan era reunirse con los líderes negros de la isla y de Jacksonville para alentar un conflicto racial. En su opinión, el juicio era un claro ejemplo de que una empresa rica propiedad de los blancos estaba intentando robarle una tierra sagrada a una pobre mujer negra. Lo había visto antes, en el Low Country de Carolina de Sur, e incluso había escrito un artículo para una revista sobre el tema.

Pero Steven Mahon no estaba seguro de que eso sirviera de algo. La opinión pública no iba a afectar al resultado del juicio. Al juez Clifton Burch no lo había elegido la gente y hasta el momento no había mostrado tener favoritismos. Las protestas y las ruedas de prensa solo servirían para irritarlo.

Bruce consiguió convencer a Gifford para que no siguiera con su plan y en vez de eso escribiera otro incendiario artículo de opinión para un periódico importante, porque eso tendría un mayor efecto. Giff le dijo que estaba trabajando en uno para *The New York Times* y que ya lo tenía casi terminado.

Gifford, que utilizaba un bastón como complemento cuando estaba en público, llegó al juzgado temprano el lunes 18 de mayo por la mañana y se sentó en la primera fila, al lado de Mercer y Thomas. Bruce tomó asiento detrás. A la nueve de la mañana la sala estaba a reventar.

2

En el despacho del juez, los abogados y el propio magistrado estaban sentados alrededor de una mesa tomando café y hablando de cuestiones de último minuto.

—Supongo que querrán hacer alegatos iniciales.

Steven se encogió de hombros como si le diera igual. No había jurado al que convencer y el juez sabía del caso tanto como los demás. Monty Martin, el abogado principal de Tidal Breeze para el juicio, dijo:

—A mí me gustaría decir unas palabras, señoría, para que consten.

—Está bien. ¿Señor Killebrew?

—Lo mismo digo, señoría. Para que consten.

Evan Killebrew era un ayudante del fiscal general que representaba al estado de Florida.

—Muy bien, pero sean breves.

Los abogados entraron en el juzgado por una puerta que había tras el estrado y se sentaron en sus asientos. Habían colocado tres mesas frente al juez. En el extremo de la izquierda estaba la mesa de la demandante, que ocupaba la señora Lovely Jackson en todo su esplendor, vestida con una túnica roja que llegaba hasta el suelo y un turbante de rayas rojas y amarillas en la cabeza que era tan alto que parecía rozar el techo. Hasta el momento nadie había puesto ningún problema porque ella llevara ese tocado en la sala. Ni los tres alguaciles, ni los abogados de la parte contraria, ni los secretarios...; nadie dijo ni una palabra. Tampoco se habrían atrevido. Steven se lo había comentado en voz baja al juez Burch y él también estaba de acuerdo con el atuendo de Lovely. Diane Krug se encontraba a su izquierda, como una abogada de verdad, aunque todavía no había terminado sus estudios.

La mesa del centro se había reservado para la representación del estado. El séquito de Evan Killebrew consistía en dos adjuntos y un ayudante. En el extremo de la derecha estaba Pete Riddle, sentado en medio de la mesa como el orgulloso representante de Tidal Breeze, con Monty Martin a un lado y un socio júnior en el otro, y ayudantes y asistentes protegiéndoles los flancos. Mayes Barrow tenía la cabeza enterrada en una carpeta. En la zona del jurado había catorce sillas, todas vacías.

—¡En pie! —gritó un alguacil.

El público prestó toda su atención y se levantó obedientemente. El juez Burch entró. Su toga era tan larga como la túnica de Lovely. Se acomodó y dijo:

—Siéntense. Buenos días. —Se quedó callado un momento mientras la gente tomaba asiento tan rápido como se había levantado—. Buenos días —repitió, más alto y por el micrófono—. Se juzga una disputa sobre el título de propiedad del territorio conocido popularmente como Dark Isle. Yo he juzgado casos de este tipo antes y nunca había en la sala más de cinco espectadores, así que agradezco su interés. Espero que no se aburran demasiado. Como ven, no hay jurado. En Florida no se juzgan con jurado los pleitos sobre propiedades, igual que en otros cuarenta y cinco estados. He revisado la lista de testigos con los abogados y todos creemos que seremos capaces de terminar las sesiones mañana por la tarde o el miércoles por la mañana. Tenemos tiempo de sobra y no hay ninguna prisa. Ahora voy a permitir que todas las partes dediquen unos minutos a sus alegatos iniciales. Señor Mahon, por favor.

Steven se acercó al podio que había junto a la mesa del centro y empezó.

—Gracias, señoría. Estoy aquí en calidad de director ejecutivo de Barrier Island Legal Defense Fund y también, y lo que es más importante, tengo el privilegio de representar a la demandante, Lovely Jackson y debo decir que esta ha sido una de las grandes oportunidades que me ha brindado mi larga carrera. Ella es la propietaria legítima de Dark Isle porque ese territorio ha pertenecido a sus ancestros desde mediados del siglo XVIII. Eran antiguos esclavos que no sabían nada de títulos de propiedad otorgados por la Corona británica ni de derechos de titularidad concedidos por otros invasores europeos. Como esclavos que habían sido, sus antepasados no querían tener nada que ver con las leyes que hacían los blancos. Vivieron, trabajaron, se reprodujeron, tuvieron familias, disfrutaron de la vida como personas libres y murieron en Dark Isle, donde ahora se encuentran enterrados. La señora Jackson es la última descendiente conocida de los esclavos liberados y la gente libre que habitó Dark Isle. Le pertenece a ella, señoría, no a ningún ambicioso promotor de Miami.

Se sentó y le guiñó un ojo a Mercer.

Evan Killebrew fue el siguiente en levantarse de su silla y, sin consultar ningún papel, comenzó.

—Señoría, según establecen las leyes de Florida, todas las islas desiertas y abandonadas que no tienen un propietario conocido le pertenecen al estado. Hay más de ochocientas islas que cumplen con esos requisitos desde aquí hasta Pensacola, pasando por los Cayos, y siempre se han declarado propiedad del estado de Florida. Es así de sencillo. Hace más de sesenta años, la asamblea legislativa aprobó una ley que convertía todas las islas deshabitadas en propiedad del estado. No queremos contradecir el hecho de que hubo personas viviendo en Dark Isle durante muchos años, pero las pruebas demostrarán que nadie ha solicitado nunca la propiedad legal del territorio. Hasta ahora, claro. De repente parece que hay mucha gente interesada. Esperamos que las pruebas también demuestren que su última habitante, la señora Jackson, abandonó la isla en 1955, más de sesenta y cinco años atrás. Y nadie ha vivido allí desde entonces. En este caso está todo muy claro, señoría. La titularidad de la propiedad les pertenece a los contribuyentes del estado de Florida.

—Gracias, señor Killebrew. Tiene la palabra el representante de Tidal Breeze Corporation.

Monty Martin fue hasta el podio y miró con el ceño fruncido a Steven Mahon, como si lo hubiera ofendido.

—Gracias, señoría. Mi cliente tiene una reputación intachable dentro de su actividad de construcción de resorts, hoteles, apartamentos de lujo y centros comerciales por toda Florida. Es una empresa familiar y lleva en este negocio más de cincuenta años. Emplea a seis mil habitantes de Florida y el año pasado pagó más de treinta millones de dólares en impuestos de sociedades a la Hacienda estatal. Tidal Breeze es una empresa solvente y responsable, a la que he tenido el honor de representar durante muchos años.

Diane escribió algo en su cuaderno y se lo mostró a Steven: «¡Por dos mil dólares la hora yo también sentiría que es un tremendo honor!».

—Señoría —continuó el abogado de Tidal Breeze—, simplemente no hay pruebas de que la señora Jackson haya vivido alguna vez en la isla. En sus memorias, escritas de su puño y letra con sus palabras, dice que nació allí, pero abandonó la isla con su madre hace sesenta y cinco años. Supongo que sus memorias se aceptarán como prueba y todos las hemos leído. Es una historia conmovedora y cuando la lees parece una novela. Sin duda tiene un cierto aire de ficción. Pero, aunque asumamos que su contenido es cierto, el hecho es que dejó el territorio hace décadas. La ley de Florida es clara. La posesión debe ser continua, abierta, notoria y exclusiva durante al menos siete años. Ella no ha reclamado la propiedad de la isla hasta que mi cliente entró en escena con sus planes para construir un gran resort. Sí, mi cliente ha divulgado que quiere gastar al menos seiscientos millones de dólares en la isla. El estado de Florida ha accedido provisionalmente a construir un nuevo puente. Según nuestra opinión, señoría, como parte interesada, la propiedad de esa isla le corresponde a Florida desde que se constituyó como estado en 1845.

Monty se sentó.

—Gracias, abogados. La demandante puede llamar a su primer testigo.

Steven se levantó.

—Llamo a declarar a Lovely Jackson —anunció.

3

Nadie había solicitado grabar en la sala. El juez Burch no lo habría permitido de todas formas. El único dibujante que había, que estaba en la primera fila, era de un diario de Jacksonville y se lo estaba pasando en grande intentando capturar la imagen llena de color de la testigo.

Lovely llevaba, a juego con su túnica y su turbante rojo y amarillo, unas gafas bifocales con la montura también roja, y miró a través de ellas al secretario cuando se acercó a tomarle juramento. Se sentó en el asiento de los testigos, se acercó el micrófono, como le había dicho Steven, miró al público y les sonrió a Diane y a Mercer. Vio a la señorita Naomi en la segunda fila y la saludó con un gesto de la cabeza. No parecía estar nada nerviosa. Orgullosa, regia, ocupando el escenario y deseando contar su historia, así se la veía.

Steven la fue guiando despacio por las preguntas preliminares y fáciles. Ella respondió despacio y con claridad. Nació en Dark Isle en 1940 y se fue de allí con quince años. Siguieron con una serie de preguntas y respuestas sobre los quince años en los que vivió allí, como habían ensayado. Todo sobre su vida en Dark Isle: su familia, su casa, sus vecinos, su poblado, la escuela, la capilla, su religión, las rutinas diarias y el miedo a que los blancos les arrebataran su isla y a la enfermedad y la muerte. Desde que tenía siete años, Lovely fue a la escuela todos los días hasta el mediodía. Después volvía a casa y se ocupaba de sus tareas domésticas. Las mujeres cuidaban los huertos, cocinaban y recogían mariscos que a veces vendían en Santa Rosa o en el continente. Nadie tenía un trabajo de verdad, todos colaboraban. La muerte siempre se cernió sobre sus cabezas como una nube. La mayoría de los hombres murieron rondando los cincuenta años. Muchos niños morían también en la infancia. El cementerio estaba muy lleno. Su tío, que era carpintero, tenía que construir muchos ataúdes. El «sacerdote», como lo llamaban, tenía una túnica negra, que había comprado en el continente y que a ella siempre le dio miedo porque estaba relacionada con la muerte. Conservaba recuerdos muy claros de haber visto cómo bajaban los ataúdes a diferentes tumbas.

Después de una hora y media de contar su relato sin la más mínima pausa, el juez Burch dijo que iban a hacer un descanso. Diane acompañó a Lovely al baño de señoras mientras los espectadores hablaban en voz baja.

—Lo estás haciendo muy bien —aseguró Diane mientras recorrían el pasillo.

—No he hecho más que hablar, ya está.

Cuando retomaron la sesión, Steven le dio a Lovely un ejemplar de sus memorias, que ella identificó. Después pidió que se admitiera el libro como prueba.

Monty Martin se levantó.

—Señoría, no tenemos ninguna objeción —señaló—, siempre y cuando quede claro que con ello no estamos admitiendo que todo lo que se incluye en ese libro sea verdad. Nos reservamos el derecho a interrogar a la testigo para confirmar lo que dice en su libro.

—Por supuesto —concedió el juez Burch.

Steven volvió a acercarse al podio.

—Señora Jackson, ¿por qué escribió ese libro?

Ella guardó silencio bastante rato y fijó la vista en el suelo.

—Lo hice para que no se olvidara a mi gente. Quería que quedara constancia de la historia de Dark Isle desde los tiempos en que mis antepasados llegaron de África. Hay muchas historias de esclavos que no ha contado nadie y han acabado olvidadas. Yo quiero que la gente sepa y recuerde su sufrimiento y cómo lograron sobrevivir. Hoy en día no conocemos la historia verdadera, porque no nos la enseñan, en parte porque se ha olvidado. La gente no quiere hablar de lo que pasó con los esclavos.

Después le preguntó por su proceso de escritura. ¿Cuánto tardó en escribir el libro? Diez años, intermitentemente. ¿La aconsejó alguien? No, solo leyó algunos artículos de revistas. Lo escribió a mano y después le pagó a una chica, una maestra de escuela, para que lo pasara a máquina. Cuando ella terminó, no supo qué hacer con ello y esa misma chica, la mecanógrafa, le dijo que buscara un editor, pero ella no sabía cómo hacerlo. Pasó un tiempo sin que ocurriera nada y después alguien le habló de una empresa que podía imprimir quinientos ejemplares de su libro por dos mil dólares. Así fue como lo publicó.

Steven no tenía intención de preguntar si había vendido los quinientos ejemplares. Sabía que no y no quería avergonzar a su clienta. En vez de eso, cambió de tema y le preguntó por su decisión de dejar (nunca «abandonar») Dark Isle. Lovely inspiró hondo y bajó la vista. Su madre y ella eran las únicas que quedaban. El poblado era triste y deprimente desde que ya no estaban sus familiares y amigos. No tenían gran cosa para comer, algunos días nada de nada. Un amigo fue a buscarlas y las convenció de que había llegado el momento de irse. Se fueron a casa de una amiga en Camino Island y empezaron a trabajar en las fábricas de conservas. Después de que su madre muriera en 1971, Lovely se casó con un hombre que tenía un buen trabajo. Su posición mejoró y comenzó a trabajar en los hoteles. Echaba de menos la isla y quería ir a verla, pero su marido no tenía el más mínimo interés. Le pagaba a un hombre que se llamaba Herschel Landry, un pescador que tenía una barca, para que la llevara allí varias veces al año para que pudiera cuidar las tumbas de sus antepasados del cementerio. Lo hizo durante muchos años, hasta que Herschel vendió la barca y se fue. Para entonces su marido ya la había dejado.

Lovely de repente se sintió cansada y se quitó las gafas. Era casi mediodía y todos necesitaban parar un poco. El juez Burch levantó la sesión hasta las dos de la tarde.

4

El restaurante más cercano estaba frente al juzgado, al otro lado de la calle. Como el tiempo era bueno, Bruce había reservado una mesa en el patio y recibió encantado a Mercer, Thomas, Steven, Diane, Lovely y la señorita Naomi en la mesa del rincón en la que estaba. Pidió té helado y café. Gifford Knox llegó unos minutos después, con su bastón, y pidió un whisky sour.

Lovely lo había hecho estupendamente durante el interrogatorio de la defensa y, hasta el momento no había nada de lo que preocuparse. Estaba un poco fatigada, pero creía que una buena comida sería suficiente para que se sintiera preparada para afrontar la tarde.

Steven y Diane se habían pasado muchas horas con ella, puliendo su testimonio, decidiendo lo que era importante y lo que se podía obviar, anticipando los ataques de las otras partes. Steven incluso había probado varios trucos que había aprendido tras muchos años en el juzgado para pillarla, pero no habían funcionado. Ella se mostró siempre imperturbable, tanto en los ensayos como durante la mañana en el estrado.

La discusión en ese instante giraba en torno a cuánto tiempo mantener a Lovely en el estrado. Contar toda su historia llevaría muchísimas horas y en algún punto se volvería monótono. Steven sabía por experiencia que los buenos testigos muchas veces se autoinmolaban porque hablaban demasiado. Por otro lado, si tenía un gran testigo, había que conseguir que lo oyeran. La verdad era que las memorias de Lovely ya estaban en posesión de todos y tanto el juez Burch como los abogados ya las habían estudiado. El reto era decidir cuánto sacar a colación y cuánto dejar a un lado.

Todos los que había en la mesa tenían una opinión sobre el juez Burch. Como era la única persona que juzgaba el caso, su expresión, su lenguaje corporal y sus reacciones provocaban mucho interés. Hasta el momento había demostrado tener una fantástica cara de póquer. Escuchaba con atención cuanto se decía, tomaba notas de vez en cuando, decidía sobre las protestas rápido y no revelaba nada. Parecía estar realmente interesado en el caso y deseando oír el testimonio.

A las dos de la tarde Lovely volvió a la silla de los testigos y le sonrió al magistrado. Steven le preguntó si había estado en la isla últimamente. Ella dijo que sí, que unas tres semanas atrás, con los arqueólogos. Entonces él le pidió que describiera cómo estaba la isla ahora y ella inspiró hondo y temblorosa. Cuando habló, se le quebró la voz por primera vez. Tomó un sorbo de agua, irguió la espalda y empezó a hablar. Steven la interrumpió varias veces para que no se despistara. Monty Martin protestó en dos ocasiones cuando la historia se iba por otros derroteros, pero el juez Burch lo rechazó. Iban a tener que oír todo lo que Lovely Jackson quisiera contarles.

—¿Y encontró las tumbas de su padre y sus abuelos?

—No estoy segura. Descubrimos muchas tumbas, pero no estaban marcadas. Nunca hubo lápidas ni nada por el estilo. Y muchos ataúdes estaban podridos. Los científicos hicieron pruebas de ADN, pero no fueron concluyentes. Así que no estoy segura de si dimos con las tumbas de mis parientes.

En una pantalla grande que habían colocado en la zona del jurado, Diane puso una foto en color que había hecho la doctora Pennington mientras el equipo trabajaba en el cementerio. Se veían montones de tierra en un extremo del cementerio. Dos de los arqueólogos estaban de rodillas, trabajando con las palas de mano.

—¿Esta foto le suena? —preguntó Steven.

—Sí. Estuvimos ahí hace solo unos días.

—¿Y sabe quién estaba enterrado en las tumbas que se excavaron?

—No exactamente. Creía que eran mis parientes los que estaban enterrados en ese rincón del cementerio. Mi padre y todos mis abuelos. Pero, como ya he dicho, las pruebas no han podido demostrarlo.

—¿El cementerio estaba como antes, años atrás, cuando iba allí con Herschel?

—Oh, no, entonces estaba todo mejor. No había tanta maleza. Sí que salían algunas malas hierbas, porque nadie vivía allí, nos habíamos ido hacía mucho tiempo. Herschel y yo, con la ayuda de un niño que se llamaba Carp, arrancábamos las malas hierbas de alrededor de las tumbas de mi familia. Pero no estaba tan bonito como cuando era pequeña.

—¿Por qué siguió yendo a la isla?

—Porque Dark Isle nos pertenece a mi gente, a mi familia, a mí. Soy la única que queda. Si no iba yo a cuidarla, o al menos intentarlo, nadie más lo haría.

6

En 1990, Lovely leyó un artículo en *The Register* sobre un nuevo parque natural estatal que acababan de abrir entre Jackson y Tallahassee. A la ceremonia de inauguración asistieron autoridades del Florida Park Service y uno de ellos declaró que el estado tenía el mejor sistema de parques del país, con más de ciento sesenta y la cifra no paraba de crecer. Lovely le escribió una carta a la persona que se citaba en el artículo para sugerirle que Dark Isle, con su historia tan única, era ideal para convertirlo en un parque, una especie de monumento conmemorativo de los antiguos esclavos que vivieron y murieron allí. No respondieron a su primera carta, pero la segunda que escribió sí la contestó un tal señor Williford, que con un lenguaje oficial y muy educado le dijo que en ese momento no estaban interesados. Ella esperó seis meses y volvió a escribir. No hubo respuesta. Le pagó a la misma maestra para que le mecanografiara las cartas y le hiciera copias.

Steven le dio la primera carta y le pidió que la leyera. Ella se ajustó las gafas rojas y comenzó a leer: «Estimado señor Williford: Me llamo Lovely Jackson y soy la última descendiente de los antiguos esclavos que vivieron en Dark Isle, cerca de Camino Island. Dark Isle fue el hogar de mi gente durante más de doscientos años. Nadie ha vivido allí desde 1955, cuando mi madre y yo tuvimos que marcharnos. Como última descendiente que queda con vida, supongo que soy la propietaria de Dark Isle, y me gustaría hablar con usted sobre la posibilidad de convertirla en uno de los parques estatales para honrar a mi gente. Yo la visito a menudo para cuidar del cementerio. La mayoría de los edificios y las casas se están derrumbando. Pero la isla tiene mucha historia y creo que a la gente le gustaría visitarla si se adecúa de alguna forma. Póngase en contacto conmigo cuando le resulte conveniente. Gracias por su tiempo. Atentamente: Lovely Jackson».

Contó que no recibió respuesta. La segunda carta era prácticamente idéntica a la primera. Cuando el señor Williford contestó, su respuesta decía: «Estimada señora Jackson: gracias por su amable carta del 30 de marzo de 1990. Su proposición es muy interesante, pero en la actualidad en Florida hay proposiciones para seis nuevos parques. Por desgracia solo tenemos fondos para financiar cuatro. Archivaré su proposición debidamente para que podamos considerarla en el futuro. Atentamente: Robert Williford».

Su tercera carta, de seis meses después, era similar a las dos anteriores. Steven presentó las tres cartas y pidió que se admitieran como prueba. No hubo objeciones.

—Bien, señora Jackson, ¿es cierto que intentó pagar impuestos de la propiedad por Dark Isle?

—Sí que lo es. Lo intenté durante muchos años.

—¿Y cómo lo hizo?

—Una vez al año enviaba un cheque de cien dólares a la

oficina de recaudación de impuestos que hay al otro lado de mi calle. Estuve mucho tiempo haciéndolo.

—¿Y qué pasaba con el cheque?

—Una señora muy amable, la señora Henry, que se ocupaba de los impuestos, me lo devolvía con una nota.

Steven se acercó y le dio dos hojas de papel.

—¿Puede describir la que está marcada como «Prueba siete»?

—Es una copia de mi cheque para la oficina del cobro de impuestos con fecha 4 de enero de 2005. Debajo hay una copia de mi nota que dice: «Estimada señora Henry: Le adjunto mi cheque de cien dólares para pagar los impuestos de la propiedad de Dark Isle».

—¿Y qué hay en la «Prueba ocho»?

—Es una carta de la señora Henry que dice: «Estimada señora Jackson: Gracias de nuevo por su cheque para los impuestos de Dark Isle, pero una vez más tengo que decirle que no podemos aceptar su dinero. Dark Isle no está registrada entre las propiedades del estado, así que no hace falta pagar impuestos por ella».

—¿Cuándo envió usted el primer cheque para el pago de los impuestos?

—En 1964.

—¿Y por qué lo hizo?

—Porque creía que los propietarios tenían que pagar impuestos. Eso me dijo mi marido y que, si no pagabas, el condado podía embargarte la propiedad y la perderías. Yo ahorraba y enviaba lo que podía.

—¿Y cuánto tiempo estuvo haciéndolo?

—Lo hice el pasado enero también.

—¿Todos los años desde 1964?

—Sí. Ni un año he dejado de hacerlo. Enviaba el cheque y la señora Henry, o la señora que había antes, me lo devolvía.

Steven cogió una gruesa carpeta.

—Señoría, tengo copias de todos los cheques y la correspondencia intercambiada entre mi cliente y los encargados de la oficina de recaudación de impuestos del condado —anunció.

—¿Desde 1964? —preguntó el juez Burch, que estaba claro que no tenía ganas de revisar el contenido de esa carpeta.

—Sí, señoría. Todos esos años.

—¿Y son todos iguales? ¿Cien dólares todos los años?

—Sí, señoría.

—Muy bien. ¿Quiere que se incluyan como prueba?

—Sí, señoría.

—¿Alguna objeción?

Ni Evan Killebrew ni Monty Martin protestaron porque sabían que no serviría para nada. El juez Burch estaba aceptándolo todo para revisarlo después.

—Señoría, puedo citar a Blanche Henry para testificar, si fuera necesario —continuó Steven—. Está al otro lado de la calle. ¿Quiere usted o alguno de los abogados de las otras partes oír su testimonio?

El juez Burch miró a los dos abogados. Monty Martin se levantó y dijo:

—Creo que ya ha quedado bastante claro el argumento, señoría, y las pruebas han sido admitidas.

Killebrew asintió también.

7

En sus días de gloria como principal litigante de Sierra Club, Steven era famoso por su meticulosa preparación antes del juicio. Para él, como para todos los grandes abogados litigantes, era la clave para ganar. Todas las fases de los juicios estaban planeadas y ensayadas una y otra vez. Los testigos tenían guiones escritos y después los entrenaba el equipo del juicio. A veces contrataban psicólogos, incluso profesores de teatro, para ayudar al testigo. Se pagaba a jurado ficticio para escuchar y evaluar el testimonio. Evidentemente Steven tenía un presupuesto mayor entonces. Barrier Island Legal Defense Fund funcionaba con un presupuesto apretadísimo y no se podía permitir esos expertos. Pero lo que sí podía hacer era invertir muchas horas.

El viernes antes del juicio, con el juzgado casi desierto, Steven y Diane llevaron a Lovely a la sala, la sentaron en la silla de los testigos y repasaron su testimonio. Después Steven hizo de abogado de la otra parte e intentó confundirla en su contrainterrogatorio. Al día siguiente, sábado, Lovely y la señorita Naomi se pasaron horas en el despacho de Steven puliendo su testimonio, recortando diálogos innecesarios y trabajando en los puntos débiles. Ella era, con diferencia, su testigo más importante, y Steven y Diane estaban convencidos de que podía enfrentarse a los «abogados malos», como los llamaba ella.

Cuando Steven acabó con la testigo la mañana del martes, temprano, Monty Martin se levantó con confianza, se acercó al podio y la saludó. Lovely lo atravesó con la mirada y no respondió a su saludo.

—Señora Jackson, ¿cuándo decidió presentar la demanda para la acción declarativa de dominio de Dark Isle?

Diane ocultó una sonrisa. Le habían hecho esa pregunta a Lovely ese fin de semana de tres maneras distintas, por lo menos.

—El verano pasado —respondió. «¡Responde con la mayor brevedad posible! ¡No digas más que lo necesario!».

—¿Y qué la llevó a poner la demanda?

—Un casino.

—¿Un casino?

—Eso he dicho.

—¿Le importaría explicárnoslo?

—No entiendo su pregunta.

—¿Por qué un casino la obligó a presentar esa demanda?

—No me obligó nadie. Lo hice porque yo quería. Es lo correcto.

—¿Y por qué lo es?

—Porque la isla no le pertenece a un casino. Nos pertenece a mí y a mi gente, a los que están enterrados allí.

Monty cogió un ejemplar de sus memorias.

—Según su libro, y también su declaración jurada, usted dejó Dark Isle en 1955. ¿Es correcto?

—Sí.

—Pero no presentó ninguna demanda en los juzgados hasta el verano pasado, el de 2020.

—¿Cuál es la pregunta?

—¿Por qué espero sesenta y cinco años para reclamar la propiedad?

Diane había escrito esa misma pregunta, palabra por palabra, semanas atrás. Podía recitar de memoria la respuesta de Lovely.

—Porque la isla nos pertenece a mi gente y a mí, y siempre ha sido así. Nadie más ha intentado reclamarla hasta el verano pasado, cuando apareció su cliente. Presenté la demanda porque alguien, es decir, su cliente, estaba intentando arrebatarme mi propiedad.

—¿Y quién le sugirió que presentara la demanda?

—Unos amigos.

—¿Y quiénes son esos amigos?

—¿Es eso de su incumbencia?

Steven se levantó y protestó:

—Señoría, por favor, cualquier afirmación que haya hecho la testigo o sus amigos de fuera del juzgado de la que tenga conocimiento el señor Martin no se puede calificar más que de rumor.

Burch negó con la cabeza.

—Entiendo su protesta, pero quiero saber adónde quiere llegar. Señora Jackson, le advierto que no debe repetir afirmaciones que hayan hecho otras personas.

Steven se sentó, pero solo un momento.

—Señora Jackson, ¿cuándo conoció a Steven Mahon? —preguntó Monty Martin.

—No lo sé. No apunté la fecha.

—¿Lo había visto alguna vez antes del verano pasado?

Steven se levantó de nuevo.

—Protesto, señoría. La relación entre mi clienta y yo es estrictamente confidencial. No sé qué pretende el señor Martin con esto, pero está cruzando los límites.

Steven sabía perfectamente cuál era la intención de Monty, igual que el juez Burch y los demás abogados. Tidal Breeze quería probar que Steven y su grupo de defensores del medio ambiente habían reclutado a Lovely para que pusiera la demanda, porque era la forma más rápida de parar Panther Cay. Pero los abogados no habían conseguido la información que necesitaban por la confidencialidad entre abogado y cliente. Y tampoco la iban a conseguir ahora, pero Monty quería al menos dejarlo caer para levantar sospechas.

El juez Burch no lo iba a permitir.

—Se acepta. Continúe, señor Martin.

Monty hojeó el libro de Lovely, como si estuviera buscando algo.

—Ha incluido muchos nombres y fechas en este libro, señora Jackson. ¿Son todas precisas?

—Así es como las recuerdo.

—¿Utilizó notas o algún tipo de documentos familiares, ese tipo de cosas?

—Tenía unos cuadernos hace mucho tiempo.

—¿Y dónde están?

—No lo sé. Los perdí y no he vuelto a verlos.

Era mentira, pero no le importaba. Proteger su isla era mucho más importante que ser totalmente sincera con un grupo de blancos ricos.

—En la página veintiuno escribe que su bisabuela, Charity, murió en 1910. Pero en la declaración que hizo en esta misma sala el pasado noviembre testificó que murió en 1912. ¿Cuál es la verdad?

Lovely sacudió la cabeza, como si estuviera hablando con un completo imbécil.

—La verdad es que está muerta desde hace mucho tiempo. La verdad es que muchas de mis historias se basan en las que ha contado mi gente durante generaciones, así que supongo que es posible que algunas fechas no sean exactas.

—¿Entonces ninguna fecha es exacta?

—No es eso lo que he dicho. Eso lo ha dicho usted. Mire, señor, mi gente no contaba con mucha educación. No teníamos profesores ni libros en la isla, durante mucho tiempo tampoco hubo escuela. El estado de Florida no se preocupaba de nosotros. No existíamos para ellos. Ahora vienen para reclamar la propiedad. Qué bien. ¿Y dónde estaba el estado de Florida hace cien años, cuando construyó colegios, carreteras, hospitales y puentes en todos los otros sitios? Nunca han gastado ni un dólar en Dark Isle.

A Monty Martin de pronto le dieron ganas de volver a sentarse. No estaba consiguiendo nada con esa testigo. De hecho, creía que estaba perdiendo terreno. Su personal había revisado el libro y la declaración de cabo a rabo y habían hecho una lista de discrepancias con los nombres y las fechas. Pero de repente esa lista no le valía para nada.

La lista de Diane tenía trece errores y había hablado de

todos con Lovely, que estaba preparada para explicarlos uno a uno.

Monty Martin se acercó a susurrarle a uno de sus adjuntos y así consiguió unos segundos. Después le sonrió a Lovely, una sonrisa falsa, y continuó:

—Señora Jackson, me intriga eso de los cuadernos perdidos. ¿Cuándo empezó a escribirlos?

—No lo sé. Yo no escribo cosas como usted, señor. En la isla no teníamos lápices, bolígrafos, ni papeles, ni cuadernos, nada con lo que escribir. Yo iba a aprender a un edificio pequeño y cuadrado que llamábamos la capilla, porque era nuestra única iglesia. Teníamos mucha suerte de que hubiera dos o tres libros de texto que nos íbamos pasando. No sé de dónde salieron. La mitad de los niños ni iban a la escuela. Mis padres solo sabían leer y escribir lo básico. Yo aprendí la mayor parte de lo que sé después de salir de la isla, cuando fui al colegio aquí, en la antigua escuela para los negros que había en The Docks. Incluso allí no había tanto material como en las escuelas de blancos.

Le hizo sentir a Monty como si tuviera que disculparse. Había planeado aprovechar lo de los cuadernos perdidos y presentarlos como importantes documentos que deberían haberse entregado en las diligencias de obtención de pruebas. Pero de golpe los cuadernos también le parecían algo sin la más mínima utilidad.

Cambió de tema de nuevo.

—Señora Jackson, en la página setenta y ocho de su libro incluye una historia muy gráfica en la que Nalla, su antepasada, le corta el cuello a un hombre que la había violado. Después esparce su sangre por la playa. ¿Eso era una forma de lanzar una especie de maldición?

El fuego ardió en sus ojos y ella asintió.

—Sí —afirmó.

—¿Puede describirla?

—Sí. Nalla tenía poderes. Era una curandera que sanaba a la gente. Hablaba con los espíritus y podían adivinar el futuro. Después de sacrificar al hombre que se llamaba Monk, echó su sangre en la arena y dijo que cualquier hombre blanco que pisara la isla tendría una muerte horrible.

—¿Y usted cree que eso es cierto?

—Sé que lo es.

—¿Y cómo lo sabe?

Lovely se lo quedó mirando durante mucho rato y todos prestaron mucha atención a lo que iba a decir. Ella se acercó un poco más al micrófono.

—Conozco a los espíritus. Sé cuando alguien pisa la isla.

Monty mostró una sonrisa orgullosa, como si por fin hubiera encontrado una manera de desacreditar a la testigo.

—Pero usted estuvo en la isla hace tres semanas con unos arqueólogos, ¿no?

—Así es.

—Y algunos eran blancos y otros negros, ¿es correcto?

—Sí.

—Y nadie resultó muerto ni herido, ni murió posteriormente, ¿es así?

—Sí.

—Entonces ¿qué pasó con la maldición?

—Yo estuve allí con ellos y la eliminé.

—¿Tiene usted ese poder?

—Sí.

—¿Y la maldición sigue bloqueada o todavía pesa sobre la isla?

—No lo sé. ¿Por qué no va usted a comprobarlo?

Las risas sonaron al instante, fuertes y contagiosas. Ni una sola persona intentó no reírse. El juez Burch tapó el micrófono con la mano y disfrutó del momento. Todos los abogados se estaban divirtiendo. Algunos de los espectadores casi soltaron carcajadas. Incluso Monty tuvo que reconocerle la gracia.

El juez Burch por fin dejó de reír, dio unos golpes con el martillo y dijo:

—Orden, orden, ya está bien. Continúe, señor Martin.

Monty seguía riéndose entre dientes cuando dijo:

—Creo que no, pero gracias. —Dejó de sonreír y preguntó—: Antes de esa última visita, ¿cuándo fue la última vez que la maldición de Dark Isle se cobró una víctima?

—La primavera pasada, hace alrededor de un año. —Su modo tan directo de decirlo hizo que Monty se lo pensara un momento.

La miró fijamente, o al menos lo intentó.

—Bien. ¿Qué ocurrió? —siguió preguntando.

—Cuatro hombres fueron a la isla. Todos estaban muertos en una semana.

—¿Cuatro hombres blancos?

—Sí.

—¿Sabe sus nombres?

—No.

—¿Y qué habían ido a hacer allí?

—No lo sé.

—Vale. ¿Y sus muertes se registraron en alguna parte?

Ella se encogió de hombros como si no pudiera saberlo.

—No tengo ni idea.

—¿Y qué provocó sus muertes?

—Una bacteria que se les coló bajo la piel.

Una regla fundamental en un procedimiento judicial es que nunca hagas una pregunta si no conoces la respuesta. Monty había aprendido eso en la facultad de Derecho y la había cumplido de forma escrupulosa durante los últimos treinta años. Pero en ese instante simplemente no fue capaz de dejarlo estar.

—¿Y esa bacteria la causó la maldición?

—Eso es.

8

Gifford Knox estaba sentado en la última fila disfrutando de la actuación de Lovely. A su lado estaba Thalia Chan, una reportera de *The New York Times* que conocía desde hacía una década. Su tema favorito eran los problemas medioambientales que provocaban las grandes empresas y había escrito varios artículos largos sobre Gifford y sus hazañas. Había presenciado cómo lo detenían dos veces, lo llevaban al juzgado, lo multaban y lo amenazaban. Lo había visto testificar en una demanda que tenía que ver con la ceniza del carbón. Desde que eran amigos, Gifford le había proporcionado varias historias y muchos cotilleos internos extraoficiales. Era su «fuente anónima» favorita y él nunca le había filtrado nada que no fuera cierto.

Gifford le había contado lo de Dark Isle meses antes. Le había dicho quiénes eran los personajes principales y le había repetido cosas que había oído en cenas o tomando copas. Pero no le había hablado ni a ella ni a nadie de su falso accidente ni de la demanda de mentira. Incluso un bocazas como Gifford se callaba algunas cosas.

Solo Gifford sabía que iba a salir un importante artículo en *The New York Times* y estaba deseándolo.

9

Después de un día y medio en la silla de los testigos, por fin le dieron a Lovely permiso para abandonarla y sentarse a la mesa, entre Steven y Diane. Su testimonio no podía haber ido mejor.

El siguiente testigo de Steven era el doctor Sargent, el arqueólogo de Howard University. Le hizo las preguntas habituales para dejar clara su experiencia: educación, trabajo de campo, publicaciones y demás. Mostró un interés especial por su trabajo en varios proyectos en enterramientos de africanos, que comenzó con el de Manhattan décadas atrás y había continuado hasta el presente. En la pantalla grande que habían puesto en la zona del jurado, el doctor Sargent mostró un mapa básico de Dark Isle, que incluía la mayoría de los detalles que les había dado Lovely, entre ellos la zona aproximada donde estaba el asentamiento, las hileras de casas y el cementerio. Después, fotos en color que habían hecho durante la reciente expedición. En ellas se veían los daños causados por el huracán Leo, cómo su equipo había tenido que limpiar la maleza y el follaje que cubrían las tumbas, y la propia excavación. Dijo que allí descubrieron los restos de al menos ochenta tumbas, algunas con ataúdes de madera y otras no. También tenía fotos de los ataúdes muy deteriorados. El punto más alto del cementerio estaba unos seis metros por encima del nivel del mar. No se llegó a determinar el tamaño de la ola que inundó Dark Isle durante la tormenta Leo, pero el Servicio Nacional de Meteorología confirmó que el nivel del agua en el extremo norte de Camino Island había llegado a los ocho metros. El ojo del huracán pasó después por encima de Dark Isle, así que era razonable suponer que toda la isla quedó bajo el agua. Incluso las tumbas más recientes mostraban señales de daños graves provocados por el agua. El doctor Sargent dijo que, en su opinión, las tumbas y los ataúdes quedaron bajo el agua del mar durante varias horas, lo que degradó terriblemente las muestras necesarias para las pruebas de ADN.

Ninguno de los huesos ni dientes coincidió con las muestras de Lovely.

El doctor Sargent estimaba que debía haber unas doscientas tumbas en el cementerio que localizaron. Según la historia de Lovely, había otros lugares de enterramiento desperdigados por la isla.

Después de dos horas testificando, el doctor Sargent había dicho todo lo necesario y el juez Burch necesitaba un café.

10

Diane había hablado varias veces por teléfono con Loyd Landry, el hijo de Herschel. Ella había ido a visitarlo meses antes a New Bern, Carolina del Norte. Se fue de allí segura de que Herschel, con sus noventa y tres años, había perdido demasiada memoria para poder participar en el juicio. También le había escrito a Loyd varios emails solo para mantenerlo informado de cómo iba la demanda. Él sabía la fecha del juicio y el domingo anterior la llamó con la sorprendente noticia de que su padre quería volver a Camino Island.

Según Loyd, después de ver a Diane en su residencia, Herschel se había puesto a preguntarle a su hijo por ella y por su visita. Recordó entonces a Lovely y a Dark Isle y cuanto más hablaban de ellos, más recuerdos aparecían. En los días buenos; en los malos ni siquiera sabía dónde estaban.

El lunes por la mañana, una hora antes del juicio, Loyd le escribió un mensaje a Diane para decirle que iban en el coche, que acababa de iniciar el viaje y que el anciano se mostraba emocionadísimo por salir de la residencia, y que llegarían lo antes posible. Estaban a unas diez horas, pero seguro que tenían que hacer unas cuantas paradas.

Y solo podían rezar para que tuviera un día bueno.

A las tres y media del martes por la tarde, el juez Burch utilizó su martillo para iniciar la sesión.

—Señor Mahon, llame a su siguiente testigo —pidió.

La puerta principal se abrió y Herschel entró por el pasillo en su silla de ruedas. Loyd iba empujándola. El anciano tenía un bastón en el regazo. Cuando se acercaron al lugar preparado para los testigos, Steven le explicó al tribunal que el señor Landry no podía levantarse de su silla de ruedas y que necesitaba un micrófono portátil. Loyd podía quedarse sentado a su lado para sujetárselo. El secretario del juzgado le tomó juramento sin mayor problema y se dio paso a las preguntas.

Herschel miró a la sala, aunque no veía gran cosa. Pero cuando su mirada se cruzó con la de Lovely sonrió, la saludó con la cabeza y murmuró algo. Steven le preguntó su nombre, edad, dirección y otros datos básicos y él dio las respuestas correctas con una voz suave, baja y áspera, pero como tenía el micrófono cerca de la boca se oyó todo con claridad.

—¿Conoció usted hace muchos años a Lovely Jackson, la señora que está sentada allí?

Otra sonrisa.

—Sí. Me caía bien y yo a ella.

Lovely no dejó de sonreírle. Ya le daba igual lo que dijera de la relación que tuvieron sesenta años atrás. Solo quería la verdad.

—¿Era usted pescador en Camino Island y tenía una barca propia?

Monty Martin se levantó.

—Señoría, entiendo que las circunstancias no son las habituales, pero ¿hasta qué punto puede el señor Mahon guiar al testigo?

—Le comprendo, señor Martin. Es una protesta legítima,

pero voy a permitir que este caballero nos cuente su historia. Conteste, por favor.

—Tenía usted una barca cerca de las fábricas de conserva de Santa Rosa, ¿verdad?

—Sí. Era pescador.

—¿Alguna vez llevó a Lovely Jackson a Dark Isle a visitar el cementerio?

Necesitó un momento para procesar la pregunta, pero después asintió.

—Sí, así es. Íbamos allí continuamente.

—¿Y qué hacían allí?

—Cortar la hierba, quitar las malas hierbas de las tumbas. Las de su gente.

—¿Iban solos?

La pregunta lo desconcertó y no contestó.

—¿Iba con ustedes un niño que se llamaba Carp?

—Sí, Carp. Un buen chico.

—¿Dónde está Carp ahora?

—No lo sé.

—¿Recuerda su apellido?

—No —murmuró.

—¿Qué edad tenía usted cuando llevaba a Lovely a la isla?

—Treinta años, supongo.

—¿Y durante cuánto tiempo lo hizo?

—Oh, mucho. Muchos años. Me caía bien. Y yo le caía bien a ella. Nos gusta ir allí juntos, solos.

11

La refutación empezó el miércoles por la mañana, cuando el fiscal general en persona prestó juramento como testigo. Su presencia no era en absoluto necesaria, pero dejaba muy clara la influencia que ejercía Tidal Breeze sobre el estado, o al menos sobre la Fiscalía General. La empresa, la familia Larney y muchos de sus empleados, inversores y algunas de sus filiales eran grandes contribuyentes de sus campañas.

Lo fundamental de su breve testimonio era que en Florida la ley estaba muy clara y que hacía ya sesenta años que se había aprobado. Por culpa de la acción de la naturaleza y a veces de las acciones humanas, las costas, los arrecifes, incluso los arroyos y los afluentes cambiaban con el tiempo. Algunas pequeñas islas desaparecían y otras se creaban. Algunas se unían y otras se dividían. En la actualidad había más de ochocientas islas desiertas frente a las costas de Florida y todas, por ley, eran propiedad del estado.

En su experta opinión, Dark Isle le pertenecía al estado de Florida.

Cuando le ofrecieron la posibilidad de interrogar a una personalidad tan importante, Steven consideró explorar sus conexiones con Tidal Breeze. Podían hablar de los esfuerzos de la empresa que movía los hilos para conseguir la isla antes de que llegara la sentencia judicial. Y aunque un interrogatorio así podría ser muy divertido, solo resultaría una distracción, nada productivo, así que dejó pasar la oportunidad porque el fiscal general no tenía ninguna importancia allí.

Si su aparición estaba pensada para impresionar al juez Burch, no pareció que consiguiera el objetivo deseado. De hecho, por primera vez pareció que su señoría se impacientaba.

Los siguientes cinco testigos le dieron bastante color al juicio. Eran todos trabajadores que se habían ganado la vida de diferentes formas en el mar. Todos eran nativos de la zona y habían vivido muchos años allí. Eran de mediana edad y blancos, y ninguno tenía muchas ganas de estar allí.

Skip Purdy fue el primero. Tenía cuarenta y cinco años y era pescador de gambas como lo había sido su padre antes que él. Llevaba pescando en las aguas que rodeaban Camino Island, por trabajo o por placer, desde que era niño. Conocía bien todas las islas de por allí, Dark Isle incluida. No, nunca la había pisado, no tenía por qué, ni conocía a nadie que hubiera estado allí. Tampoco había visto nunca señales de vida en el lugar, ni humana ni animal.

Cuando le tocó interrogarlo, Steven le preguntó:

—Señor Purdy, tiene usted todavía un barco dedicado a la pesca de gambas, ¿es así?

—Sí, señor.

—Y debería estar trabajando hoy, ¿verdad?

—Sí, señor.

—Pero en vez de eso está aquí, en el juzgado, ¿no?

—Es obvio.

—¿Le han pagado para que testifique?

Monty Martin había preparado bien a sus testigos y esperaba la pregunta.

—Sí, me han pagado. Igual que a usted.

—¿Cuánto?

Monty se levantó con una sonrisa y protestó.

—Señoría, por favor...

—Se acepta. No responda.

—No tengo más preguntas.

—Puede retirarse, señor Purdy.

Donnie Bohannon tenía una empresa de alquiler de embarcaciones y estaba especializado en pescar pez vela en el Atlántico. Tenía cuarenta y un años, la cara bronceada y curtida y el pelo descolorido por el sol de un hombre que se había pasado la vida a la intemperie. Nunca había estado en Dark Isle, pero la rodeaba casi todos los días cuando salía o entraba en el puerto de Santa Rosa. Durante los últimos dieciocho años nunca había visto nada en esas playas. El huracán Leo se cebó con ella y destruyó muchos árboles, pero nunca vio señales de vida.

Roger Sullivan era guía de pesca y trabajaba en la bahía, en una embarcación pequeña. El espacio de un kilómetro y medio que separaba Dark Isle del continente era un caladero excepcional para el mero, el guajú y la platija. Pasaba cerca de la isla todos los días y nunca había visto ni rastro de vida. Solo vislumbró una vez una manada de ciervos, pero desaparecieron después del huracán.

Ozzie Winston era un práctico en el puerto deportivo de Santa Rosa y había nacido en Camino Island. Brad Shore tenía una empresa de buceo. Sus testimonios fueron más o menos iguales: solo conocían Dark Isle porque pasaban por delante, habían oído las historias y las leyendas, y estaban seguros de que no había habido ninguna actividad humana en esa isla, al menos durante los años que tenían.

El mensaje de Monty era claro y eficaz: aunque Lovely hubiese visitado la isla durante años, como decía, esas visitas se habían interrumpido mucho tiempo atrás.

Según se iba acercando la hora de la comida, decidió no seguir insistiendo. Cuando se preparaba para el juicio, la estrategia era cuestionar la credibilidad de Lovely sembrando dudas sobre su historia. Pero ella había mantenido su historia muy bien y Monty estaba convencido de que el juez Burch sentía cierta afinidad por ella. ¿Qué más podían demostrar Tidal Breeze y el estado de Florida? Unos antiguos esclavos sí que habitaron Dark Isle antes y después de que Florida se convirtiera en un estado. Lovely aseguraba ser la última de sus descendientes y su testimonio era creíble. ¿Cómo iba a probar que no era así? Los arqueólogos habían encontrado un cementerio.

El juez Burch siempre estaba deseando que llegara el momento de la comida, pero cuando se dio cuenta de que los abogados se estaban quedando sin munición, anunció:

—Les voy a conceder unos minutos a todas las partes para los alegatos finales. Pero la verdad es que ya no necesito oír mucho más. Señor Mahon.

A los abogados los pilló por sorpresa, aunque tampoco es que le hubiera dado ventaja a ninguno. Steven se levantó y habló sin consultar ninguna nota.

—Claro, señoría. Hemos empezado este juicio con Tidal Breeze negándolo todo, la táctica habitual. Primero negaron que algún humano hubiera habitado Dark Isle e incluso que mi cliente hubiera vivido allí. Ahora sabemos que esa negación no estaba fundada. Es muy halagador ver que el estado de Florida de repente se interesa tanto por la isla, cuando durante casi doscientos años no ha hecho nada por ella; no ha construido carreteras ni puentes ni clínicas, no hay tendido eléctrico ni teléfono. Nada, absolutamente nada, señoría. Lovely Jackson y su gente vivieron en la pobreza más extrema en esa isla. No había asistencia sanitaria, las enfermedades eran comunes, la esperanza de vida era por lo menos veinte años más baja que la media. Pero ellos lograron sobrevivir porque no les quedaba más remedio y porque estaban orgullosos de su libertad y la valoraban. Ahora el estado se ha asociado con un promotor importante, Tidal Breeze, y de repente se presenta en este juzgado para luchar por la propiedad de Dark Isle.

»Y una cosa más, señoría. El estado y Tidal Breeze han incidido mucho en sus alegaciones en que Lovely abandonó la isla cuando tenía quince años. Pero ¿es eso verdad? ¿De verdad renunció a ella? A la mayoría de nosotros, hombres blancos y con educación, nos extraña la idea de que haya pesado durante doscientos años una maldición sobre la isla que lanzó una africana que era curandera bruja, o sacerdotisa vudú. Nos hace reír y murmurar que se trata de una fantasía que no podría creer ninguna persona razonable. Somos demasiado cultos para creernos esas supercherías. Pues si es así, yo reto a cualquiera de mis colegas que se sientan en el otro lado de la sala a probar e ir al puerto, alquilar un barco, cruzar la bahía y darse un paseo por Dark Isle.

Evan Killebrew había hablado poco durante el juicio. Tampoco se esperaba que lo hiciera, al menos no con un talento con tanto poder en la sala. Pero entonces subió al podio y dijo:

—Bien, señoría, si dejamos a un lado la pintoresca historia que hemos estado escuchando y disfrutando durante toda la semana, no me queda más que pedirle al tribunal que centre su atención de nuevo en la ley, en las palabras que están escritas negro sobre blanco en el estatuto, que especifican claramente que todas las islas desiertas o abandonadas que hay en nuestras aguas le pertenecen al estado de Florida. Al margen de eso, lo que el estado decida hacer con su propiedad no es relevante para este caso. Si el estado quiere venderle la isla a Tidal Breeze, o a cualquier otro, eso es algo que no es relevante para lo que se está juzgando hoy.

Killebrew se sentó y Monty subió al podio.

—Seré breve.

—Seguro que sí.

—Gracias. Durante sesenta y cinco años la señora Jackson no hizo nada para reclamar sus derechos legales como propietaria de la isla.

Entonces el juez Burch lo sorprendió al intervenir.

—Disculpe, señor Martin, pero ha quedado demostrado que intentó pagar los impuestos correspondientes a la propiedad durante cincuenta años.

—Sí, pero como la propiedad no era suya, no había impuestos que pagar, señoría. Nadie tiene que pagar impuestos por la propiedad de esa isla porque no tiene propietario.

El juez Burch apartó la vista, poco convencido.

—Hace un año un periódico local, *The Register*, publicó en portada un artículo sobre su plan para urbanizar Panther Cay. Y de repente, tras sesenta y cinco años de silencio, la señora Jackson contrata a un abogado, precisamente el señor Mahon, un conocido abogado litigante especializado en temas medioambientales, para representarla en una demanda por la titularidad de la propiedad. El señor Mahon, como ha reconocido él mismo, no lleva demandas sobre propiedades ni titularidades. En ese mismo periódico citan sus palabras y tengo que admitir que demuestra cierto desdén hacia Panther Cay. Y además promete que su organización sin ánimo de lucro va a demandar.

—¿Qué es lo que pretende decir, señor Martin? —lo interrumpió el juez Burch de nuevo.

—Que todo parece muy sospechoso.

—¿Está insinuando que el señor Mahon buscó a la señora Jackson, le pidió encargarse de su caso y puso la demanda para detener la urbanización?

—Más o menos.

—Pues no me parece raro. La mitad del colegio de abogados va por ahí en busca de casos. ¿Es que no ha visto las vallas publicitarias? Continúe, por favor.

Monty no dejó de sonreír.

—Claro, señoría. Estoy de acuerdo con el señor Killebrew en que necesitamos volver a la ley, que es muy clara. Para adquirir la propiedad por usucapión, la persona debe tener posesión de la propiedad de forma abierta, fehaciente, notoria, exclusiva y continua durante siete años ininterrumpidos antes de presentar la acción declarativa de dominio. Hace siete años estábamos en 2014. No hay ni la más mínima prueba, ni siquiera la ha podido presentar la propia señora Jackson, de que ella haya pisado Dark Isle, por ninguna razón, en los últimos diez años. Tal vez veinte. O treinta.

»La historia de la isla es fascinante, señoría, pero no es más que eso…, historia. Con muchas lagunas. Solo le pedimos que se atenga a la ley y, por tanto, le conceda la propiedad al estado de Florida.

El juez Burch cerró su cuaderno y dijo:

—¿Algo más, caballeros?

No añadieron nada.

—Está bien. Les felicito por haber hecho un buen juicio. Soy un juez viejo que ya ha visto muchos pleitos, pero siempre agradezco tener delante buenos abogados. Gracias por su profesionalidad. Les comunicaré mi decisión en un plazo de treinta días.

11

Una nueva fundación

I

La primera bomba cayó al día siguiente, cuando *The New York Times* publicó un artículo en primera página sobre el juicio. Estaba en la mitad inferior, debajo del pliegue, y lo más llamativo era una gran foto en color de Lovely Jackson entrando en el juzgado el día anterior. Llevaba una de sus habituales túnicas, la amarilla que llegaba hasta el suelo y parecía que resplandecía, y un turbante con rayas azul claro. Y miraba a la cámara con una sonrisa encantadora.

El artículo de Thalia Chan no pretendía ser ecuánime. El titular decía: «Cementerio africano frustra los planes de apropiación de un gran promotor de Florida». Para Tidal Breeze todo empezó a ir cuesta abajo después de aquello. La empresa aparecía retratada como otro de esos promotores que se dedican a talar y quemar, decidido a subirse al carro de la locura de los casinos. Una fuente anónima afirmaba que Tidal Breeze envidiaba el mercado de los juegos de azar de Atlanta y había encontrado el lugar perfecto al sur de la frontera del estado de Georgia. Otra fuente (sin duda Gifford Knox) contaba que la empresa, que tenía un largo historial de atropellos contra el medio ambiente, quería destruir la isla y las aguas que la rodeaban. La señorita Chan había hecho un trabajo aceptable presentando los hechos y describiendo el juicio. Pero la mayor parte del artículo se centraba en los enterramientos de africanos y los esfuerzos por localizarlos y conservarlos. Había hablado con el doctor Sargent de la Howard University, que describía el cementerio de Dark Isle como «un descubrimiento importante en un lugar único en la historia de la esclavitud en América». Marlo Wagner, de African Burial Project, estaba emocionada con el descubrimiento y prometió toda su cooperación a la hora de detener cualquier plan de urbanización. Los tres congresistas negros de Florida prometieron una investigación federal si se producía la «profanación de terreno sagrado». Cuanta más repercusión conseguía la historia, más importancia se le daba al tema de la raza. El director ejecutivo de la Asociación Nacional para el Progreso de las Personas de Color de Florida prometió acciones inmediatas. La presidenta de Black Caucus en la asamblea legislativa de Florida aseguró que si el tribunal le concedía la propiedad al estado, este no debería venderle Dark Isle a ningún promotor, sino preservarla. Los frentes de batalla quedaron claros y no había espacio para las zonas grises. Una empresa de blancos ricos estaba intentando quedarse con una tierra con importancia histórica que en el pasado habitaron antiguos esclavos.

2

Mercer estaba escribiendo a toda velocidad. El juicio la había impulsado a trabajar a pleno rendimiento y se pasaba las noches haciéndolo. Desde que la historia había pasado al plano nacional, le costaba gestionar la avalancha de novedades y temía perderse entre tanto material. También temía que tanta exposición hiciera que su libro perdiera interés cuando lo publicara, pero Thomas le aseguró que la publicidad solo aumentaría la curiosidad por la historia de Lovely.

Mercer llamó a la señorita Naomi y le dijo que le pidiera a Lovely que no hablara con nadie. Aunque los reporteros nunca conseguirían que se pusiera al teléfono, tal vez intentaran ir a The Docks para encontrarla. Pero debía mantener la puerta cerrada y evitar a los extraños.

Esa tarde, Mercer y Thomas se reunieron con Steven, Diane, Bruce y Gifford, en el patio del bar del hotel Ritz-Carlton, lejos del centro y de oídos indiscretos. El artículo de Thalia Chan se había hecho viral y todos tenían la sensación de que debían celebrarlo. Gifford confesó que él le había contado a Thalia la historia y que, cuando ella se dio cuenta del potencial que tenía, le fue dejando caer datos de información privilegiada.

Bruce, que nunca olvidaba que era librero, ya había contactado con el editor de autopublicación de Lovely y había pedido quinientos ejemplares más. Había vendido los pocos ejemplares que tenía antes de la hora de la comida y esperaba una avalancha de peticiones. Y quería hablar con Lovely de hacer otra firma lo antes posible.

¿Y cómo podían afectar esas noticias a la decisión del juez Burch? Steven tenía sentimientos encontrados. La demanda no era complicada y esperaba que la decisión llegara pronto. El juicio había ido como esperaban gracias al testimonio de Lovely, pero la ley estaba claramente del lado de la otra parte. No había duda de que ni Lovely ni nadie había reclamado la propiedad de la isla en los últimos siete años.

Steven dio un trago a su copa y dijo con una sonrisa:

—Pase lo que pase, amigos, creo que ese enorme proyecto está muerto. No deja de sonarme el teléfono. Los de African Burial Project están hechos una furia. Los defensores del medio ambiente los apoyan. Los grupos políticos y de derechos civiles están deseando participar. Tidal Breeze no sobrevivirá a tantos ataques.

—¿Hemos ganado entonces? —preguntó Bruce.

—Sí y no. Yo diría que Lovely tiene cincuenta por ciento de posibilidades de conseguir la propiedad. Si pierde, gana de todas formas, porque el estado tendrá que ceder a la presión y recular o vendérselo a Tidal Breeze y ver desde la barrera cómo continúan los pleitos durante diez años más. Al final ningún tribunal federal del país permitirá que, en un cementerio histórico, sobre todo uno lleno de los restos de esclavos, sea perturbado de ninguna manera.

—¿Pueden proteger el cementerio y urbanizar el resto de la isla? —quiso saber Bruce.

—Lo dudo. El cementerio está justo en medio, en la parte más alta. Además, Lovely dijo que había más lugares de enterramiento más pequeños en la isla. Amigos, no me gusta tener que decir esto, pero Tidal Breeze está bien jodida. Lovely ha ganado.

—Pues supongo que tendré que pedir más libros —contestó Bruce encantado.

—Y yo tengo que terminar el mío —concluyó Mercer.

3

La segunda bomba llegó por email, a las nueve en punto de la mañana del lunes siguiente. Diane fue la primera en verla, en su mesa atestada del despacho de la cocina, que ya estaba un poco hundida bajo tanto papeleo. Era la sentencia del juez Burch.

Meditada y lacónica, las primeras cinco páginas describían los hechos, tanto los probados como los no demostrados. Después había dos páginas sobre la ley de usucapión.

El último párrafo decía: «Este magistrado es de la opinión de que la demandante, la señora Lovely Jackson, ha tenido que soportar toda la carga de la prueba en su demanda de reclamación de la propiedad de Dark Isle, de acuerdo con las leyes de Florida mencionadas con anterioridad, y ha conseguido demostrar sus argumentos. Por tanto, debo concluir que el título de propiedad de Dark Isle le corresponde a la demandante, como única propietaria, y que se desestima la petición del estado de Florida. Así lo dispongo en la presente sentencia. Firmado: Clifton R. Burch, magistrado especial».

En pocos minutos la sentencia se había difundido por toda la isla. Después se hizo viral y a los integrantes de Barrier Island Legal Defense Fund los bombardearon a llamadas y correos electrónicos.

4

A mediodía, Bruce ya tenía Bay Books preparado para la fiesta. Había una mesa cerca de su despacho llena de aperitivos, sándwiches diminutos y botellas de vino. Y, cómo no, una pila de ejemplares del libro de Lovely. El grupo de escritores apareció porque olían que iba a haber vino gratis y porque los había convocado Bruce: Myra y Leigh, Amy Slater y Bob Cobb. También estaban Sid Larramore, del periódico, varios amigos de Diane, Mercer, Thomas y dos amigos suyos. Además, se veía por allí a una docena más o menos de clientes fieles que nunca se perdían una fiesta aderezada con alcohol. Cuando entró Lovely, acompañada de la señorita Naomi, la recibieron con una gran ovación. Ella se hinchó como un pavo, hizo una reverencia y no dejó de dar las gracias.

Rechazó una copa de vino, pero aceptó un refresco. Cuan-

do llegó la hora de los discursos, Steven le dio unos golpeci-
tos a su copa y brindó por la mejor clienta que había tenido el
privilegio de representar.

Bruce anunció en ese momento que iban a celebrar una
firma el viernes. Le pidió a Lovely que posara junto a su libro
para unas fotos y pocos minutos después ya las tenía colgadas en las redes sociales de Bay Books.

5

El martes por la mañana Monty Martin publicó un comunicado que decía que obviamente estaba decepcionado por la
sentencia del tribunal, aunque le tenía un gran respeto al juez
Burch y que iba a presentar inmediatamente una apelación en
nombre de su cliente. Decía que se sentía optimista en cuanto
al resultado de esta. Tidal Breeze no tenía intención de abandonar Panther Cay, un «proyecto futurista» que crearía miles de puestos de trabajo para los ciudadanos de Florida.

Wilson Larney leyó el comunicado y sacudió la cabeza.
Estaba sentado en el sofá de su espléndida oficina, con vistas
al Atlántico, y tomando café con Dud Nash. No había nadie
más allí.

—¿Cómo calificarías el trabajo de Monty en el juicio?
—preguntó Wilson.

—Bueno. Pero había un montón de detalles que no le fa-
vorecían, Wilson. Simple y llanamente. No sabíamos lo del
cementerio.

—Estaba en su libro.

—Sí, pero no nos creíamos lo que decía en él, ¿no? Y le
pagamos a Harmon una tonelada de dinero para que revisara
la isla y no encontraron nada.

—¿Y de verdad murieron esos cuatro hombres?

—Sí, después. Y en cuatro sitios diferentes.

—¿Y Harmon nos lo ocultó?

—Sí. La verdad es que cuando descubrieron el cementerio, la suerte nos abandonó.

—Nos están dando por todos los lados. Me acaba de llamar la gente de relaciones públicas. Los negros de Dade County están amenazando con boicotear nuestros casinos. Y eso es el veinte por ciento del público. Y no hacemos más que recibir llamadas de activistas negros de todas partes.

—Lo sé.

—¿Y las posibilidades de que la apelación salga bien son pocas?

—En este tipo de pleitos, el ochenta por ciento de las veces los tribunales superiores apoyan lo que dicen los jueces locales. Y si tenemos suerte y ganamos la apelación, tendremos problemas aún mayores por culpa de la isla. Los juicios se pueden alargar durante años.

—¿Cuánto hemos gastado ya en abogados y costas?

—Más o menos un millón.

Wilson hizo una mueca, como siempre que hablaban de los honorarios que le pagaba al bufete de Dud.

—¿Y aproximadamente cuánto nos va a costar el pleito federal?

—Veinticinco millones a lo largo de entre ocho y diez años, y hay muchas posibilidades de que perdamos.

—¿Y por qué cobras honorarios tan altos?

—Vaya, hace como una semana que no me hacías esa pregunta. Te cobramos tanto porque lo valemos.

—Ahora mismo no me lo parece. Esto es una pesadilla en cuanto a las relaciones públicas y ya sabes lo poco que me gusta la publicidad.

—Te aconsejo que dejes que las cosas se enfríen un poco. Tenemos treinta días para presentar la apelación.

—Las cosas no se van a enfriar, Dud. Le hemos dado una patada al avispero y nos van a devorar vivos.

6

El segundo artículo de *The New York Times* estaba destacado en la página ocho con el titular: «El tribunal de Florida sentencia en contra del promotor del resort». Thalia Chan resumía la sentencia del juez Burch e incluía una declaración de Lovely que decía: «Me siento aliviada de que el tribunal haya decidido proteger la tierra sagrada de mis antepasados. Hoy es un gran día para los descendientes de los africanos esclavizados». En respuesta a una pregunta escrita y que le había enviado a Lovely a través de Diane, la anciana afirmaba: «Espero que el estado de Florida coja parte del dinero que planeaba gastar en el puente para hacerle un monumento conmemorativo a mi gente». También citaba a Steven Mahon: «El tribunal ha hecho lo correcto y lo más justo y con ello ha conseguido también evitar un desastre medioambiental». Acompañaba el artículo con una foto aérea de Dark Isle tomada con un dron.

Ni Tidal Breeze ni la Fiscalía General quisieron hacer ningún comentario.

7

Dos días antes de que acabara el plazo para presentar la apelación, Tidal Breeze publicó un comunicado que decía: «Para honrar la memoria de los esclavos que vivieron y murieron en Dark Isle, Tidal Breeze Corporation retira sus planes de construcción de Panther Cay. La empresa respeta la decisión judicial y no apelará al Tribunal Supremo de Florida».

Steven Mahon y Diane lo celebraron dando gritos en su atestada oficina y después se pusieron a bailar. Luego Diane llamó a la señorita Naomi para darle la noticia y fue a The Docks para compartir ese triunfo con Lovely. Las dos lloraron en su porche y se alegraron por la victoria. Fue un momento muy mágico y difícil de olvidar.

—Lo has conseguido, Lovely —le dijo Diane una vez más—. Te has mantenido firme, has luchado por tu gente, has llevado a una empresa poderosa a juicio y les has dado una buena patada en el culo. Lo has hecho.

—He tenido mucha ayuda, querida. Mucha.

Mercer llamó a su agente, Etta Shuttleworth, a Nueva York con la noticia y después habló con su editora de Viking, Lana Gallagher.

—¿Cuántas palabras tienes escritas? —preguntó. Típico de un editor.

—No lo sé, puede que cien mil. Estoy borrando páginas casi tan rápido como las escribo.

—Pues deja de borrar tanto y acaba el libro. Te puedo poner un plazo si lo necesitas.

—¿Has visto alguna vez a un escritor que te pida un plazo?

—Claro que no. Pero si puedo ver el primer borrador para primeros de octubre, lo publicaremos la primavera que viene.

—Eso parece un plazo.

Bruce llamó a la media hora de hacerse pública la noticia, para sorpresa de nadie, e informó a Mercer de que había planeado una cena de celebración esa noche. Todavía estaba confirmando asistencias, pero estarían los sospechosos habituales, excepto Gifford, que había vuelto en el barco a Charleston.

—¿Crees que Lovely querrá venir? —preguntó el librero.

—Lo dudo, pero lo intentaré. No podemos alargar mucho la noche, Bruce. Thomas me saca a rastras de la cama a las seis de la mañana para que me ponga a escribir.

—Mercer, cariño, ¿quién en su sano juicio te sacaría a ti de la cama a rastras?

—No tienes remedio.

8

Poco después de que decidiera formar parte de Barrier Island Legal Defense Fund, Diane se dio cuenta de que si quería llegar a cobrar al menos un sueldo mínimo, aparte de tener un escritorio de verdad o al menos una mesa de cocina más bonita, debería conseguir el dinero ella misma. Steven odiaba recaudar fondos y no se molestaba. Los casi doscientos mil dólares que conseguían cada año era prácticamente por accidente. Sierra Club era una organización sin ánimo de lucro legendaria, que estaba en lo más alto de todas las listas y disponía de un presupuesto enorme, por eso mientras estuvo allí había tenido libertad para demandar e ir a juicio cuando quisiera, sin tener que preocuparse de ningún gasto indirecto. Y como cuesta perder las viejas costumbres, siempre se había negado a preocuparse por el dinero. La secretaria, Pauline, trabajaba a tiempo parcial, era bastante perezosa y estaba satisfecha con su miserable nómina. A Diane no la movía el dinero, pero quería ir a la facultad de Derecho. Convenció a Steven de que le permitiera renovar su triste web y expandir sus perfiles en las redes sociales. Aprobó los cambios iniciales y ella con paciencia fue trayendo a la pequeña organización al año 2020.

El caso de Dark Isle le dio a Diane algo sobre lo que escribir todo el tiempo. Su número de seguidores fue creciendo poco a poco y también su base de donaciones. Cuando ella llegó, recibían una media de diecinueve mil dólares al mes en donaciones, lo justo para cubrir los modestos salarios y financiar sus pleitos de bajo presupuesto. Siete meses después alcanzaron los treinta y un mil dólares en el mes de mayo, con Diane contando las novedades de los tribunales todas las noches. Los artículos de Thalia para *The New York Times* también lograron aumentar drásticamente la curiosidad por el perfil de Barrier Island.

Inspirada por este éxito, Diane se interesó por el marketing online y las casi infinitas posibilidades que ofrecía. En cuanto concluyó el juicio, se le ocurrió la idea de crear una organización independiente que recaudara dinero para un monumento conmemorativo en Dark Isle. La historia seguía acaparando titulares y había mucho interés. Lo habló con Steven, claro, y después con Mercer y Thomas, Gifford y Bruce. La conversación más complicada fue con Lovely, que ni siquiera tenía muy claro lo que era una página web.

Más o menos cuando Tidal Breeze tiró la toalla, Diane creó Nalla Foundation. Su misión era «preservar y honrar la memoria de los africanos liberados que se establecieron en Dark Isle y nunca pudieron regresar a sus hogares» y sus objetivos: (1) localizar y restaurar los lugares de enterramiento; (2) construir un monumento conmemorativo para recordar a los fallecidos; (3) reconstruir parte del asentamiento para visitas turísticas; y (4) buscar financiación por parte de individuos, fundaciones, empresas y organismos gubernamentales para la conservación de Dark Isle y su historia. Bruce y Noelle donaron los primeros diez mil dólares como capital generador y Diane convenció a Steven para que hiciera un «préstamo» de otros diez mil procedentes de Barrier Island. Con la mayor parte de ese dinero contrató a una agencia de marketing online. Se autonombró directora ejecutiva, principalmente porque Hacienda exigía que tuvieran uno y no había más candidatos. También era obligatorio que ganara un sueldo, así que se estableció uno inicial de cuatrocientos dólares al mes, un poco menos de lo que ganaba como becaria a jornada completa en Barrier Island.

Con el pleito de Lovely superado, Steven se dedicó a otras cosas. Que hubiera finalizado tan de repente les dejó libres cientos de horas y así pudieron establecer un horario más relajado. Diane lo empujó a alquilar una oficina más bonita y por fin pudo abandonar su mesa de la cocina. Contrataron a una secretaria a jornada completa, que no tenía conocimientos de Derecho, pero se ocupaba perfectamente de la recepción. También se iba a pasar la mitad de su tiempo con Nalla Foundation, pero no la habían informado aún de ello.

Diane trabajó sin descanso para crear la nueva fundación. Escribió docenas de propuestas para lograr subvenciones, solicitó donativos, dio entrevistas y entró en el juego de las redes sociales. Tras un comienzo un poco lento, empezó a llegar el dinero; primero eran cheques pequeños de particulares y después recibieron unos mayores de otras fundaciones. En julio, el African Burial Project envió un cheque de cincuenta mil dólares. Y lo que era más importante: accedió a compartir su lista de donantes de modo confidencial. Diane los persiguió con un ingenioso ataque directo por correo y así consiguió otros ciento veinte mil dólares. Entonces se concedió un razonable aumento de sueldo e informó a Steven de que se iba a tomar un permiso de noventa días de sus actividades en Barrier Island. No se lo pidió, simplemente le informó de lo que pensaba hacer.

Tomaba el té con Lovely y la señorita Naomi en el porche todas las tardes y quedaban para comer todos los miércoles en un restaurante de barbacoa en The Docks. En las semanas posteriores al juicio recibieron docenas de solicitudes para entrevistar a Lovely, que pasaban todas por Diane, la cual desconfiaba de los periodistas casi tanto como la anciana, pero había aprendido que su cliente y amiga era un potente reclamo para recaudar fondos. Su historia era irresistible y siempre resultaba entretenido hablar con ella. Cada entrevista, por escrito o grabada, generaba más interés en Nalla Foundation y con ello más ingresos.

Bay Books vendió más de seis mil ejemplares de su libro.

Una tarde que estaban tomando el té, Diane notó por primera vez el problema. Lovely estaba hablando de su última reunión con Mercer, el día anterior, cuando se trabó con la palabra «vino». No era capaz de pronunciar la uve. Le temblaron los labios y cerró los ojos. Diane miró a la señorita Naomi, que apartó la vista. Pasó de nuevo poco después. Entonces ella dijo que le dolía la cabeza y que quería echarse una siesta. Cuando volvían caminando a casa de Naomi, Diane le preguntó:

—¿Le ha ocurrido antes?

—Sí, me temo que sí. Empezó la semana pasada. Al menos entonces fue la primera vez que se lo noté.

—¿Ha ido al médico?

—No le gustan los médicos, dice que confía en los espíritus.

—Llámame si le vuelve a ocurrir. Está claro que le pasa algo.

—Lo sé. Estoy muy preocupada por ella.

9

Mercer superó las ciento diez mil palabras a mediados de agosto. El juicio, y el final del libro, ya estaban cerca. Escribía cuatro horas cada mañana, después daba un largo paseo por la playa con Thomas, comía y se echaba una siesta. A las dos estaba de vuelta en su mesa. Le preocupaba escribir tanto; era una preocupación que la perseguía porque creía, y les enseñaba a sus alumnos también, que la mayoría de los libros eran demasiado largos. Nadie puede decirle a un autor cuándo parar o qué cortar. Un editor firme puede hacer cambios o incluso rechazar un libro por su longitud, pero en términos generales, es el autor el que pone los límites.

Thomas se había convertido en un buen asesor. Con el artículo del submarino entregado y su publicación prevista para octubre, dedicó todo su tiempo a Mercer y su trabajo. Leyó y corrigió cada página, ofreciéndole muchos comentarios útiles, y escuchó sus quejas y preocupaciones. Como él también había vivido gran parte de la historia durante el último año, conocía muy bien el material, pero aun así la historia de Dark Isle le seguía resultado extrañamente fascinante.

Dos días antes de empezar a hacer las maletas para volver a Ole Miss, Mercer invitó a Diane a comer y a pasar la tarde leyendo. Preparó ensaladas, evitaron el vino y cuando terminaron, Mercer le dio el manuscrito.

—¿Lo has acabado por fin? —preguntó Diane.

—Casi. Lo voy a pulir un poco durante el mes que viene y lo entregaré el 1 de octubre. Ya has leído la primera mitad. Ahí tienes el resto.

—Estoy deseando leerlo.

—Vamos a la ciudad. ¿Necesitas algo?

—No.

—Estás en tu casa. Toma un boli rojo, el que le encanta a Thomas. No te cortes con los comentarios.

Se fueron y Diane se acomodó en el patio, debajo de un ventilador de techo con el mar delante, y un momento después estaba sumida de nuevo en el mundo de Lovely.

En septiembre Gifford Knox llegó a un acuerdo en su demanda contra Old Dunes por su lesión fingida por la cantidad de treinta y cinco mil dólares. Le dio un tercio a su abogado, se gastó cuatro mil dólares en facturas médicas que no cubría el seguro con las que se había tratado lesiones que no tenía, y acabó con veinte mil dólares en el bolsillo. Le envió la mitad a Nalla Foundation y se quedó con el resto como compensación por el esfuerzo.

En cuanto a otros asuntos legales, Diane por fin convenció a Lovely de que firmara un testamento sencillo. Esta hacía tiempo que confiaba en Steven y aceptó que él lo preparara. Como no tenía herederos directos, le dejó su casa y sus objetos personales a su querida amiga Naomi Reed. En cuanto al «dinero», lo tenía en dos cuentas bancarias y le dejó la mitad a Naomi y la otra mitad a Nalla Foundation.

También firmó una escritura de propiedad cediéndole su querida Dark Isle a perpetuidad a Nalla Foundation para que preservara la sagrada memoria de sus ancestros.

Con la escritura en la mano, Diane fue a Washington a reunirse con unas cuantas personas importantes. Como ya disponía de una cuenta de gastos, se alojó en el famoso Willard Hotel, que estaba en la misma calle que la Casa Blanca. Su primera cita era con un estudio de arquitectura que tenía un dueño negro y que se especializaba en la restauración de lugares históricos importantes en la historia de los afroamericanos. Los arquitectos se mostraron entusiasmados con el proyecto de Dark Isle y se unieron sin dudar. Además contaban con innumerables contactos en el campo de la preservación, lo que era clave para Diane. Le prometieron que se pondrían enseguida a hacer llamadas y que visitarían la isla en octubre. Todos tenían confianza en que recaudarían el dinero.

Diane también tuvo reuniones en otros organismos: el National Trust, el National Park Service, el African-American Historial Trust, la African-American Preservation Society, la Lilly Foundation y la DeWist Foundation. Y con dos de los congresistas negros de Florida, pero no logró organizar reuniones con sus dos senadores.

La cuarta noche que Diane pasaba en Washington, bastante tarde, la llamó la señorita Naomi con la noticia urgente de que Lovely estaba en el hospital. Aparentemente había tenido un ictus. Diane canceló las reuniones del día siguiente y volvió en avión. Se apresuró a regresar de Jacksonville a Camino Island y encontró a la señorita Naomi en el hospital, donde Lovely estaba descansando tranquilamente.

El médico dijo que había tenido varios microictus, todos ellos preocupantes, pero ninguno le había causado daños permanentes. Pero había muchas posibilidades de que le diera uno más fuerte pronto. Lovely podía caminar bien e insistía en volver a su casa. El médico le dio el alta. Al verla de nuevo en su porche, bebiendo limonada, parecía tan sana como siempre.

11

La travesía, de Mercer Mann, tuvo una buena acogida en Nueva York. Tras unos cuantos retoques de Lana Gallagher, su editora, y los malentendidos habituales con los correctores, el manuscrito estaba listo para su publicación urgente a finales de primavera. Viking tenía prisa porque llegara a las librerías ya que querían aprovechar el momento. Solo habían pasado cinco meses desde el juicio, una vida en el ciclo perpetuo de noticias, y el interés por la historia empezaba a decaer. Para Mercer, y también para cualquier escritor, cuanto antes siempre era mejor.

Bruce insistió en leer el manuscrito antes de que Mercer se lo enviara a Viking. No detectó ningún problema estructural, pero sí le hizo unos cuantos comentarios, que ella ignoró. Ya se pelearían por eso después. Le encantó el libro, pero tenía que admitir que no era una crítica imparcial. Tenía la sensación de haber vivido personalmente la historia y además estaba, y siempre estaría, embelesado con Mercer.

En las vacaciones de Navidad, Mercer y Thomas fueron a Nueva York para una breve celebración de la victoria. El viaje era sobre todo para comer y beber. Quedaron con Lana Gallagher y el presidente de Viking para una comida que se alargó bastante. Después asistieron a una cena, que se prolongó aún más, con Etta Shuttleworth y su marido. Fueron de compras, a un concierto y disfrutaron de una leve nevada mientras paseaban por Central Park.

Desde Nueva York volaron a Jacksonville y después cogieron el coche para ir a Camino Island, donde iban a pasar la Navidad. Bay Books estaba hasta arriba de adornos y de clientes. Cuando Bruce los vio, dejó de hacer lo que tenía entre manos y les hizo un gesto para que fueran a su despacho, donde abrazó a Mercer durante demasiado tiempo, le dio un beso en la mejilla, y un abrazo de oso a Thomas, como si llevara años sin verlo.

—He hablado con Lana Gallagher esta mañana —anunció, como si hablara todos los días con los editores de las principales editoriales. Aunque seguramente sí que lo hacía—. Le encanta el libro, como ya sabes, y cree que van a hacer una primera edición de cien mil ejemplares.

Mercer lo ignoraba.

—Y yo le he dicho que cómo podía ser, que este va a vender mucho más de doscientos mil, que fueran engrasando las máquinas de la imprenta. Y también le he dejado caer que creo que te han pagado poco por él.

Mercer y Thomas se miraron, sonriendo divertidos.

—Tenemos que planificar la gira del libro —continuó Bruce—. Lo primero tiene que ser una fiesta de lanzamiento estupenda aquí el día de la publicación.

Mercer no pudo contener una carcajada.

Muy típico de Bruce. Es que no podía evitarlo.

12

Cerca de Nalla

I

En su quinto viaje a Washington D. C., Diane por fin dio con un filón. Con Marlo Wagner a su lado, se reunió con tres fundaciones con las que llevaba meses comunicándose continuamente por internet. El African-American Historical Trust fue el primero en ofrecerle una beca de quinientos mil dólares, y la DeWist Foundation y el Potomac Preservation Fund ofrecieron otras de la misma cantidad.

Nalla Foundation había recaudado trescientos veinte mil dólares desde su creación y Diane ya se había gastado la mayor parte en los arquitectos y otros gastos preliminares, uno de ellos la construcción de una carretera que uniría la playa con el cementerio de Dark Isle.

Lovely aseguró que la maldición había desaparecido y hasta el momento no había habido ninguna baja entre los blancos que trabajaban en la isla, aunque eso sí que era la causa de continuas bromas por parte de los negros. De todas formas, los trabajadores de todos los colores estaban muy atentos a la presencia de las serpientes de cascabel.

Con un millón y medio de dólares en la mano, Diane contrató a los doctores Sargent y Gilfoy para que acometieran la primera de varias excavaciones en el cementerio. A principios de abril por fin recibió un boceto del monumento conmemorativo que quería, tras gastarse sesenta mil dólares en otros que no le gustaron. Una empresa de marketing cogió ese boceto y con él creó una llamativa petición que envió por correo directamente a trescientos mil potenciales donantes. Además del boceto había una foto en color de Lovely y tres párrafos en los que se resumía su historia. Tuvo un gran éxito y consiguió más de cuatrocientos mil dólares en los dos primeros meses.

También en abril, Diane decidió retrasar un año más el inicio de sus estudios en la facultad de Derecho. La habían aceptado en Emory, su primera elección, y la facultad accedió a darle un aplazamiento de un año, aunque su sueño de forjarse una carrera en el Derecho medioambiental se estaba desvaneciendo. Estaba demasiado ocupada con la fundación. Al final tuvo que desvincularse de Steven y su pequeña organización, alquilar un espacio más grande y contratar a un segundo empleado. Cuando Hacienda le notificó que no le constaban los nombres de los miembros de la junta directiva, rápidamente nombró a Steven Mahon, Bruce Cable, Gifford Knox, Mercer Mann y Naomi Reed. Después se distrajo con algo y olvidó contarles a todos que habían sido elegidos para formar parte de la junta de Nalla Foundation.

Al inicio de la legislatura en Tallahassee, Black Caucus dio una rueda de prensa para anunciar que iban a presentar una propuesta para crear un monumento conmemorativo en honor de los esclavos que vivieron en Dark Isle. La propuesta pretendía obtener unos dos millones de dólares para la financiación inicial, una cantidad modesta para un estado rico como Florida, con un impresionante superávit presupuestario. La propuesta se quedó atascada en un subcomité. Tiempo después la resucitaron, solo para ver cómo volvían a tumbarla cuando faltaba poco para su aprobación final.

Diane y Mercer estaban en la sede del gobierno del estado, intentando en vano ejercer presión, cuando el plazo expiró. Fue un duro golpe, pero la mayoría de los miembros del Caucus aseguraron que volverían a presentarla el año siguiente y se mostraron optimistas. Entre las muchas lecciones que aprendió Diane, una fue que era preferible el dinero privado al público, tanto si era local como estatal o federal.

Nalla Foundation seguía recaudando dinero y ya tenía bastante para mantener a todos muy ocupados una temporada. Y además estaba a punto de recibir un gran empujón con la publicación de *La travesía*.

2

Las primeras críticas fueron espectaculares. *Publishers Weekly*, *Kirkus*, *Booklist* y *Goodreads* se rindieron a sus pies, hasta el punto de que Viking decidió aumentar la primera edición a ciento veinticinco mil ejemplares. Estaba creciendo el interés y el rumor que corría por el mundo editorial era que *La travesía* podría ser el bombazo del verano entre los libros de no ficción.

Viking quería hacer una gran fiesta para celebrar la publicación en Nueva York, pero Bruce Cable no lo permitió. Ni siquiera quiso discutirlo con Mercer. El libro había nacido en las aguas de Camino Island y ahí era donde debía hacerse la primera celebración. Pidió dos mil ejemplares, un récord para Bay Books, y convenció a Mercer para que los firmara todos el día antes de la publicación. Alquiló el nuevo y flamante anfiteatro de la ciudad, junto a la playa, un regalo del gobierno estatal para honrar a los que murieron durante el huracán Leo, y vendió entradas por cincuenta dólares cada una, en la que iba incluido un libro autografiado, ponche de ron en la playa antes de la fiesta y una donación a Nalla Foundation. El tiempo acompañó. La noche era perfecta y se reunió un grupo enorme de gente. Por supuesto Bruce era el maestro de ceremonia y fue presentando a algunas personalidades e invitándolas a decir unas palabras: Diane Krug, directora ejecutiva de Nalla Foundation; el alcalde de Santa Rosa; el presidente de Black Caucus en Tallahassee; y Marlo Wagner, directora de African Burial Project en Baltimore.

Pero la estrella de la noche era Mercer Mann, que también pronunció un discurso de unos minutos antes de sorprender a los asistentes con otra presentación. Cuando Lovely Jackson cruzó el escenario e hizo una reverencia, la multitud se levantó y aplaudió. Todos volvieron a sentarse y ella se dirigió al podio, se acercó el micrófono y les dio las gracias a todos por asistir. Le agradeció a Mercer su libro, y a Diane, la fundación y su maravilloso trabajo. Obviamente hubo agradecimientos también para Bruce, de la librería. De un bolsillo que tenía en alguna parte de la túnica de color verde azulado sacó un libro de tapa dura: el suyo. Encontró la escena que quería y empezó a leer:

> Las mujeres abrazaban a los niños para mantener el calor. El viento soplaba desde el océano y todos tenían frío. ¿Dónde estaban? No tenían ni idea. Habían sobrevivido a una horrible tormenta, tan larga, terrible y violenta que había destrozado el barco y había hecho que cientos de personas encontraran la muerte entre gritos desgarradores. Nalla y las otras mujeres y los niños habían logrado sobrevivir aferrándose a un palo de madera, un mástil del barco. El barco… Un barco de transporte de esclavos, que las había alejado de sus casas, sus familias y sus hijos, que se habían quedado en África, y que ahora estaba destruido, hundido en el fondo del océano,

el lugar al que pertenecía y donde no podía causar más dolor. Un niño se echó a llorar y Nalla lo arrimó más a su cuerpo. Le dio un beso en la cabeza y pensó en su hijo allí, tan lejos, al otro lado del mar. También lloró, pero en silencio.

Las olas venían a morir a la playa allí al lado. El amanecer empezaba a asomar y vieron luz por el este. Las mujeres seguían desnudas. La tormenta les había arrancado las faldas baratas de tela de saco que les dieron en el barco. Hacía días que no comían nada. Los niños tenían hambre, pero las mujeres solo fueron capaces de quedarse sentadas en la arena, junto a una duna, mirando al mar, esperando que empezara otro día en el que no sabían qué iba a pasar con ellas. ¿Vendría otro barco para llevarlas a casa, de vuelta a África? Había muerte por todas partes. Nalla había visto ya tanta que se preguntó si no estaría muerta ella también. Muerta por fin y así acabaría esa pesadilla, volvería a casa con los espíritus y podría reunirse con su marido y su hijito.

Lovely leía despacio, pronunciando las palabras con cuidado, como si lo hubiera hecho antes. El público estaba en silencio, embelesado. Mercer la observaba desde un lado del escenario y pensó que ella iba después y que se lo estaba poniendo muy difícil.

Las mujeres oyeron voces y se acurrucaron aún más. Eran voces masculinas, pero sonaban tranquilas. Bajo la luz tenue de primera hora de la mañana vieron acercarse por la playa un grupo de hombres que se dirigía hacia donde estaban ellas. Hombres de piel oscura con voces suaves. Nalla les llamó la atención y ellos fueron a buscarlas. Cuatro hombres africanos. Uno llevaba un rifle. Detrás de ellos había tres mujeres del barco. Cuando vieron a Nalla y las demás, corrieron hacia ellas. Las mujeres se abrazaron y lloraron, felices de ver a otras que habían sobrevivido a la tormenta. Los hombres las miraron y sonrieron. Iban descalzos y sin camisa, pero llevaban los mismos extraños pantalones bombachos que vestían los blancos del barco. Y hablaban en un idioma que las mujeres no entendían. Pero el mensaje estaba claro: «Aquí estaréis a salvo. Estáis con vuestra gente».

Lovely cerró el libro, dio las gracias y se apartó del podio. El público volvió a ponerse en pie. Mercer la abrazó y se acercó a su vez al estrado, bastante nerviosa.

3

Desde Camino Island el equipo (Mercer, Thomas, Lovely y Diane) voló a Washington D. C. Era la primera vez que Lovely cogía un avión y la preparación había llevado semanas. Se sentó entre Diane y Mercer y mantuvo los ojos cerrados la mayor parte del trayecto. Parecía que estaba en trance. No quiso comer ni beber nada y habló muy poco.

El evento lo organizaba Politics & Prose, una librería independiente con historia en la zona, y se iba a llevar a cabo en el Howard Theatre. Marlo Wagner había sacado su látigo para avivar el interés por el evento y el libro, y una larga lista de grupos afroamericanos había comprado entradas, que se habían agotado. Marlo y Diane presentaron un breve vídeo con un resumen del proyecto que estaban realizando en Dark Isle. Lovely dio un discurso, leyó un fragmento de su libro y una vez más acaparó todo el protagonismo. Mercer pasó una noche agradable rodeada de un público entusiasta.

Al día siguiente, *The Washington Post*, cuyo suplemento de libros había alabado *La travesía*, las entrevistó a Lovely y a ella. Su legendario editor, Jonathan Yardley, abandonó su jubilación momentáneamente para hacerles la entrevista y los tres se lo pasaron en grande.

Desde Washington, Mercer y Thomas cogieron un tren hasta Filadelfia. Diane llevó a Lovely a Santa Rosa donde, cuando estuvo de nuevo en su porche con un vaso de té helado con mucho azúcar en la mano, aseguró que no se volvería a subir a un avión en la vida. Pero para Diane y la señorita Naomi era obvio que a Lovely le encantaba subirse a un escenario.

4

El doctor Sargent no pudo asistir a ese evento literario en el Howard Theatre, aunque lo invitaron e incluso le pidieron que presentara a Diane y a Marlo. Pero estaba demasiado ocupado con los huesos de Dark Isle. A finales de junio ya tenía avanzada la segunda excavación.

En la primera, que habían realizado un mes antes, el equipo había descubierto treinta y ocho tumbas. En cada descubrimiento sacaban con mucho cuidado todo lo que encontraban, normalmente huesos y ataúdes de madera descompuestos. Todos los restos se limpiaban, se fotografiaban, se catalogaban y se colocaban en una caja metálica pequeña que se sellaba. A continuación se cavaba una tumba más profunda, más ancha y más larga, hasta que tenía un metro por medio metro y ciento treinta centímetros de profundidad. Entonces se introducía el ataúd metálico y se enterraba de nuevo.

Como siempre, era un trabajo duro y tedioso y a finales de junio la temperatura de Florida superaba los veintiséis grados. El equipo había acampado cerca del cementerio, en un terreno que habían limpiado con buldóceres, porque algunos preferían cocinar y dormir en la jungla. Las panteras a veces hacían que tuvieran unas noches movidas, pero nadie resultó herido. De hecho, ya avanzada la segunda excavación, todavía nadie había visto una. La barcaza llegaba cada mañana con agua y suministros y volvía al final del día para llevarse a los que necesitaban una ducha y aire acondicionado. Se les había dado a todos los miembros del equipo la opción de dormir en un hotel de Santa Rosa y, según iban pasando los días, cada vez más abandonaban la isla por la noche.

En dos ocasiones, Diane acompañó a Lovely a la isla para supervisar los trabajos. El muelle temporal que habían construido hizo que su llegada fuera mucho más fácil. La carretera de gravilla en medio de la jungla parecía un lujo. Fueron hasta el cementerio en un coche John Deere Gator que conducía un alumno de Howard que estaba entusiasmado por poder conocer por fin a Lovely.

Ese lugar había cambiado drásticamente. Ya no había maleza ni vegetación por todas partes, porque habían limpiado la zona por completo. Unos trozos de cuerda y de cinta marcaban las tumbas que habían encontrado, pero aún no habían excavado. Junto a otras tumbas se veían pequeños montículos de tierra perfectos. La mayor parte de esa área de trabajo estaba cubierta con unas carpas para protegerse del sol. Lovely se sentó a la sombra, donde bebió agua fresca y charló con los arqueólogos y los alumnos, que estaban todos emocionados con ella. Los huesos pelados que tocaban y trataban con tanto cuidado eran los de sus antepasados.

Todo el mundo quería una foto con Lovely.

En su segunda visita, cuando regresaba en la barcaza a Santa Rosa, Lovely le preguntó a Diane:

—¿Me pueden enterrar con mi gente aquí, en Dark Isle?

—Bueno, al estado de Florida le da igual. Permite que se entierre a una persona en una propiedad privada, si quiere. Pero el condado de Camino aprobó una ordenanza hace un año en la que establece que es obligatorio que todos los enterramientos se hagan en cementerios oficiales.

—¿Y tú cómo sabes todas esas cosas?

—He leído muchos periódicos antiguos.

5

La travesía debutó en las listas de los libros de no ficción más vendidos en el número cuatro, lo que hizo que Viking pidiera que se imprimieran otros veinticinco mil ejemplares. La gira del libro llevó a Mercer a Nueva York, Boston, New Haven, Syracuse, Buffalo y después de vuelta a Baltimore y a Filadelfia. En cada parada hizo todas las entrevistas de prensa que su equipo de relaciones públicas pudo organizar, fue a todas las librerías que resultaba humanamente posible e incluso consiguió salir en alguna que otra emisora de radio y televisión local. La tercera semana después de la publicación, el libro subió hasta el segundo puesto.

Thomas y ella fueron a la isla para celebrar el Cuatro de Julio y ver a Lovely, Diane y Bruce. Después de tres días de descanso ella tuvo que volver a la gira, sin Thomas, para recorrer el Medio Oeste, con paradas en Louisville, Pittsburgh, Cleveland, Indianápolis y Chicago. En general las giras de los libros eran ya reliquias del pasado, pero Viking estaba dispuesto a financiar todo lo que Mercer pudiera soportar. Con el ánimo constante de Bruce, aceptó hacer cuarenta ciudades en cincuenta días.

El 18 de julio, unas cinco semanas después de la publicación, *La travesía* llegó al número uno de la lista. Mercer estaba a punto de salir de su habitación de hotel en Wichita cuando recibió la llamada de Etta Shuttleworth desde Nueva York.

—¡Lo has conseguido, chica! ¡El número uno!

Mercer se sentó en el borde de la cama, intentando contener las lágrimas, y llamó a Thomas. Él prometió ir a verla a Denver. Después llamó a Bruce que, por supuesto, ya lo sabía. Etta volvió a llamarla poco después para contarle que Viking iba a imprimir otros cincuenta mil ejemplares.

6

En la nota de la autora que incluyó al final de *La travesía*, Mercer les dio las gracias a todas las personas que la ayudaron en su investigación, escribió un tributo maravilloso a Lovely Jackson, una amiga que había vivido la vida que ella describía y que le había «prestado» su historia con una gran generosidad, y también pidió donaciones. Describió la Nalla Foundation y sus planes para construir un monumento conmemorativo en Dark Isle y terminó con las palabras: «Es una pequeña organización sin ánimo de lucro que solo acaba de empezar su andadura, así que, si tienen por ahí un dinerillo que no necesiten, envíenles un cheque».

Los cheques no paraban de llegar, y no eran todos precisamente de calderilla. La mayoría de las personas que leyeron el libro se sintieron inspiradas por él. Cuando *La travesía* llegó al número uno, sus admiradores ya habían enviado cheques que sumaban un total de casi noventa mil dólares.

7

Cuando sonó su teléfono a las 2.34 de la madrugada, Mercer lo cogió, pero se le cayó al suelo, lo rescató, vio que era Diane y supo inmediatamente que le había pasado algo a Lovely.

—Mercer, ¿dónde estás?

Buena pregunta. Miró la habitación a oscuras en la que

estaba, como si los muebles o las cortinas le pudieran dar alguna pista sobre la ciudad en la que se encontraba.

—Portland, creo. ¿Qué ocurre?

—La señorita Naomi se ha encontrado a Lovely tirada en el suelo esta noche. No podía levantarse. Estamos en el hospital y está bien. Ahora está descansando. Seguramente ha sido otro ictus. No me gusta despertarte en medio de la noche, pero me dijiste que te avisara si sucedía algo.

—No pasa nada, Diane, no te preocupes. ¿Puede hablar?

—No lo sé. Está sedada, pero no parece grave.

—No puedo ir ahora mismo.

—Ni se te ocurra. Tampoco puedes hacer nada. Los médicos la van a tener en observación un día o dos. Sabremos más mañana. ¿Qué tal va la gira?

—Tiene sus cosas buenas y sus cosas malas. Las multitudes están bien, pero se me está empezando a hacer cuesta arriba.

—Oye, has llegado al número uno. Disfruta del momento.

—Gracias.

—Estamos muy orgullosos de ti, Mercer. Toda la isla está disfrutando de tu éxito. Sobre todo Lovely. No habla de otra cosa.

—Dale un abrazo y dile que rezo por ella.

—Lo haré.

8

El daño era grave y el ictus no había sido «micro» ni «leve». Después de dos días en el hospital, Lovely se dio cuenta de que el brazo y la pierna izquierdos no le respondían bien. Los masajistas se los estiraban y flexionaban, pero no servía de nada. La sentaron en una silla de ruedas por primera vez en su vida y la llevaban por el pasillo a comer al restaurante. Diane y la señorita Naomi iban a verla todos los días. Les comunicaron que ya no podría seguir viviendo sola, que necesitaba alguien que la cuidara.

Cuando se lo dijeron, Lovely protestó muchísimo, pero no había discusión posible. Después de diez días en el hospital la llevaron a un centro de rehabilitación de Jacksonville, donde estuvo dos semanas, antes de trasladarla a una residencia a quince kilómetros al oeste de Camino Island.

Cuando Mercer acabó su gira y volvió a la playa, Thomas y ella fueron a ver a Lovely. No fue una visita muy edificante. Diane ya les había advertido de que no estaba mejorando.

Lovely parecía mucho mayor y la parte izquierda de la cara le colgaba inerte. Le costaba hablar y no lo hacía mucho. Se alegró de ver a Mercer, pero inmediatamente se puso a llorar. Su amiga se sentó en la cama con ella durante una hora, acariciándole el brazo y contándole todas las librerías a las que había ido y la gente de todo el país que ya conocía la historia de Lovely Jackson y Dark Isle.

Mercer volvió al día siguiente y al siguiente y alternaba sus visitas con las de Diane. Las enfermeras decían que su presencia animaba a Lovely, pero no cabía duda de que estaba cayendo en picado.

A finales de agosto, Mercer y Thomas se despidieron para regresar a Ole Miss. Las clases empezaban tres días después. Mercer le prometió a Lovely que la vería pronto, pero sospechaba que esa sería la última vez.

Lovely, con una voz apenas audible, le dio las gracias por haber escrito un libro tan maravilloso y por mostrar tanto cariño con su gente y con ella.

—Nos has hecho famosos —aseguró.

Mercer se fue llorando y no pudo parar durante la primera hora del viaje en coche.

Diane la llamaba todos los días para decirle lo mismo: no cambiaba nada, pero las cosas sin duda no mejoraban.

El 28 de septiembre Lovely Jackson murió a la edad de ochenta y dos años, la última descendiente de la orgullosa gente que vivió en Dark Isle.

9

Siguiendo las instrucciones que Lovely dejó escritas y que le dio a la señorita Naomi, su cuerpo fue incinerado y sus cenizas se guardaron en un jarrón de cerámica africano negro y dorado que tenía desde hacía décadas. Estaba en el estante central de su librería en el salón de su casa.

Dos meses después, cuando Mercer y Thomas fueron a la isla para Acción de Gracias, una tarde se reunieron en el puerto con Diane y la señorita Naomi. Ronnie, con su barcaza de once metros y medio, los llevó al otro lado de las frías aguas, hasta el muelle de Dark Isle. Su misión era secreta. No le habían hablado de ella a nadie. Ronnie sentía curiosidad, pero no preguntó.

Recorrieron la carretera de gravilla que llevaba al centro de la isla, al cementerio, donde admiraron el gran trabajo que habían hecho los equipos de arqueólogos. Habían sacado los restos de más de ciento veinte personas, los habían limpiado, fotografiado, catalogado y vuelto a enterrar en ataúdes metálicos.

En un rincón, donde Lovely creía que estaba enterrada su familia, Thomas sacó una pala plegable e hizo un agujero. Metieron dentro el jarrón, lo rodearon bien con tierra y lo cubrieron.

El último deseo de Lovely había sido descansar en paz para siempre cerca de Nalla.